香江甲子照字面來說，應該是香港的六十年。

作者這六十年的人生變化，其實也是香港六十年的變化的反映。

香江甲子

——我們這一代人

U0152251

潘世倫　著

香江甲子

潘世倫 著

乙亥夏日書祥題

書　　　　名｜香江甲子：我們這一代人

作　　　者｜潘世倫

出　　　版｜超媒體出版有限公司

地　　　址｜荃灣海盛路 11 號 One MidTown2913 室

出版計劃查詢｜(852)35964296

電　　　郵｜info@easy-publish.org

網　　　址｜http://www.easy-publish.org

香 港 總 經 銷｜香港聯合書刊物流有限公司

出 版 日 期｜2019 年 7 月

圖 書 分 類｜歷史

國 際 書 號｜978-988-8569-86-1

定　　　價｜HK$98

零一：本書緣起

　　大約五年前，楊老大侊儷到港，告知將會舉辦一次大學畢業後的大聚會，地點屬意台灣或美國。我聽到這事之後，一直記掛在心。後來猛然想到，我們大學畢業已經四十個年頭了，時間過得真快！2015 年，又承留台的定海邀請我一起赴美探訪留美同學，基於一舉兩得（我從未到過美國）的緣故，結果成全了這次感動之旅。我們聯同幾位在台同學，共同探訪了十四位留居美國的同學。

　　這次行程之充實，見聞之廣博，要交待完整內容，實非我小胖力之所能及；唯有零亂的寫點內心的感受，湊湊熱鬧。

　　旅美之行終於圓滿告一段落。加上在台灣的逗留，前後共四十多天，完全打破了小胖的外遊紀錄。

　　預計探訪十四位留美的同學，結果一個不少的都相聚了。他們學業與事業都有所成就，更難得的是每個同學都有一個快樂的家庭，鶼鰈情深；不幸罹疾的同學，也在好轉中。深深的祝福彼此健康快樂，這該是一次「繫情之旅」。

　　美國西部之寬廣，東部之繁榮，中南部之奔放，景點之多，目不暇給。原隻龍蝦，地道牛扒，美式快餐，各地的中國菜……。這該是一次「觀光美食之旅」。

　　美國是當今第一大國，紐約更可能是當今第一大城市。身處其中，雖不能清楚的說出內心感受，但確有與眾

不同的感覺。這裏給予每個個體的尊重及自由，大多數人都表現得比較自信。（這點很難交待清楚，有機會再談），這該是一次「文化之旅」。

我是一九六七年九月下旬赴台升學的。當年香港只有兩間有規模的大學，一間是歷史悠久的香港大學，一般的中文中學生是不得其門而入的。一間是新辦的中文大學，我叩門失敗了。幸好還有嚮往多時的台灣學府，為我打開方便之門，所以我選擇遠赴台灣升學，同時也希望過一些獨立生活。我就讀的是台灣南部的成功大學，入讀的是數學系。

過去幾年，因為退休了，也回過台灣幾次。除了旅遊之外，也返過母校，更主要的是找找在台的老同學聚舊。

旅美的起點和終點，都是以桃園機場為目的地。我在台灣前後逗留了十多天。除了一兩位同學之外，留台的十多位同學都聚會了甚至多次。老同學熱情的招待，觀光和美食，更是無日無之。定海和炳權，日夕相伴。在台期間，都是住在定海或炳權家裏。大家借這次難得的機會，幾乎每晚都秉燭夜談，講講他們在台灣的往事，談個不亦樂乎。借著這個機會，衷心向定海的太太「光怡」，炳權的太太「小謝」，說聲：「謝謝，辛苦你們了。」

聚會後回港，我們繼續寫 email 互通感情，但寫了不久，很快我感到江郎才盡，不知道寫些甚麼。為了找話題，不讓大家的對話中斷，我就立下一個小心願，寫我在港讀書時候的小故事來充數。以下各篇，都是我從 2016 年 4

月期間開始的，由發給同學的短篇電郵連綴而成的。

　　無巧不成話，2016 年，剛好也是我從鄉間來港的第 60 個年頭。在這 60 年裏，除了四年在成大跟大家一起唸書之外，其餘的絕大部分時間都留在香港。這段時間，是我生命大多數的日子，而且又是我生命力最旺盛的日子，我覺得寫下來也是蠻有意思的。

　　這六十年，剛好是中國人用來紀年的一個「甲子」週期。中國人自甲骨文開始，就採用 10 個天干（也簡稱叫干）符號匹配 12 個地支（也簡稱叫支）符號來記時。10 個天干就是：甲、乙、丙、丁、戊、己、庚、辛、壬、癸；12 個地支就是：子、丑、寅、卯、辰、巳、午、未、申、酉、戌、亥。干支匹配的規則是每次按序取一個天干和一個地支組合。例如最初的四個干支匹配是「甲子、乙丑、丙寅、丁卯」。這種匹配規則其實是數學的排列組合問題，全部只有 60 個組合，之後便再循環一次，所以一個「甲子」組合便是 60 年。漢代以前，甲子是用來紀日的；從漢代開始，甲子也用來紀年。「香江甲子」照字面來説，應該是香港 60 年；從人生社會的角度來看，這 60 年的人生變化，其實也是香港 60 年的變化的反映。説實話，60 年來，香港的變化我是無能力掌握的。在此，「盲人摸象」這個寓言，最能表達我的心境。或許這心境就如同在某些旅遊熱點所看到的那樣，只是留下「某某到此一遊」的片言隻語而已。

　　希望在《香江甲子》裏有機會讓我説出人和社會的今

昔變化。自古以來，世界就一直在變，是否此時此地最為劇烈？閒愁最苦，也借機會打發閒愁。

感激大家，讓我有個吹牛的地方。祝願往後的日子裏，我們這群長者，無論在身體上，以至精神上都處於安逸而且流暢，心無罣礙，凡事感恩，從心所欲而不踰矩的狀態。

這些小故事得以結集成書，實是和合了眾善因緣。特別是亦師亦友的老同學曾志雄博士，為此書勞心勞力，在此送上我衷心的謝意。

祝彼此健康快樂！

潘世倫

二零一八年

零二：序

2017 年 8 月 11 日，我和世倫一起參觀正在科學館舉行的木乃伊展覽，這是我們兩人第一次參觀這類的展覽。觀看期間，世倫向我透露，一年多來和海外舊同學在 facebook 經常聊天，不知不覺間寫了不少關於自己過去的往事，累積有七八萬字之譜。他表示有意多寫一點之後，就結集一起，釘裝或出版成書，在適當機會送給同學和親友，作為自己一生的回顧。由於這些都是閒聊之作，在於互訴舊情，每次自由發揮，字數少則二三百，多則五六百。既無篇題，又是零散片段，篇數暫時不能確定，屬意由我替他看看，連綴成書。

談話之間，我覺得他很有誠意，並非一時笑談。參觀完畢，大家就在附近的餐廳坐下，一面吃些小食，一面聽他介紹各篇的內容概略。聽後我才了解世倫早有成書之意，而且書名已定為"甲子香江"。適值這時我仍在暑假當中，空餘時間比較多，便一口答應為他擔任這次編輯的工作。兩天之後，世倫很快就分批用電郵把已寫成的幾十篇"甲子香江"寄給我，等到最後第七十篇寄到時，我們在 8 月 14 日又見面一次，聽他整個出書的想法和了解該書還剩下多少篇數。由於已知全部篇數不超出九十篇，當日晚上回家，我便開始動手整理目前收到的篇章。

原以為這九十篇短文，大約兩個月內便可以完成修改。意想不到的，這時頸椎退化剛出現，疼痛之餘，無法

久坐，亦無法長時間集中精神，只能間歇間做，邊改邊休息；加上電腦老舊，與人同病，曾多次失靈，把修好的文字完全吃掉，無法復原。經過置換電腦之後，拖拖拉拉，至今才完成修編工作，前後不覺歷時一年三個多月。

原稿書名叫做"甲子香江"，字面意思應該是"六十年來的香港"，似乎和九十篇原本用以記述作者自身經歷的目的不符，於是將原來四字的次序調整一下，改為"香江甲子"，意即"身在香港六十年來的經歷"，以符合書中內容。

訂正書名是工作的第一步，其餘工作還包括把各篇按內容、按時段分組、分類編排，綴合成有系統又能互相聯繫的較大單位，然後進行仔細閱讀，加以分段和對字句添補梳理。由於原文是對話體裁，行文跳脫頗多，字句整理所費的時間和精神比原先估計較多較大。

現在這本書雖然叫做《香江甲子》，但只記述作者人生的頭二十年，而非整整六十年。書名用"甲子"，揣度作者原意，是因為各篇由 2016 年開始動筆，距離他 1957年移居香港剛好 60 年之故。本書所記雖然只有二十年時間的事，仍然可以視為作者的傳記。過去類似這種只記述部分生平的傳記並不少見，胡適著名的《四十自述》，只記述一生頭四十年的事情，但大家都把他視為胡適的傳記。

年青時我很喜歡看傳記，並覺得一本好的傳記，總能夠交代傳主的成功要素，同時也會析述傳主失敗的原因，

讓讀者讀後能夠在人生路上加以參照、思考，甚至警惕自己。對年青人做人做事來説，這樣的著作是有很大好處的。所以我很多時候都向我的學生建議，多讀名人傳記，取資於他們的成功之道。

本書作者雖然不是甚麼名人，在憶述自己少年生活時也沒有刻意總結出甚麼成功之道，但縱觀全書，各處都充分顯示出作者為人的特點，就是深念親恩，不棄知交，關懷社會動向等熱切心腸。我作為本書的第一個讀者，最令我感動的，就是看到作者在書中所記述少年時的同學、親友，甚至舊伙記，在經歷一個甲子之後，至今仍然保持大部分的交情，而且歷久如故，不違初衷。至於他分析自己學英文失敗的原因，也坦白直接，就是欠缺耐性，心神散亂，未能堅持。希望年青人讀到這裏，引以為戒。

本書除了寫得真實之外，還有以下幾個特點：

一、傳統雜貨店今天在香港幾乎式微，不容易得知它的興盛時期的面貌。由於作者六十年前生活在深水埗雜貨店的密集區，又是該區雜貨店集團搞手的愛子，自小在雜貨店中打滾，因此自然以小孩子的眼光，詳細記述自己的親身經歷，例如當時雜貨店怎樣應付不同時節的顧客需要，怎樣和商戶及客人打交道，怎樣受到寄郵包回內地的浪潮的衝擊，甚至伙記的工作編配和各自的生活方式，以及物價和市道行情等，都有涉及。這些描述，既真實，又客觀，全部出自小孩子眼中的世界，特別吸引讀者，而且又能有血有肉地反映了當時雜貨店務的生態環境。

二、由於作者自小對數字就十分敏感，因此他在書內多處地方記述了當時各類物價、住房租金或售價，甚至各種常見商品品牌，也有所提及。這些都是很有價值的歷史資料。此外，作者在某些地方，顯示出分析能力十分尖銳。例如從舊有的報刊廣告中，注意到當時電影廣告一枝獨盛，又注意到私校和非私校招生手法的不同，甚至借荳酒廣告的變化，描述了當時香港社會內部因時代轉變而造成的微觀變化。這些觀察，都是以後研究香港商業發展時應該著意的範圍。

三、長江三角區和珠江三角區，長久以來都是中國經濟發展的重要區域。自一九四九年解放以來，這兩區的移民，因緣際會，成為香港二戰後人口的重要來源。長三角地區的移民，帶來了資金和技術，撐起了香港戰後初期的經濟發展；珠三角地區的移民，因地緣接近，把鄉土的生活方式和飲食習慣移殖到香港。二者在英國人的管治文化下，乘大戰後一切更始之便，得以扭合在一起，形成今天香港的三色文化的特色（投影在語文上成為今天的兩文三語，更是明顯）。在這三色文化中，英國的管治文化是上層，表現為以英語為強勢語言的法治社會；長三角文化屬中上層，表現為海派經濟色彩，當時社會上比較有規模的銀行、高級理髮廳、洋服店、紡織工廠，甚至館子和娛樂場所，莫不以"上海"掛名，或標榜"上海風"以作招徠；珠三角文化則表現為低層的平實的市民文化，這些普羅文化人口，大都是勞動者和主要消費者，他們雖然數量龐大，

但生活卻平淡得不容易看出有甚麼特色來。在本書中，作者對珠三角文化，特別對節日活動和飲食文化，都產生出深刻的認同感，並且作了局部細致的描述，勾畫出珠三角文化在香港的底層色彩。對香港的歷史來說，這些都是難得的記錄。

　　在修訂本書的後期，由於長期翻閱的緣故，我漸漸也受到本書內容的感染，深深覺得世倫似乎已經複製出我們那個年代的社會風貌，不期然的在原有書名上加了一個副題："我們這一代人"。這樣做，一方面表示本書對我引起的共鳴；另一方面作為我對本書支持的表態。

　　相信讀者閱讀時，亦將受到本書的感染。

　　是為序。

　　　　　　　　　　　　　　　　　二〇一八年十一月五日
　　　　　　　　　　　　　　　　　曾志雄序

零一：本書緣起

零二：序

第一章

鄉間印象

一、鄉間印象

我的家鄉，是廣東省順德縣陳村鎮。根據先輩們的述說，我家從南海縣西樵山移居陳村鎮，幾代以來，都是經商的。由於昔日交通不方便，遷移一百幾十公里，已經算是很遠的路程。今天，南海縣和順德縣都是佛山市管轄的地方。

我一九四八年在陳村出生，當時還是民國時代，換算起來是民國三十七年。當我懂事的時候，我們一家人（除祖母外）生活在容奇鎮。鎮內一條大馬路，一邊通向容奇海，另一邊與黃沙公路連接。這條黃沙公路，向南通往中山珠海，向北通往大良和廣州。容奇鎮和陳村鎮同屬順德縣，容奇位於陳村南面 30-40 公里左右。家鄉大約就在中山珠海和廣州之間。

印象中，公路好像把這裏劃分為兩區，大馬路的一面是商業區，另一面是住宅和工業區。商業區除了有各式各樣的店舖之外，記得還有電影院、茶樓、旅館和照相館等等。小時候我還在這裏見過穿著花碌碌襯衫的白人，聽說是「蘇聯老大哥」派來的支援人員。父親的店舖「誠信號」就開在這大馬路上，經營油糖豆麵批發兼零售的生意。我

們的家，位於公路的另一側，是兩棟建築物，中間隔有大天井，水井就在天井的一角。水井除了提供用水之外，夏天還要負起浸涼西瓜的任務。旁邊沿著房子和天井的二三十米是花徑，除了原屋主種植多年的雞蛋花、白蘭、鐵樹、聖誕樹和石榴紅外，還有父親在石壆上種植的十多盤蘭花和兩三株曇花。房子是租回來的，留下的記憶是月租人民幣二元五角。

我們六兄弟姐妹，大哥、三哥、四姐、我、六弟和七妹（二姐夭折）。加上爸爸、媽媽和「妹仔」九姐（粵語「妹仔」即婢女下人。那個年代很多地方還有婢女，一般都是由主人家收養或買回來的孤兒。二次大戰後由於經濟不振，人口流動，香港某些家庭仍蓄有「妹仔」。由於香港法律一向禁止人口買賣或非法收養，今天年青人大都不知道「妹仔」是甚麼），一家九口。祖母獨自留在陳村的祖屋。外婆舅父母一家七口住在廣州，兩位姑姐都家在陳村。唯獨五叔五嫂最自由，時而廣州，時而陳村甚至容奇，這也許是因為他們沒有子女的關係。

我在容奇入讀小學一年級，現在推算起來，應該是1955年。學校座落在公路上，從家裏步行到學校大概20分鐘。學校有操場和不少課室，校園有一定的規模，大概是民國時代留下的。那時父親已經南下香港謀生，香港的店舖估計也在那年開張。不久，母親和六弟得到了人民政府批准，也到了香港去。大約小一上學期結束的時候，兩位哥哥僱了一艘內河小船，將容奇的家當連帶我們幾個人

都搬回到陳村的祖屋。這時陳村的祖屋就住著祖母、四姐、我、七妹和九姐五人,兩位哥哥則在縣城大良學校寄宿。

我們在容奇差不多沒有親戚,但朋友卻很多。有爸爸的一批和媽媽的金蘭姊妹,還有兩位哥哥的同學。回到陳村,剛好反過來,起初那些親戚稱呼和關係,把我弄得一塌糊塗。也不知道從哪裏來的小智慧,我把親戚分成三大類別:屬於祖母姓羅的,人數最多,也是最複雜的,有甚麼細太婆、舅公、妗婆……以至表兄弟姊妹;另一類是父家姓潘的和母家姓高的。有了這些概念之後,我就覺得沒有那麼混亂了。這期間,跟我最熟悉的是 H 君,他既是親戚也是同學。

據聞 H 君跟我有多重親戚關係,我只是知道其中的一種。就是他的祖母是我母親的堂姐。H 君一直叫我做表哥,他又是陳村小學比我低一班的學弟。H 君的祖母,我叫她做「三姨媽」,是我特別敬重的長輩之一。兩家距離很近,有時我在那裏過夜,與 H 君同牀共枕。

陳村分為新墟和舊墟兩部分。新墟本來是商業區,在抗戰時期已被炸成廢墟。我們的祖屋位於舊墟。整個舊墟以一條沿河而建的石路為主,既沒有馬車,也不能行走汽車,全長大概不到兩公里。大部分的商舖、街市、城隍廟都座落在這條路的兩旁。每天我就是沿著這條路上學,走到盡頭就是我的學校。

在容奇和陳村,我一共讀了兩年小學。兩年之後,我移居到香港繼續讀書。陳村小學沒有專屬的校園,校舍都

是挪用了當地最大的幾間祠堂充當的。我讀的初小是一座較小的祠堂，還有一座較大的祠堂是高小。在我印象中，鄉間的學校比較簡陋，制度也比較簡單，學校沒有統一式樣的服裝，完全沒有校服這個概念。老師上課全用粵語授課，當時雖然已經解放，但仍然使用繁體字教學，也沒有國語課，反而到了香港之後有國語課。學生上學差不多完全是赤腳的。在學期間，我沒有特別喜惡的科目，學校在課餘或假期時，也沒有甚麼特別的活動。我和朋友之間的活動比較多，這些活動都是當時鄉鎮小孩子的玩意，包括打籃球、游泳，但我沒有哪一樣特別出色。記得最喜歡的是跟大夥到河裏捉魚，到山邊捉蟋蟀，到田裏摘甘蔗、偷木瓜；在家裏的時候就下象棋、鬥獸棋，或者玩交公糧（鋤D）紙牌，有時也會到公路旁邊掃落葉用來做燃料。

讀小學的時候社會上出現很多政治運動，大家的生活都很緊迫。每天吃飯雖不至於捱餓，但吃的都是粗米飯、青菜和鹹菜，沒有特別的食品。在陳村一年多，記得媽媽從香港回來過兩次。我印象最深刻的是她帶回來的那些副食品，尤其是餅乾和糖果，大家都覺得非常珍貴。每次縱然只分得幾塊餅乾和幾顆糖，我都會留起過半，回到學校辦開成小塊，或咬成小顆，分給沒吃過的好友品嘗。曾經有一次用洗乾淨的墨水瓶，從家裏偷偷倒些已開罐的鷹嘜煉奶，大約兩三湯匙，拿到學校讓同學每人用食指沾一沾，再放進口中試試味道。上述的情景，我本來已經記不起來，是十多年前回鄉的時候，一位姓關的當年同學向我娓娓憶述的。

第二章

初到香江

二、初到香江

父親年青時有一個一同入行的摯友歐森伯，因某些機緣他到過印度，後來輾轉到了香港，以經營犀牛角、麝香、熊膽等名貴中藥而致富。

在我到達香港之前，沒有見過歐森伯，父親也沒向我特別提過他。最初我是從鄉間生活的一些瑣事，對歐伯有一些認識的。當年鄉間家中客廳一邊的牆上，掛了幾張鑲在鏡框裏的家庭照片，人物都是同一個家庭，只是年份不同。據說那是歐伯每年從香港寄回來的。記得好幾次出太陽的時候，不知道母親從哪裏弄來兩件厚厚的男裝長袍，在陽光下晾曬，一件是虎紋圖案，另一件毛茸茸，不知道是甚麼衣服。母親告訴我，這是歐伯托父親保管的兩件名貴皮草大衣。鄉間由於種了曇花，看曇花開花也是我一生難得的經驗。所謂「曇花一現」，父親對這方面是很熟悉的。有一次，父親預計他栽種的曇花會在一個晚上某刻開花，便約了幾位好友回家欣賞。兩位哥哥趁著熱鬧，我也湊在一起。時間到了，真的曇花開了！我看見它慢慢的綻放，直至深夜。早上醒來，不知道甚麼時候已完全凋謝了。最令我難忘的是爸爸吩咐媽媽，把這朵曇花摘下來曬乾，

寄給歐伯用來煲湯潤肺。因為歐伯長年咳嗽。

整個開花過程，至今仍然清晰的留在我腦海中。

後來爸爸以到香港籌集資金為理由，向政府申請雙程證前往香港。他獲得他的同事一致贊成和支持，因而得到批准。一年多之後，「冠生酒莊」開張的前後，母親和六弟也得到批准到香港去了。

大約一年多到兩年之後，正是父親生意擴充的時刻。很幸運，這時四姐、七妹和我三人也獲得批准出去。記得那時是1957年7月底至8月初，媽和六弟、五叔一起回鄉，帶我們到香港去。

我們一家人是前後分成幾批到香港的。算起來，我是我家到香港的第三批：第一批是父親，第二批是母親和弟弟，第三批是我和四姐及七妹共三人，都是經過正式批准出去的；第四批是兩位哥哥，他們是唯一偷渡到香港去的一批。終於，我們又完整的在香港團聚了。

雖然家鄉距離香港只有一百多公里，但母親這次帶我們到香港的路線是頗為曲折的。由於當時母親要通知住在廣州的親戚，所以我們先由陸路到廣州，在親戚家住了一個晚上道別之後，第二天才乘車到中山，從珠海進入澳門，然後當晚乘「大船」（那時澳門開往香港只有幾艘舊輪船，包括「大來」號、「利航」號和「佛山」號；60年代才開始有飛翼船。）經海路到香港。

初到香港時我們住在中環砵甸乍街，對面是剛剛建好的萬宜大廈；它當時是中環的重要地標，比對來說，名氣

有點像現今台北的 101 大樓。我們為甚麼住在中環商業區？原因是一位親戚有一層戰前舊樓（石屎（三合土）跟木料建構），前面大半層租給一間西藥批發商，後面還有兩間房間，每間大概 100 方呎左右。當時我們一家六口就擠在這裏有窗的尾房，另一間房間住著一位早出晚歸的中年男士，我們叫他做「陳伯」。房間後面有一條木建的走廊，旁邊是天井。走廊通去一個大廚房。為甚麼說它大？因為它也實在大，這裏既是浴室，也是廁所。除了方便有間格之外，其餘沒有間格。那時還沒有現代馬桶，從母親口中得知，每隔三兩天，清晨三四點就有人來收「夜香」（儲在廁格的糞便）。

在鄉間沒有廣播（收音機），到了香港之後我才第一次聽到廣播。常常聽到一首歌是「高山青……高山青……，澗水藍，阿里山的姑娘……」。我對這首歌很投入，因而知道阿里山就在台灣。「台灣」這個地方其實我早就知道，並不是因為聽過「高山青」的緣故，而是因為在鄉間的時候，街頭到處都會看到「我們一定要解放台灣」這樣一類的政治宣傳標語。我當時卻不清楚知道。也許這首歌，是我到台灣讀書的一大緣由！

父母的心意是無限的，在他們心中，我到香港之後最重要的事是繼續讀書。他們為我和四姐報讀弟弟就讀的小學，這時弟弟剛由幼稚園升入小一。在鄉間我念完了二年級，所以在香港報讀小三。記得入學試要考中、英、數三科，我沒有學過英語，所以英文科交白卷。因此學校要我

由一年級讀起。後來經過父母苦苦央求（還聽說我的數學卷拿了滿分），才得以讀三年級，姐姐亦順利升讀四年級。這所學校位於港島半山堅道，叫「徽遠小學」。它有獨立的校舍，以當時來說，規模還算不錯。學費每月28港元，得校方體恤每月收20元。我還記得當時一般低下層的工資每月大約只有40-50元。由家中步行到學校，需時30分鐘。當時父母最擔心的是這個鄉下仔（土包子），不懂得過馬路。

香港的學制，跟鄉間的分別不大：每星期上課五天半，中午有一段吃午飯的時間。這裏每班的人數大約只有30人，鄉間則時多時少。在鄉間我們不用穿校服，赤着腳挾着幾本書就上學；這裏要穿漿燙過的校服，白襪黑皮鞋。不過，平常的課業，香港學校要求比較嚴格，練習很多。全體集會，或上體育課時，都在天台。鄉間學校校舍則很大，想是蔣總統留下來的。

開學不久，有一天早上，全體師生齊集天台，講話的是一位穿了長衫的瘦削長者，他就是我們的「歐校長」。說實話，他的訓話我全忘光了，只記得他告訴我們，今年是農曆閏八月，即有兩個中秋節。

記得當時學校還有一小部分的同學有傭人「媽姐」（梳了長辮子穿白衫黑褲的女傭）陪著上學，中午送飯，放學帶他們回家。記得有一次放學之後，我由堅道向東走，由於好奇，多走一段路才向下走，結果走到今天的舊中國銀行，那天大概是10月1日前後，我看到這裏懸掛了兩面

很大的五星旗，這是我到香港之後第一次看到的五星旗。不知道甚麼原因，當時我站著不走，跟著流下了眼淚；在此逗留相信超過半小時。回家時母親當然很不高興，因為她實在太擔心了，最後還驚動了父親追問，但最終我也不知道怎樣將真相告知他們。

開學的頭幾天，都由弟弟帶著我和姊姊上學。精靈的六弟，總愛左穿右插，每次走的路徑都不相同，令我感到很困惑。其實由家裏走到學校，路徑很多；但要掌握一個原則，就是向上（山頂）及向西走。用數學座標來説明，就是從（0，0）走到（7，6），每個數字代表一個街口。由於我這個小胖子（我當時很瘦，來港一年多才胖起來）不是一個聰明的孩子，弄了差不多一星期才悟出這道理。砵甸乍街往上走，過了皇后大道這一段，因為陡度很大，為方便走，所以鋪了很長一段的石板梯級，這就是香港島有名的旅遊景點「石板街」。近二十年來，這裏多開了一條觀光路徑「孫中山史蹟徑」。西面起點於香港大學，以中環德己立街為終點，全長大約3公里。我當年上學的路程，跟這條徑有不少重合的地方。已落成十年的「孫中山紀念館」也位於這條史蹟徑上，是由堅道的甘棠第改建而成。

石板街當時也是觀光區，當然跟今天有所分別。當年我曾光顧過這裏的街頭理髮店；雖然説是街頭，但是合法的，有政府發出認可的牌照經營。規模也不小，大約有三至四張理髮椅，還有幾箱破舊的連環圖，要是光顧理髮，

就可以坐在石階上免費看一兩個小時。我還記得我們小童理髮收費三毫（角）。

當時萬宜大廈、皇后大道、德輔道中一帶名店林立，是全香港的購物中心；我到香港時，正值夏季；弟弟比我早兩年到香港，人也機靈，大暑天時由他帶我去名店享受冷氣。當時一般人的家裏不要說沒有冷氣，就連電風扇也沒有。

就眼前所見，雖然每天吃飯有菜有肉，比鄉間豐富，但當年經濟環境並不好，像我這樣年紀失學的人不少，我在街上也看到很多。他們有的是「擦鞋仔」，整天提着擦鞋箱，到處問人擦鞋；很奇怪，在記憶中沒有女的擦鞋。另一類的職業男女老少都有，就是賣「馬票」。

馬票今天已經成了香港的歷史。據我所知，它的出現時間並不長，大約只有二十多年，到了七十年代已被六合彩取代了。現今的六合彩用純攬珠（搖彩）方法，當年的馬票是用攬珠結合賽馬的方法。馬票分為大馬票和小搖彩兩種。大馬票每年原只有秋、春季兩次，最多曾增至四次。小搖彩是有賽馬的月份，各有一次。由於投注的人少，獎金自然遠遠小於大馬票。開獎的方法，都是先攬出十來個馬票號碼，再將號碼隨機編配到某場賽事的馬匹上。跑頭、二、三名的馬匹，相應的馬票，就是頭、二、三獎，其餘的就是入圍獎。記得秋季馬票頭獎（一獎）很大機會有 100 萬港元，當時 100 萬相當現時的多少？我答不出，但肯定超過現在的一億元。

馬票由賽馬會發行，票面售價為一元，當年沒有場外投注站，在街上兜售的全部都售一元一角，即毛利10%，不少士多（小店）也有出售。馬票成為當年香港人的發財美夢。

當時香港大約250萬人口，以我判斷，當年「秋季馬票」的投注額約有1000萬，平均每個香港人都會買4張，不可謂不利害，不瘋狂。想到這裏，相信澳門、台灣、星馬等地的華人也曾通過各種途徑參與了這種賭博，但肯定沒有大陸同胞。回憶起，馬票實在是很熱門的話題。也許當時經過抗戰，內戰甚至逃難到此，100萬是當時很難很難達到的夢想！今天青年人如果只有100萬，他會問，我能住在哪裏？一個快將退休的人，如果只有100萬，他會問，我怎樣終老？

最後，我們一家覺得中環並不適合定居下來，而且跟父親工作的地點九龍深水埗也距離太遠了，雖然父親大部分時間都留在店中過夜。半年之後，我家就遷到深水埗青山道了。

大約一個月前，為了回憶，我特意由砵甸乍街上行到堅道；以我的估計大約2公里路，但大部分屬坡路。早於十多年前，政府花費不菲加建了扶手電梯。為了懷舊，我捨電梯徒步而行。這裏是中環，一直是香港的中心；現在行人比以前多了，華廈更多，酒吧也林立。為了探舊尋幽，我從上午十一開始，到找到小學舊址已是接近下午二時了。沿途還有攤檔，但明顯少了；尤其是熟食檔（著名的

「大牌檔」），更幾乎絕跡了。途中第一站停留的是一家涼茶店，知道它成立於四十年代，亦即比我到香港還早約10年；飲了一杯「五花茶」，十塊錢，我深信物業一定是經營者的，否則無法支付天價的租金。還記得當時是多少錢？答案我肯定一定記得，就是一毫子（1角）。我為甚麼這麼確定，因為當時我覺得太貴，一毫子有很多選擇，例如一碗免治牛肉粥，或一碗艇仔粥，或油條加白粥，也可以是一個菠蘿包，奶油包……等等。一毫子就是我當時每天的早餐錢。上學我不必經過文武廟，但它一直有顯赫的江湖地位。我特意向西多走100公尺，到此上香；因為不是特別的節日，人不算很多，過半是遊客。第三個停留的地方是荷里活道的舊警察宿舍，現在改為「元創坊」，以推廣本地創意產業。過去香港兩位特首曾蔭權和梁振英都有可能在此住過。

這路綫真的很陡，整體來說如今路是稍為潤了，但平均的樓宇建高了十倍以上。我的母校原有四五層，連同附近的一些樓宇，現今是一幢巍巍數十層屹立於中半山的豪宅，市值相信幾十億港元。

我唸小學的時候，香港電影院數量已經很多，而且都是獨立建築的，外形建得美侖美奐。無聊的時候，會跑到新舞臺戲院的大堂，看看窗櫥的電影宣傳照片。即日放映的電影，照片當然最多，而且位置放在當眼處；下期放映的，照片數量也很多，放在即日放映電影的旁邊。其次是再下期的、公餘場的及早場的。電影院每天放映三場正場，

時間很規律，一般是下午 2:30，晚上 7:30、9:30。早場是中午 12:30；公餘場是傍晚 5:30。早場放映的是粵語老片，公餘場放映的是老西片，票價特別便宜，前座兩角，很多時我跟弟弟合夥，買一張前座票看公餘場（一張票兩人看）。

五六十年代，每年都有一部大製作的西片在香港放映，例如《十誡》、《賓虛》、《桂河橋》、《六壯士》、《碧血長天》等等。這些大片，我都看過。說真話，絕大部分我都看不懂，往往是鋪頭的叔叔帶我去看的（每票可攜帶一名小童）。這些大片都是在一線戲院上映，這些戲院，九龍方面全部座落在彌敦道上。我們都是看尾場，很多時候，看到下半場，我已經睡著了。

除了戲院之外，涼茶舖也可以看電影。大部分涼茶舖都裝了麗的有線電視，遇到播放粵語殘片（老片）時，你可以花一角買一碗涼茶，坐在店內免費看半小時電影。半小時後老闆關機開燈，你要看可以再幫襯一碗，再看他半小時。如此類推。或者你不想再飲涼茶，每半小時可以另付斗零（五分錢）繼續看。通常涼茶店門口都有一個廣告牌，寫上將放映甚麼片子。遇到假期，加上放映甚麼《黃飛鴻懲惡懲奸》之類的電影，涼茶舖也許會擠了十幾個馬騮仔（頑皮小男孩）。

口袋還有零錢的話，也許會到報紙攤用一毫錢買一本漫畫，能選的只有兩種：《射雕英雄傳》和另一本《財叔》。這都是當時最暢銷的漫畫。起初財叔在漫畫中是一位抗日

英雄，可能為了迎合讀者的喜好，財叔慢慢變成一個搞笑者。還有印刷精美且富於教育性的《兒童樂園》，每本五角，價錢最高，我也買過幾次，但實在太貴了。《周處除三害》這本用文字寫成的兒童故事書，可能是我第一本閱讀的課外書。

在家裏除了四兄弟姊妹的課本，加上一些兒童讀物之外，唯一還有另外的一本書，厚厚的「通勝」（本來叫「通書」，香港人為了避忌「書」與「輸」同音，改稱「通勝」），這是媽媽經常翻看的書。媽媽在做很多事之前，都會查看通勝。每當我閒著無事的時候，就拿著小板櫈和通勝，坐在走廊的角落靜靜看。書內的甚麼春牛圖，我當然看不懂，但裏面有很多其實並不難懂，最先吸引著我的是市仔訣（問斤求兩）：一兩六二五，二兩一二五……。我想最主要是這一年經常到舖頭去，對於買賣斤兩，有點興趣，所以對市仔訣這首口訣無師自通，並且又背得很熟。

翻到後半本，又看到《增廣賢文》的喻世詩文，例如「渴時一滴如甘露，醉後添杯不如無」；又如「人情似紙張張薄，世事如棋局局新」。讀了有點感悟，覺得並不很難。此外，還有朱子《治家格言》，再下去白居易的有《長恨歌》、《琵琶行》，唸起來都是琅琅上口的。此外，還有很多故事，其中一個是孔子外遊，被一個小朋友難倒了；二十四孝的故事，也在這裏全部找到。「通勝」可以說是我的中國文化的啟蒙經典。

第三章

58196

三、58196

58196 是我到了香港之後的第一個重要數字。這個五位數字在腦中整整盤據了六十個年頭，甚至超過了。這是父親在香港打理的店舖的聯絡電話號碼。在我還未抵港之前，我已被告知這個號碼，並且千叮萬囑我要好好牢記着，否則在港迷路，有機會被人拐賣，永遠回不到父母的身邊。當時人地生疏的處境給一個小孩子的壓力真大，這個號碼一直原封不動在心內維持了六十年。

我現在記得的電話號碼肯定不會超過五個，「58196」這個號碼沒有使用已經 60 年了，但我無法解釋為甚麼忘不掉它？現今電話號碼是 8 位數字，電話數量很可能是當時的 1000 倍。我們家裏那時當然沒有電話，遇上要跟父親聯絡的時候，最方便的方法就是跟同層那間西藥批發店借電話用。這家店大概三百多平方呎，向馬路的一方有一個露台（香港人稱「騎樓」），下面就是人行道，左右兩邊的「牆」都是落地的玻璃窗櫥，裏面全擺放着西藥，都上了鎖。還記得藥店的名字叫「興業西藥」，主打的是一種治理香港腳的軟膏，名稱叫「阿律巴」。其餘地方放了四張辦公桌和一張長長的沙發。這家藥店面積雖然小，但

也算利害，全公司大約八人工作，竟然裝了兩部電話。由於借電話的關係，我跟店中的兩個職位最低的（俗稱後生）熟絡了，這可能是由於年齡接近（他們 18 歲左右）的關係。他們兩人負責搞清潔和準備每天的午飯，一人買菜，一人洗碗，每天輪流做；另有一位長者是廚師，下午送貨。據我所知，他們每月的工資 50 元。初到香港還未開學時，他們常常叫我跟去買菜，由我提著回來。最高興的是還有報酬——五仙（五分錢，俗稱斗零）。當然要得到母親的允許我才可以做，這樣的工作大約做了十來次。

對我來說，這種臨時工作其實得益不少，既能認識周圍的環境，也開始叫我對物價、人事了解和關注。他們為甚麼叫我擔任這樣的工作呢？據我所知，這完全是為了面子問題。因為他們不想提著餸菜，在街上遇到認識的人，特別是那些他們正在追求的舞小姐。

買菜的目的地是中央街市（中央市場，粵語「街市」即菜市場）和附近的街檔，由砵甸乍街到中央街市，路程只有幾分鐘。但穿插在繁華的市廛中，對初來大都市的土包子來說，真是眼花繚亂。昔日幾間名店，像高陞茶樓、金菊園、金陵燒臘店，都是必經之路，今天它們已經退出歷史舞台；熟悉的蓮香茶樓餅家和皇上皇，也早已他遷。只有中央街市卻仍屹立原地，但作為街市的任務也已結束了，今天變成歷史文物，供遊客憑弔。二十幾年前政府由中央街市開始建了扶手電梯連接至中半山，全程 800 公尺，崎嶇的山路，一下子變成坦途。挽菜的工作雖然只有

十幾天，但對剛到大都市的我來說，跟著小伙子們穿插在街市之中，既新鮮，又好玩，印象非常深刻。當時的物價，更令我難忘，即使在今天，我很輕易便能摹擬出當日一張的家常菜單。例如：

兩菜一湯：

鹹蛋肉片勝瓜（絲瓜）連湯：

勝瓜一斤——3角

鹹蛋一個——2角

瘦肉若干——6角

豆腐韭菜炆魚腩：

豆腐 1.5 角

韭菜 1.5 角

鯇魚腩 8 角

兩菜共二元二角

按此計算，那時我家五口人吃飯，每天的菜錢肯定不超出一元之外。

另外，以我所見，當時的家庭煮食大部分都用火水（煤油或火油）。現在憑記憶還能寫出當時的一些生活物價：

柴——火水——6 元 /4 加侖——約 18 升

米——中上的——1 斤（600 克）/5 角

油—上好的花生油——1 斤（600 克）/1.8 元

鹽（粗鹽）——很便宜——1 斤 /1 角

醬——醬油，廣東人稱豉油，中上品質——一瓶（約 600cc）/5 角

醋——白米醋——1斤/2角
茶——中等普洱茶——1斤/2元

　　這時，香港的新聞業很興旺，幾乎人人早上飲茶都有讀報的習慣。中文報紙起碼有十多家，零售價大多都是一角，只有《星島日報》和《華僑日報》售價兩角。當時的三大報系是《星島》，《華僑》，《工商》，它們除了早報之外，還發行晚報。今天除了《星島》日報之外，其餘二家早已結束。當日他們全部都是親台灣的，報頭的日子欄，除了公元年份之外，還印有中華民國的年號。

　　母親來港一年多，都是到九龍的一間遮廠（雨傘廠）領取布料回家用縫紉機縫成傘面，再送回去。取布一次需要工作兩天至四、五天才完成。每次布料該有三、四十斤。憑她瘦削的身材，而且年歲已不少，擠車趕船，還要走幾公里路，沒有輔助器具，只靠雙手抱着布料，今天看來，實在是虐待！媽，真的多謝妳！

　　記得我來香港幾天，父親也在家的一個傍晚，來了一位客人「嚴伯伯」，他帶來許多餅食和糖菓。當時我仍有一些矇矓的印象，他家在容奇，和我家彼此是世交，還包括嚴伯伯的父母。嚴伯伯比父親年輕十年以上，我曾就此事問母親，為甚麼不叫他叔叔而叫他伯伯？母親回答說這是尊重。

　　為了他的到訪，母親忙了大半天。等到西藥房下班之後，我們就獨佔走廊，在那裏開飯。還記得椅子不夠，母親着我到西藥房那裏搬幾張過來。整頓飯，甚至飯後，兩

位老朋友都在談論到香港之後，如何為自己的事業奮鬥的計劃；母親偶而也加上一兩句。至於我們四個小孩，全插不上咀。

我很愛聽他倆說的故事。

嚴伯伯到香港比父親晚大約一年多（大約1955年）。他家有錢，而且人面廣，我甚至覺得他們神通廣大，有辦法弄到一筆錢到香港，一年多就跟友人開了一家餅店。店名叫威利民，位於灣仔，生意還算不錯。尤其是前一年的中秋節，賣月餅的利潤，就足夠下年度整年的開支。今年中秋節快到了，所以很忙，並邀請母親到他餅店幫手，在父親大力的贊同下，母親就到威利民餅店做幫工。母親大概只做了兩個月，因為中秋過後，餅店工作量大減；更主要的原因是我們正準備把家搬到父親工作的地點附近。

中秋離不開月餅，在鄉間，月餅種類少，而且比較簡樸，包裝也簡陋。大多數用白紙把四個月餅捲成一筒，很少用紙盒包裝的。家鄉最流行的一種月餅，餡料用砂糖、白芝麻、少許椰絲造成，口感堅硬，這種月餅叫做「掟死狗」。記得我在鄉間的第一個書包就是一個月餅盒。一年級開學時，我的兩個哥哥，不知道從哪裏弄來一個月餅盒，給我做書包。我也不知道自己蠢或是單純，也欣然接受。在香港第一次過中秋，家中除了有幾盒月餅之外，還有不少豬籠餅。記憶中，在鄉間未曾捱過餓，到香港之後，食物的種類豐盛，實是一大突破。

這時舅公（祖母的胞弟，亦是業主）每星期都到我們

的住處兩三次。他失聰，私下我們都稱他「聾舅公」，當時接近六十歲，曾到過外地留學，年青時做西藥生意，在我心中他是富有的人家。當時他經營一個小型的農場，就在現今海洋公園的附近，主要養乳鴿，也種了二三十棵木瓜，常常用一個紙抽袋，裝上四至五個剛從樹上摘下來的熟木瓜，遇到我在家的時候，一定要我替他挽著，跟他出去，等他處理好要辦的事，就帶我到附近的一家華昌隆辦館（買賣華洋食品的雜貨店），將這幾個木瓜賣給這家辦館，還記得收購價8角錢1磅。這裏姓何的經理是我的表叔。這些木瓜相信出售價在一元或以上，對象都是半山的有錢客人。收到錢之後，他一定帶我飲西茶，地點就在中央街市附近一些樓上的西餐廳。他素以精打細算出名，由於我還是小童，所以他每次都只叫一壺奶茶，多要一套杯碟，茶水不夠就叫人加，奶不夠也叫人加，再叫一份多士，埋單（粵語，即結帳）五角錢。如果再加一個蛋撻就是最豐盛了。我接觸西茶西餐，就是從這裏開始的。

砵典乍街有一間文具店「啟發文儀」，其中有一位職工是我們的表伯（母親的表哥），也常常到我家；他文質彬彬，毛筆字很有功力，來自中醫世家，當時家中誰人生病，均由表伯把脈開方。他帶我們去過很多地方，印象最深刻的是「虎豹別墅」，特別是十八層地獄的塑象。那時是大暑時期，冰凍的汽水是我們這群鄉下仔女的最愛，他買了五瓶屈臣氏橙蜜（橙汁），每人一瓶，太令我驚喜。回想當時，當我們有點零錢的時候，湊夠兩角，就到樓下

維他奶餐廳門口買一瓶「紅寶」，其實就是酸梅湯。四兄弟姊妹分甘同味，你一口我一口的均分，當時的滿足與快樂，真不知道如何描述。

我們的住處是一梯兩伙，同梯的二樓是維他奶餐廳的出品部，他們安裝了麗的呼聲（有線的廣播電台，按月收費），我常常溜過去聽節目。一天吃完晚飯後，表伯上來說帶我們去看麗的電視。當時我還不知道電視與廣播有甚麼不同，他帶我們到上環一家冰室（發展至今就是茶餐廳）。麗的電視在 1957 年 5 月在香港正式開播了，還記得表伯為我叫了一杯紅豆冰。當晚上演了一套粵劇，現今想起來，畫面小，有雪花兼有雜音。

舅公、表伯離開我們已經超過 20 年了，就讓上述一點點留在懷念中吧！

第四章

九龍仔

四、九龍仔

香港有個地方叫「香港仔」，九龍也有個地方叫「九龍仔」。「香港仔」至今大家都熟悉；至於「九龍仔」，今天可能很多人都不知道在哪裏。

「九龍仔」這個地方，我還未到香港以前就已經聽過。母親和弟弟初到香港時，就住在這裏。母親在那裏有很多好朋友，她學會使用縫紉機也在九龍仔。

當時九龍仔是個甚麼地方？記憶所及，當時九龍仔很大，是個木屋區，香港政府從上世紀 70 年代開始，為了整頓環境，逐漸清拆木屋，把木屋居民安置到公屋或居屋。直到 80 年代後期，基本上「九龍仔」的木屋居民已經全部遷走了。這個地方，除了今天城市大學的校園之外，還包括又一村及九龍塘港鐵站一帶。又一城又是這區的地標，是一座建築得優美而且龐大的現代化的綜合商廈。2011 年太古集團把又一城轉售給星加坡某財團，作價接近 200 億港元。還記得當年中環萬宜大廈的總造價不過是 1000 萬港元罷了。

常常聽母親述說木屋區的生活，取水難、交通難、走路亦難，因為全是山坡。每逢刮風下雨更苦不堪言。但這

裏很有人情味；住在那裏，苦中有樂。初到香港還未開學的某一個早上，母親帶領我們四兄弟姊妹到九龍仔，因為當天是姑婆的生日（姑婆即爺爺的妹妹，爺爺在我出世前已經去世）。想起當時的情況，覺得母親實在能幹，帶著四個不懂事的小孩來回長途跋涉，這比管好四隻亂跑亂動的小狗還難。可是那天乘車坐船順順利利，一點都沒出岔子。今天由中環到又一城，最簡單的方法當然是乘港鐵由中環至九龍塘站，只是中間要轉一次車。當日母親怎樣帶著我們走，不敢肯定，我也記不起了。極可能是先由家中步行到中環統一碼頭，然後乘坐佐敦道碼頭的航線渡海，再轉搭巴士，下車之後肯定還要走一段不短而且崎嶇的小路。統一碼頭和佐敦道碼頭，昔日分別是港島和九龍的龍頭碼頭。兩者連結著當時兩大巴士公司總站（中華巴士公司和九龍巴士公司，前者簡稱「中巴」，後者簡稱「九巴」）。這兩個碼頭擠擁的情況不下於今天的地鐵。當年，所有要渡海的私家車和貨車（沒有巴士），都由渡輪運載，汽車排隊上下渡輪時，浩浩盪盪，情境實在壯觀。俱往矣，今天除了離島的渡輪之外，其餘的海上航線，不過是用來點綴風景，成為本地居民憑弔往事和遊客觀賞維多利亞港的一個便捷方法。統一碼頭及附近已成為今天中環國金一期；佐敦碼頭即今天中港城附近一帶。或許很多人問，這兩處離海岸線還有一段距離。告訴你，這都是後來填海的結果。

　　初到香港，我每次乘車都有頭暈不舒服的感覺，尤其

是車上那些汽油的氣味，讓我覺得很不舒服。這回探望姑婆也不例外，肚子裏一直覺得想嘔吐。那天我們到達目的地時已過了中午十二點，還記得姑婆為我們燒好的午飯，我也吃不下。說到這裏和週邊的環境，實在惡劣。門口的溝渠，填滿了各種雜物，甚至糞便；周圍的氣味，雖未至惡臭，但感覺亦不好。才到達幾分鐘，就有蚊蟲親吻你；木屋面積才一百多方呎，屋頂鋪了一層又一層黑膠布（想是防漏）。姑婆除了兒媳之外，還有四個孫兒同住，年齡都比較小。一家七口，放了一張上下層的碌架牀、一部縫紉機、一張可以摺合的飯桌、一個五桶櫃，還有不少衣服和雜物。傍晚的時候，爸爸也趕過來，由於室內太小，實在坐不下，經兩表兄弟（爸是表兄，姑婆兒子是表弟）商議，天公造美，在屋外找到一塊略平的地方，向鄰人借枱借櫈，在夕陽下山之際，兩家十餘口人高高興興的享用豐盛的晚餐。

「歐伯」是父親的摯友，也是父親兩個老闆中的一個。到香港之後沒幾天，就由父親率領全家拜訪他。他家住在堅道，地方很大，家中子女共有九個，僱用了三個家傭，俗稱「媽姐」，全部都穿白衫黑褲。「媽姐」年歲大約四十多，大部分的都是獨身的，平常省儉，把薪金存下來以備年老退休。小部分「媽姐」和主人的關係很好，甚至在主人家中終老。記得開學不久，「歐伯」生日請客，全家赴會。那次也是請「包辦筵席」，這行業已經沒落多時，今天雖不致絕跡，但肯定是碩果僅存。當時到酒樓擺筵席

的人似乎不多，反而較多的是到家裏「包辦筵席」的到會宴。相信當時生活富裕的人，住宅也比較寬廣，家中總可以擺上三五席。「包辦筵席」就是承辦者將做菜請客的全部設備，包括桌、椅、餐具，廚具以及一切食材都搬到顧客家裏備菜。香港一向都是十二人一席，至今也沒有變動。隱約記得當時這類到會酒席價錢在五十至八十港元，全都是八個主菜，再加飯、麵，押尾還有糕點或壽包。當晚的菜式我還記得過半：茄汁大蝦碌，粟米魚肚羹，蠔油美鮑片、當紅威化炸子雞、揚州炒飯、乾燒伊麵、壽包……等等。當晚共開五席，兩席在客廳，兩席在廚房旁邊的天井後欄，一席設在主人房。

另一次，父親也帶我們一家人吃「包辦筵席」。這次風味完全不同，是齋譔，為的是紀念祖師誕／呂祖先師／呂洞賓。地點在九龍深水埗的「青松觀」，齋譔設在天台，當天人頭湧湧，起碼有十多席，一批吃完又一批，相當熱鬧。也不知道我們吃的是第幾輪，相信整晚不少於一百席。當晚同桌的除了我們一家六口之外，還有歐伯夫婦及其中四個子女。原來歐伯和父親上世紀 30 年代在鄉間是同事，感情很好，又同時入道，成為呂祖弟子。不知道甚麼原因，歐伯遠赴印度，再輾轉到香港，開了「新誠信」；還記得父親鄉間的店舖叫「誠信」，是巧合或是有關連，就不知道了。他們經營的範圍完全不同，父親經營的主要是糖、油、麵、豆類，做附近各鄉、村、鎮的批發生意；而「歐伯」是從印度和非洲等地引進名貴的中藥，諸如犀牛角、

麝香、熊膽……等等，今天大部分已經禁售。當時我覺得他很有錢。席間，我知道這次齋讌是免費的，當然你可以捐獻。我也知道了講究的羅漢齋，要有三菇六耳（不是三姑六婆）。這樣的齋菜吃了好幾年，差不多到我去台灣升學，才停止了。

父親大約 1953 年獨自一人來香港，來港後一直住在歐伯位於上環做出入口生意的「新誠信」。雖然他沒有實際的工作，但與歐伯情同手足，每月都有足夠的家用寄回家。經過一段時間策劃之後，由歐伯和呂伯（另一位爸在鄉間已認識的朋友）各出資 1.5 萬元港幣（共 3 萬）開一間店舖（粵語叫舖頭）；呂伯解放前（1949 年）已經到了香港，在香港擁有一間酒廠及一間醬園，很希望父親替他把產品大力推銷。父親始終在家鄉就有經營海味雜貨生意的底子，做雜貨買賣，可謂駕輕就熟；經過大家協調後，父親除了經營海味雜貨之外，還經銷呂伯的中國酒和醬料。

舖頭的選址在九龍深水埗順寧道，面積大約 1200 多平方呎，有四分一是天井，沒有上蓋的。聽父親說，這間店舖售價是 3 萬元，如果租用的話，每月租金要 500 元。最後呂伯力主租用，還花了巨額裝飾（據說用了 2.8 萬裝修，當時來說是大手筆）。舖頭的全名叫「冠生酒莊」，大約在 1955 年開張，母親和弟弟在這時已經到了香港。

在我到了香港的時候，第二間叫「東生酒莊」的舖頭也開張了。這是用第一間舖頭賺回來的錢開的。聽爸爸說，

不到兩年就賺了 3 萬元。兩間舖頭相距不到五間舖位。在順寧道較北處,另一間叫「和生酒莊」的也在這時候開張,是爸的一些朋友委託爸管理的,我的叔叔(爸的胞弟)也在這裏打工。據爸說舖頭開張時只有十名伙記,由於生意實在太好,我到香港時已經有十五、六人了。不知道甚麼原因,我自小就對舖頭很有興趣,我還清楚記得當時的編制:頭櫃是爸爸、二櫃是舅父(媽媽的胞弟),下面還分海味部、糖荳粉麵部、酒類、醬料、鹹料、食油和雜項,再加上打雜、送貨、伙頭(廚師)。說也奇怪,全部店員都是廣府人,跟我們有親戚關係的有五至六人,其他都是彼此認識的。隔壁是米舖,十幾個都是潮汕人。在那時,你沒有熟人的推薦,找一份低下層的工作也不容易。

店中各人除了父親有家室在香港之外,其他伙計的家人都還在鄉下,因為當時香港的生活確實不容易,要把家人從鄉下申請出來也困難。當時所有的伙計都在店內留宿,這並不是資方的要求,而是大家初來香港,並沒有住宿的地方,租房子也租不起。最高峰的時刻,經常超過 20 人留宿,比伙計的人數還多。這是甚麼原因?主要是因為當時有的同鄉找不到住宿的地方,迫不得已只好給他們暫住一下。現今想起來也覺得留宿的人很利害,一間品種繁多的雜貨店,白天擺在人行道的貨物到晚上都要收回來,在沒有空間的情況下,十幾個伙計,還能為自己搭出一個牀舖,實在不簡單。

舖頭有兩個人不用搭牀舖,就是爸爸和舅父,他倆都

睡在酒房裏。酒房主要放了三個大酒缸，每個大酒缸可以放幾百斤米酒，米酒的上層加上很多肥豬肉，日子久了變成豬油，覆蓋著下面的米酒，這樣米酒才可以慢慢變得醇香。裝修工人在酒缸上造了兩張很不錯的大牀，可供兩人睡覺。

　　九龍仔是我第一次踏足九龍半島，探訪親戚的一塊土地，但千萬也想不到，與它毗鄰的深水埗區，日後竟然成為我二十歲以前主要的活動地區。

第五章

雜貨之子

五、雜貨之子

　　一說到「舖頭」，我就有很多話題。因為這輩子的很多知識，乃至人情世故，都是從這裏學回來，我一直認為它就是我的學校。上世紀五、六十年代，我也曾經在父親管理的「舖頭」住過不少的日子，包括要上課的時候，所以對舖頭有家的感覺。

　　我所說的「舖頭」位於順寧道與東京街交滙處，馬路對面是九龍巴士公司的車廠。順寧道與青山道其中一段平行，整條順寧道相信不超過兩公里長，而青山道連接青山公路就該有幾十公里，直達元朗。說起來當時的順寧道就是一個長長的大街市，馬路上雖然行車，但半邊已被攤檔佔用，所以整條馬路行車量不多，而且行車速度緩慢，絕大部分地方都被這裏的商舖和攤檔，以及上落貨物的貨車佔據。攤檔又分為有牌照和沒有牌照的，也即合法經營和不合法經營兩類。其中以賣青菜攤檔最多，大多是有牌照的；熟食檔都是用木頭造成的木頭車，大多數都是無牌照的，常常要走鬼（躲避警察抓捕）。街頭小食種類繁多，如牛雜、煎釀三寶、臭豆腐、碗仔翅、潮州粉果、雞蛋仔、麵食、柴魚花生粥、腸粉……等等。街道兩邊的店舖大部

分是米舖、雜貨舖、肉食公司、廣東燒臘舖，還有一些規模較小的食店，例如廣東雲吞麵、粥麵舖、潮州打冷店、上海館子等等。

那時街上很多小販，不管有牌無牌，要經營順利都要「派鬼」（私下派錢給有關的各種管理官員，主要是警察。）；理論上有牌照的派得少一點，相反就派得多一點。「派鬼」主要派給兩類人：「皇氣」和「陀地」（警察和當地流氓）。

肉食公司是指一些售賣肉類的店舖，店內分別設有豬肉枱、牛肉枱、鹹水魚檔（海鮮），淡水魚檔（河鮮）及宰雞殺鴨的三鳥檔（三鳥：雞、鴨、鵝），是由承包商或東主分租出來的，各人獨立經營。米舖這時差不多都是潮州幫，因為當時的大米主要來自東南亞泰國等地，大米的標準包裝是麻袋（印有藍線），一麻袋大米重185斤（600克為一斤），那時米舖伙計騎單車的技術人人了得，車尾放一袋藍線大米，左手控制單車，右手往後扶住大米，上車時一躍而上，從未看見過跌倒的。看他們上車就像絕技表演一樣，不知道這種絕技術是怎樣練成的！

由於父親的舖頭開在順寧道，後來我家也搬到深水埗區了。

實在記不起在哪一天，我家由中環砵甸乍街搬到青山道，印象中應該是三年級上學期剛結束，大約開始放寒假的時候，正值1958年初。新居地址是青山道四百多號的五樓。從這裏到舖頭，步行大約10分鐘。二房東是一對

姓麥的夫婦，育有一個剛出生的嬰兒。全層房子的面積約
一千平方呎左右，間成四個房間，加上廚房連接太平梯的
通道也用作一個房間，全屋就一共有五個房間；另外還有
牀位五鋪（上下牀各兩鋪及一鋪吊在天花板的上牀）。每
個房間或每鋪牀都租給一個家庭，即合共住了十戶人家。
其中八個家庭都沒有小孩，大多都是夫婦；有兩對是姊妹，
也有兩戶是單身的。我家租住的是騎樓房，全屋的窗戶都
開在這裏（除了廁所和廚房之外），面積也特別大，相信
有一百多平方呎吧。我們房裏放了一張上下層的牀鋪，下
鋪是爸媽，上鋪是姊姊和妹妹，弟弟跟我每晚都是打地鋪，
睡在地上。房裏還有一張可以收摺的飯桌、一個五桶櫃，
這就是當時全部的家當。租金每月 90 元，包基本的電費
及水費。當時外出用膳的差不多沒有，所以每戶都有一個
火水爐，用來煮食和燒水。十戶人家就有十個火水爐，還
有放煮食用具和火水的地方。我家人多，就要放一罐四加
侖大的火水。廁所與浴室是合一的，連洗衣服都在那裏。
現在想起來也覺得奇怪，當時大家從未發生過爭吵，也不
覺得很擁擠，這大概是彼此懂得體諒別人吧。

　　搬到這裏，家中馬上添置了一部收音機。據爸說是分
期付款的。同屋很多人覺得很新鮮，紛紛查詢分期付款的
方法。當時據爸爸說，必須有鋪保（店鋪擔保）才能分期
付款。每到傍晚有廣播劇的時候，媽媽就會把收音機移到
走廊去，同樓的婦女和姐姐就坐在板櫈上，共同收聽當時
的倫理小說。一年之後商台開幕，每晚聽收音機就更加熱

鬧了。

跟著，那年的夏天，爸爸買了一台德國電風扇，每月要另繳一定數額的電費。

搬了家，為方便上學，爸媽自然要另找新的學校。媽替我在住處對面找到一間，名字如今我也忘記了。全校只有一層樓，當時青山道有不少這類的學校；面積就像我家所住的那層房子一樣大小，分上下午班，有可能是一至三年級是上午，四至六年級是下午。還記得我每月交學費12元，比在中環的便宜得多；上體育課時，要到蝴蝶谷那邊的球場，在今天美孚新邨附近。由於下午不用上課，空閒的時間多了；父親叫我做完功課就到舖頭，等到吃完晚飯才回家。爸吩咐我有兩件事不能做：第一不能跟同學去游水；第二不能在馬路上騎單車。我當然一一答應了。下午到舖頭，一定有茶飲，父親每天兩點多去飲茶，都把我帶去。其實他們所吃的點心都很少，例如只吃一個义燒飽，利用這半小時輕鬆一下。他知道我愛吃，常為我叫蝦餃、燒賣，甚至糯米雞，乾炒牛河等等。父親下午不一定在舖頭，他是買手，要到電車路（即西環的德輔道西）買貨，通常一個星期去兩趟。爸不在的時候，就由其他伙記帶我去飲茶。

在這間一層樓的學校，留下最深刻的記憶，是一對孖生同學，他們的名字還記得，哥哥叫林永賢，弟弟叫林永年。他倆身體扎實，為人又講義氣。他們家住在附近的天台，父母都早出晚歸工作。記得認識不久，他們就邀請幾

個同班的男同學到他家做大菜糕（日本產的海藻，台灣稱洋菜凍）。還記得每人科款兩角，買了一兩大菜和一斤冰糖，本該還要一隻雞蛋，但錢不夠。永賢說，家裏有雞蛋，不用買了。到了他家，天台住了幾戶人家，周圍環境比較零亂，電線縱橫交錯，水喉也是亂接的。我還很清楚記得整個製作大菜糕的過程：先用水鍋盛載四瓶水（最常用的一斤裝容量的瓶子600cc），放下大菜，加火煮至所有大菜溶解，再將一斤冰糖放下，冰糖完全溶解時熄火，將打勻的雞蛋放下攪拌，再倒進碟，砵，碗中讓它凝固定形。待其冷卻後即成大菜糕。（當年，一般家庭沒有冰箱）

　　經過這次後，我跟他們兄弟就埋了堆。他倆天生好動，父母又不在家，常約我到九華徑、蝴蝶谷一帶的溪澗捉魚，叢林捉豹虎（又稱金絲貓），其實是蜘蛛科的一種，性好打架。也約我去看武館的人練武。我在他兄弟邀請之下，盛情難卻，不得不去，誰知道媽媽知道之後，竟然為此生氣。比較之下，我覺得媽媽管我比爸爸嚴厲，爸爸就寬鬆得多了。但不知道甚麼原因，我就是怕爸爸，不怕媽媽；始終慈母就是慈母吧。在我記憶中，母親雖然嚴厲，但並不經常生我的氣；只有兩次她認為是嚴重的事情，才將我交給父親處理。

　　第一次就是前面提到，在中國銀行看到五星旗，好像他鄉遇故知一樣，流著淚遲遲不肯離去的事情。母親以為我到了甚麼地方去玩而不告知她，便交給父親處理。那次父親處理的方法，即使到了今天，我還是覺得很獨特的。

他當時並沒有說甚麼話，只帶我出去飲下午茶，並特意找一個卡位，大家面對面的坐著。他先著伙記叫了一碗鴨腿湯麵，然後跟我說：放了學在外面玩，不依時回家，媽媽是很擔心的，以後不要再犯讓母親擔心的事。沒多久，鴨腿湯麵也來了，我以為我們分吃這碗麵，想不到父親竟然著我一人把它吃光。

第二次由母親轉介的，就是未得母親允許，我經常跟林氏兄弟四處玩。這次，父親的招數跟上次完全不同了。他找來他的老朋友，也是他的老闆「歐伯」來跟我談話。鋪頭的櫃位，只能坐一個人，歐伯坐在那裏，叫我走進去，著我站在他跟前，親切地用雙手把我摟著，溫和地跟我說：你讓媽媽很不高興，是嗎？我回答：是！他在拍紙部上寫下「樹欲靜而風不息，子欲養而親不在」兩句，叫我讀出來，並問我有沒有感覺？我告訴歐伯，我明白這兩句的意思，雖然第一次讀到。

父親與歐伯的友情，我從小就感受很深，也深深感到他是我家的恩人，沒有他的幫忙，我根本不能來香港。

三年級的暑假之後，我轉到一間比較正規的小學，林氏兄弟也因為搬家原因而轉學了。短暫的相識，卻留下深刻的回憶，如果當日有手機，有 email，甚至用上 line，我現在的感覺又是怎樣的一回事呢？

唸四年級上學期的時候，同一層樓又多了一個住客。她是二房東麥先生的母親，來自廣東三水。當時以為三水是很遠的地方，以今天的管治區來說，三水和我的家鄉順

德,同屬佛山市管轄的範圍。當時我無論對中國歷史或地理,既模糊又陌生,縱使今天有點皮毛的認知,大部分都是自己尋根心態得回來的。這位麥老太,是典型的中國鄉下人,濃重的鄉音,粗壯的身軀,大概六十左右吧,全身赤銅的皮膚,滿臉皺紋,她很喜歡到我們家聊天。她說自己年紀很輕就下田,本來不想來香港,怕的是不能適應。這次來香港完全由兒媳決定。她多次說起家鄉的「三泥魚」很肥美,用來煮苦瓜美味不過,是她的至愛。來香港不到一個月,看見她終日愁眉苦臉,這並不是因為要她帶孫子和做家務的關係,而是她的生活方式無法被媳婦接受。她曾多次央求兒子把她送回老家去,但却不成事。1960年初我們搬了家,不到幾個月,同層的舊住客傳來有關這位老太的悲劇收場。從這個時候開始,我就常常覺得人與人之間相處,往往存在很多不容易解決的問題。

在順寧道舖頭的顧客,有一半來自李鄭屋的徙置區(政府安置木屋被拆遷的居民的臨時居住區),另一半來自附近的私人樓宇。

說到李鄭屋有兩件事不能不提。

第一是李鄭屋古墓:石硤尾與李鄭屋是香港最早期的安置區,1955年李鄭屋仍在興建中,在平整工地的過程中發現了一個東漢的古墓,還挖掘出不少陪葬品。經過考古學考察,鑒定距今大約2000年,結果引起了政府及市民極大的關注,很有可能是當時在香港第一次經考古發掘的古老歷史遺跡。李鄭屋古墓至今仍是香港歷史博物館的一

個重要項目。第二是雙十暴動：1956年雙十節（十月十日紀念孫中山辛亥革命建立中華民國）活動期間，因為懸掛中華民國國旗（青天白日滿地紅）的問題左右派市民在街上爆發武力衝突，引起至少60人死亡，不知道多少人受傷。當時的暴動非常震撼，雖然我還在鄉間，每天都看見祖母在天井焚香，跪在地上，祈求上天保佑在香港的兒媳及孫兒。這幅畫面，至今仍然歷歷在目。

在爸爸舖頭附近的這個小區，當時它有一個別名叫「小金山」。何故？因為這裏住了很多四邑或五邑人，他們大部分都有移民美國的親屬，尤其是舊金山——三藩市，其中不少人經常收到美金外匯。昔日美元的兌換價相當穩定，100美元兌575港元，一個小家庭如果按月收到100美元的話，就可以過著小康以上的生活。不過，他們在這裏，只是過客，都在等待美國領使館的簽證，準備做親屬移民。

記憶中，1957年香港貨幣中，硬幣有五仙（俗稱斗零）、一角與五角三種，前兩種是銅合金鑄造的，五角是銀合金鑄造的；紙幣有一元、五元、十元、五十元（市面上流通很少）、一百元和五百元。聽說硬幣由香港政府發行，託倫敦鑄造局鑄造；紙幣則由三間發鈔銀行發行，依當時規模大小，分別是渣打、滙豐及有利銀行。有利銀行在七十年代結業，今天滙豐銀行資金已遠遠超越渣打銀行了。

當時一般私人僱員沒有假期休息的福利（指低下層，

不包括政府部門及外資大機構）。一星期工作七天，是天經地義的事；病假與工傷，全無法例保障，只靠資方良知。僱主辭退職工也就更容易。那時候體力工作不值錢，咕喱（苦力工人）特別多，一個的士司機的工資是一個體力勞動的幾倍。還記得當時「月入三千」，是指舞國紅極一時的王牌阿姐。當時很多人不識字，在市區偏僻的角落，有很多替人寫信的檔口。寫信的酬金忘記了，大概是兩三毛錢寫一封信吧！

今天，你要買一點散裝的醬油、燒酒、食油，甚至小量的蔴油，根本沒有可能。你必須整罐或整瓶的買。但那個年代，由於生活水平低，同時為了省錢，大家都挑選散裝的買。鋪頭賣散裝的醬油酒料時，都用一組一組的勺子舀給客人。一組勺子通常分為四兩、半斤和一斤三種。我很早就注意到，半斤的醬油勺比半斤的食油勺小。在相同重量的勺子裏頭，火水勺容量最大（由於火水價錢低和銷量大，因此只有一斤的勺子。小於一斤的數量，都由伙記自己判斷給客人多少）；另外還有燒酒勺、白醋勺、醬油勺等。白醋跟甜醋，同是半斤勺，白醋勺比甜醋勺大很多。最初我不知道這是各種液體密度不同的原因，但多看以後，到了上中學，在學習物理學密度跟比重關係這個課題，或者是阿基米德原理的時候，我都比別的同學容易明白。當時街市用的重量單位，有斤（跟台灣的相同，跟內地的不一樣）、英磅和國際性的公斤。因為常常要用，我很快就掌握到彼此的互換關係；這時英式磅和中國秤也懂得使

用。鹹魚的腥臭味，火水的汽油味也克服了。對我來說，在這裏學到的東西，不比學校少，讓我對這行業有一種求知的欲望。

在舖頭幫手的時候，我整天都與舊報紙為伍。因為那時還沒有塑料袋出現，除了出售貴重或給客人帶回大陸的貨物之外，全部都用舊報紙包裝給客人。當時全港店舖用來包裝的舊報紙可以分為兩大類，進口的舊西報和本地的舊中文報。紙質以進口的西報為佳，價格當然稍高。我們舖頭用的就是舊西報這類紙張，都是從山寨式加工廠訂購回來的製成品，包括切好的紙張和裁製好的紙袋。切好的報紙，大小約如今天的 A4 影印紙；紙袋分別製成裝載四兩、半斤和一斤三種不同大小的尺碼，都裁製成三角形，打開就像漏斗。舊報紙還有一個學生兄弟，那就是鹹水草，用來綑扎貨物。用舊報紙包裹貨物和用鹹水草綑扎，需要經過一番訓練和較長時間的操作，才能熟練。這方面技能的高下和敏捷度（又稱為手腳快慢），會影響到員工所得的工資。今天舊報紙已被膠料袋完全取代了，但包糭子和菜市場綑綁螃蟹時，還有機會看到鹹水草，然而越來越多人使用彩繩代替。

「舖頭」附近的那段青山道，比順寧道整齊清潔得多，行人道及馬路旁沒有攤檔。這段是南北走向主要馬路，當然偶爾免不了還有一些走鬼的小販。馬路兩邊都建有較新的六層高商住樓宇，一梯兩伙，樓下都用來開店舖，樓上大部分是住宅，二、三樓有時也作商業用途，譬如開設幼

稚園、小學、留產所（當時醫院牀位不足，大部分嬰兒在
留產所出生）、私家診所、理髮店等等。每層樓的面積大
約一千平方呎左右，沒有間隔，由業主或承租人分隔，一
層住十伙八伙人並非罕見。六樓再上一層，就是天台，每
個天台都蓋了多間的天台屋；樓梯口一側的牆壁上，裝滿
電錶和小信箱，有時樓梯底空出的幾十平方呎空間，也會
租出去，供修理鐘錶、售賣香菸、修改衣服、衣鈕拉鏈甚
至燙衣服務的人租用。

　　青山道比起皇后大道，甚至彌敦道當然遜色，但它畢
竟是九龍區的一條大馬路，也是深水埗最繁盛的地方。在
離「舖頭」100多米的「新舞台大戲院」是當區的一個地
標，除了放映電影（粵語及國語）之外，還可以演大戲（即
粵劇），座位有一千多個。電影院的後座票價一般是一元
二角。首輪西片的電影院綫，以港島豪華、九龍新華為代
表，票價是全港最貴的，後座票價兩元四角。「新舞台」
座落於青山道和東京街交界的十字路口，東京街街口對面
就是當時這區最出名的「醉月酒樓」。該酒樓之所以出名，
除了裝修美侖美奐及食品精美之外，最重要的在50年代
常有一線的粵劇老倌在這裏獻唱，常常座無虛席。高檔的
百貨公司，這裏沒有。但有一間規模不小的「中建國貨公
司」，標榜價廉物美的大陸日常用品，該是最早期的國貨
公司。記得我冬季上學的大地牌校褸，上運動堂的白飯魚
鞋（白布鞋），都是媽媽帶我到這裏買的。

　　這裏士多也不少，印象最深刻的就是每間士多都有兩

盆煮熟的魷魚。一盆是咖喱煮的,另一盆是蠔油煮的。每件售價一角。當時日本有大量的乾魷魚銷售到香港,港人稱它為「屐皮魷」,意謂這種魷魚味同嚼蠟,如啃木屐皮。未煮時一斤約四五隻,售價也較便宜。用食用梳打或梘水泡浸兩三天,魷魚就會發大脹幾倍,變得爽口。每隻切成五、六片之後,用大蒜、味精、咖喱(或蠔油)等濃郁的調味料泡製,售價很便宜。我要是有一角錢,就會買一件吃,舖頭的伙計會替我剪成數小塊,用白紙包著,自己再添加甜辣醬,然後用牙簽一塊一塊的串著放入口中。還有一毛錢一包的鹹乾帶殼花生,用報紙包成瘦長的圓錐體,令人看了覺得是一大包。這些都是我喜歡吃的小食。

金飾店最出名的有「周大福」和「周生生」,加上其他的字號總有十多間。還記得當時的金價很穩定,一兩黃金的報價經常維持在 270 至 275 元左右。此外,這一區有兩類店鋪被大人告知是不正當的,就是麻將館和舞廳。

「舖頭」的伙記,最年老的一位約 60 多歲,大家都叫他「阿公」。他負責燒酒的部門;最年輕的,我稱他為「殷哥」,二十歲左右,還未成家,負責送貨(單車)。他們都來自珠江三角洲的南番順(南海、番禺、順德三縣的簡稱),另有兩個來自稍遠的清遠。我到港之後不久,就跟他們混熟了。早上 7:30 開舖,晚上 8:00 關舖(憑記憶,誤差不超過半小時),中間基本沒有休息的時間;午飯在 12:00-13:00,吃飯分前後兩桌,每桌吃半小時;晚飯約在下午 6:00-7:00,吃飯也分成兩桌。分成兩桌是因

為吃飯時間仍然繼續做生意。以當時來說，飯菜還算不錯，兩菜一湯，另有鹹菜一碟，如梅菜、鹹魚、炸醬等等。農曆每月的初二，十六做禡（粵音音「牙」），這兩天的晚飯特別好菜，通常都會劏雞殺鴨，也讓員工喝店中的貴價酒（免費提供），如山西竹葉青、天津五加皮、金門高粱等等。當年的一瓶金門高粱比一瓶貴州茅台價錢還要貴。平日只准喝散裝米酒。如果是過年過節，就更加隆重，收了舖才吃飯。

舖頭一年只休息兩天半：正月初一、初三和初二的下午。年初二早上一定開舖，大約到上午十點多就關舖，吃開年飯，兼且決定員工的去留。當時人浮於事，很少人會主動辭工，員工反而怕炒魷魚。（當時的員工是留宿的，自備被席，枕頭等等，被辭退時，就用被席捲起所有的雜物離開，被席有如炒熟捲起來的魷魚）。記憶中，員工除了這兩天半假期之外，另有七至十天左右的回鄉假期。開始的幾年，舖頭賺大錢，被辭退的好像沒有。開年飯後，他們都會關起門打麻將，玩十三張紙牌等（有些賭博父親是禁止的，例如話事啤即沙蟹，牌九）。他們除了收到年底的雙薪之外，花紅在生意好的時候，也是非常可觀的收入。由於工資基數低，五六百元的花紅往往就超過半年的薪金。此外，還有炮金，就是貨物供銷商一年的回扣，其中以醬料和土酒回扣率最高，平均有 4-5%。（即全年購貨值的 4-5%），每份炮金約 300 元左右。

員工每個月除了收到工資以外，還有兩筆收入。一筆

是數額較小而且固定的光彩（理髮）錢，每人五元。深水埗最貴的上海理髮店當時理髮只收二元四角。另一筆是較大而不固定的叫「下欄」，例如木箱，紙箱可以賣錢，裝載上海皮蛋用的龍缸，也很值錢，每個可以賣到十元以上；火柴箱用錫（或錫合金）製成，也賣得不少錢。此外，還有其他收入，總稱下欄，月底每人一份。

我到香港的時侯，父親除了管理「冠生酒莊」之外，還是另兩間雜貨店的買手，所以他當時每個月拿三份薪金、三份理髮錢和三份下欄，更可以拿到三份他獨有的出勤過海費（渡海來回香港九龍的交通費），每份 30 元。

伙記們絕大部分都抽菸，只有兩三個人不抽。每天都有很多行街（代理商的營業員）到舖頭看看我們缺少甚麼貨品，除了那些大洋行，例如太古、怡和等等的推銷員之外，其他的行街到舖頭的第一個動作就是向伙記們發香菸。就算你正在點著香菸，他們也會發給你。伙記們通常收到香菸便把它卡在耳朵上。一天收到五到六根菸是正常的。當時的菸價，歐美進口的，每包一元，20 支裝。本地的，每包六角；比較便宜的是散裝菸絲，大陸來貨，用菸紙包裹，多數人買兩角錢菸絲就可以抽兩三天。

他們還有一個共同的嗜好就是飲茶，上茶樓的那種。分早茶及下午茶兩段時間。飲早茶必須在開舖前回來，飲下午茶就有躲懶的成份。總之大家沒有編班，最重要是互相靈活遷就，確保一定有四至五人留守，這跟現在事事講制度，有截然不同的味道。

第六章

初度新歲

六、初度新歲

　　我到了香港不久，很快便度過在香港的第一個新年。在這個新年之後，我進入了全新的生活，也象徵我嶄新人生的開始。對我一生來說，這個新年的意義極其重大。

　　我在香港上學，不到幾個月，就是農曆年年底。這時除了天氣開始轉冷之外，新年的氣息也一天一天濃厚起來。中國人一向都很重視春節過年，香港人也不例外。一進入農曆十二月，便是雜貨店的生意旺季，生意額通常翻兩番，是常月的三倍。因此店中的工作量也特別大，尤以尾禡（十二月十六日）過後，生意額節節上升，直到年晚三十（陰曆有月大和月小的不同，月大 30 天，月小 29 天，十二月如果是月小，就只有年廿九，沒有年三十）。

　　我家搬到青山道的時候，正值農曆年底，這時新學期還沒開學，看到大人天天都忙於採購過年物品，我知道新年即將來臨了。小孩子最盼望的是新年穿新衣，我心裏既期待，也興奮。不久，我被父親叫到鋪頭去，委派我一些工作：午、晚飯後掃地，散裝火水由我專售。顧客買整罐火水，都由伙記送貨。買散裝火水的，一般顧客會拿一個塑料罐或鐵罐，甚至一個以至幾個玻璃瓶盛載，每斤三毫。

我發現一個啤酒瓶是裝不下一斤火水的，注滿到瓶口都只能收顧客兩毫半。由於散裝火水是易燃物品，我們都把它放在舖頭後欄，客人購買只能在前舖等。我開始知道，啤酒瓶如果裝滿醬油該有一斤四兩，不是一斤。

有時送貨的單子太多，父親就把靠近的地點和較輕的貨物讓我送去。比如附近茶樓急需米粉十斤，周大福金舖要普洱茶葉五斤，送貨的地點既近，數量也不多，大部分都由我送；有時候，或者權充送貨員的助手。

年尾出售的貨物特別多。其中包括平常少見的爆穀，廣東人用來炸煎堆；臘味，有臘肉、臘腸膶腸和一桶桶的南安臘鴨；信豐的紅瓜子、蘭州的黑瓜子；還有各類中式糖果，以湖南的糖湘蓮最能代表；要用油炸的乾齋（沒有調味料的威化，上有福、祿、壽等古怪的紅字）。台灣來的乾筍和鹹濕筍也是應節食品。

從這時開始，我就知道蒸蘿蔔糕要用粘米粉，蒸年糕用的是糯米粉，蛋糕就要用麵粉，造蝦餃、粉粿則用澄麵粉。從顧客和伙記交流中，我還知道豉油雞的做法，腰果怎麼炸才不會焦，切件蒸雞應該用甚麼配料，炆牛腩用甚麼醬料，甚至曬臘肉用甚麼酒和醬……。於是當我知道客人要蒸鬆糕，我就送她一包發酵粉，要蒸蘿蔔糕的話就送她一包白芝麻。在不太忙碌的時候，我還看見過舅父為客人寫家書。我也發現，有些顧客買貴重貨物時，一定找他們信任的伙記。一般來說，當時的伙記與顧客之間，都有一種比較深厚的情誼和關係。雖然舖頭訂下了各種規矩，

但每種規矩都具有彈性；舖頭對你信任越大，你的彈性就越大。也許這就是方便。

到了年二十（農曆臘月二十日），家家戶戶都開始辦年貨；父親也開始緊張起來，因為收帳的人開始紛紛到訪。不夠現金結帳，父親是無法承受的。對他來說，信用是頭等大事，所以這時期貨物的進出必須小心把關，否則貨物積壓下來，就沒有足夠的現金結帳。細想起來，這就是商業的調兵遣將。

同時，年二十開始，舖頭也像進入全體總動員狀態，全店上下再不准去飲下午茶，改由培記雲吞麵店提供外賣雲吞麵，每人一大碗，每碗有十隻雲吞。這樣吃足十天，直到年卅。以後的幾年都是一樣。我們吃的雲吞麵售價每碗一元，當時這個價格算是相當貴的。該店除了雲吞麵之外，還有很多選擇，例如及第粥，乾燒伊麵等，為甚麼我們只要雲吞麵呢？後來我想通了：培記是舖頭的客户，我們高價買他們的雲吞麵，是借機會還他一個小人情；不給同事作其他選擇，是因為正值繁忙時節，左挑右選，會妨礙做生意。

生意最好的時刻，連晚飯也改到後欄吃，那時不再分桌次，誰有空誰就抓時間到後欄吃飯。

當時理髮店年尾的生意也特別好，尾禡後開始加價；到了年三十那天通常加到兩倍，即是平時價錢的三倍。

農曆年尾，媽媽也比平日忙碌。她把寫好的年貨單交給我，著我帶到舖頭交給爸爸，要伙記當天下午將年貨送

到家，更叮囑我出門時記得帶走為我準備好的簡單衣物，讓我在舖頭住上幾天；又告知姨婆一會兒從西營盤過來，在家裏住幾天，主要是幫她炸煎堆，蒸年糕，準備過年的食品。一家上下總忙個不了。

姨婆是外祖母的胞妹，住在西營盤第三街。當時那裏全是破舊的木建多層樓房，聽說常有木虱。我到過那裏一次，她女兒（即媽媽的表姊，我的表姨）的一家就住在姨婆隔壁。在那裏，我認識了表姨的一對兒女，我的表弟和表妹。

煮（炸）煎堆油角，是南番順的口語。若家庭環境不太差，每個家庭過春節都會炸煎堆、油角的。所謂「煎堆碌碌，金銀滿屋」，取其意頭也。炸煎堆或油角，不同家鄉用不同的材料，餡料固然不同，外層也可以不一樣。如果你有經驗的話，你就了解外層用麵粉跟用糯米粉會有完全不同的口感。我們家裏炸煎堆和油角，全用糯米粉。煎堆的餡料用爆穀和花生，再加入稠稠的蔗糖漿，用手捏成球狀，外面用甜味的糯米粉包裹，再沾上白芝麻，然後放在高溫的油鍋裏，不斷的用長木筷子翻動，直至變成金黃色。油角的泡製也差不多，不過餡料比較獨特。先把眉豆（潮州人稱白豆，又有人稱粉豆）用清水浸透，加蔗糖煮至泥狀，再用鐵鍋烘乾，用作油角的餡料。

年晚的腐竹（包括枝竹和甜竹）總是供不應求的，因為家家戶戶都要煮齋菜，腐竹正是齋菜的主要材料。當時的腐竹都是有機的造法，不加保存劑，存放的日期不長，

舖頭因此不能大量進貨。舖頭的腐竹當時只靠一家位於荃
灣芙蓉山的家庭式小型腐竹廠供應。父親平日給予該年青
老闆發哥很多方便，例如預支貨款，在他需要添置生產工
具時為他擔當舖保責任等。也許是這個原因，舖頭的腐竹
供應量總是源源不絕，無後顧之憂。這一年，腐竹廠老闆
向我們買了二十斤糯米粉、二十斤蔗糖，用三日三夜的時
間，蒸了一底客家年糕來過年，真是各處鄉村各處例。

　　我在舖頭留宿的幾天，熱鬧繁忙，眼界大開，讓我覺
得實在求之不得。可是有一樣事情無法習慣的，就是晚上
赤身露體跟那些叔叔伯伯一起在廚房裏洗澡。不過兩三天
之後，就習慣了，而且還覺得比在家裏洗澡舒服得多；因
為大冷天時，這裏有大量的熱水給你沖洗，覺得很和暖。
這裏廚房比較大，燒水是用打氣的火水爐，很快就燒熱。
廚房另外還有一座巨大的爐灶，裏面藏著一個圓桶型的大
銅鍋，下面是燒柴的灶口，這個爐是用來煮甜醋（八珍甜
醋）的。冷天晚上用這個火爐來燒開水，熱水源源不絕。

　　每天早上都被父親叫醒。簡單梳洗之後，就跟父親去
飲早茶，有時還有其他的叔叔伯伯一起去。飲早茶之前，
爸爸一定買一份《工商日報》，那是當日的中文大報，一
份的頁數不少，只售一角。粗略計算，當時中文報紙分為
三大類，第一類親台的，有《星島》、《華僑》、《工商》
（包括日報和晚報）；第二類親共的，有《文匯》、《大
公》、《商報》、《晶報》等；第三類小報，通常含有色
情成分的內容，不適合小孩子看，例如《真欄》、《紅綠》、

《響尾蛇》等。當然還有一些難以界定的,例如《成報》。從這時候,我就開始閱讀報紙了。

越接近春節,回鄉過年的人就越多。一般買回鄉的東西很多,佔舖頭當時的營業額比重相當大。我來自故鄉,所以對回鄉客特別感興趣。從回鄉客口中得知,內地出現人民公社以後,鄉間食品越來越缺乏,所以回鄉的人都盡最大的能力將最多的食物帶回家鄉。他們絕大部分是單身在港的男士,在鄉間上有父母,下有妻兒子女,在港從事的是低下層工作,一年的積蓄就花在一次回鄉的費用:購買必需品、來回交通費,多餘的就在過海關時換成人民幣,領取附送的油糖等認購糧食票。如果是海外華僑,例如星馬等地的,海關會發給你特殊的批文,讓你可以到廣州的友誼商場購買限制商品如單車、手錶、收音機,甚至布匹等等。據說還有一些特供飯店,除了菜式之外,飯店的米飯,比市面的雪白。當時,回鄉只有兩途,乘廣九鐵路到深圳,然後過關;或者坐大船往澳門從拱北過關。上世紀五十到六十年代,港幣兌人民幣大約 100 港元兌 26 元人民幣。

帶物品回鄉,有嚴格的限制。准帶的東西過了某個數量,就要徵稅,甚至扣留沒收。當時鄉間布匹極為短缺,回鄉客不知道哪裏來的民間智慧,在香港出發前選買好大量的新布,複疊兩層甚至三層縫成一個個特大的布袋,用來裝貨;回鄉之後,把布袋拆開還原為布匹,就可以分給親戚。這樣的布袋當然在過關時,要麼逃過關員的法眼,

要麼就要幸運之神降臨，遇上大慈大悲心腸的海關同志。萬一不幸被發現，小則沒收布袋，大則控告你製造階級矛盾，下場那就⋯⋯！用報紙（分中報、西報——西報質量佳，多是進口紙張）包裝貨物是最通常的做法，由於當時政府嚴格閉關（西方所謂鐵幕國家），海關嚴格禁止境外的印刷品或書籍帶進去。為了避免客人過關時發生麻煩或意外，鋪頭因此勒令所有伙記，凡是帶回內地的物品，都必須用新的牛皮紙（香港俗語叫雞皮紙）包裝，並且吩咐彼此互相提點，甚至互相監督。因為回鄉行李中一旦不小心夾帶了中文報紙又被查出，後果難以想象，也曾經有坐牢的案例發生。

在下面，我嘗試擬出一張當天回鄉客常見的購貨清單：（屬中位數的級別，附以價格和重量）

五斤裝上等花生油一罐	9元2角
冰糖三斤	1元5角
蔗糖三斤	1元5角
通心粉三斤（進口義大利粉）	3元6角
麵餅五斤（粵式梘水麵）	3元
青島花生二斤（無殼花生）	3元6角
海仁烏二斤（青肉黑豆）	4元8角
津紅二斤（天津唐山產的紅豆）	2元4角
徽棗一斤（安徽產的蜜棗）	2元4角
大無花果一斤（美國產）	3元2角
320印度腰果一斤	4元8角

沙井大蠔一斤	8元
日本碎元貝八兩	8元
日本并冬菰八兩（中低級）	5元
津絲斤半（天津的特級粉絲）	4元5角
甜腐竹三斤（鑊底的腐竹，有甜味）	2元4角
台灣乾筍絲二斤	4元8角
上好黃花鮦一條四斤（海黃花曬製的鹹魚）	15元2角
鷹嘜煉奶兩罐（荷蘭的甜奶）	2元5角
大籃雞棍四件（星加坡工業肥皂，每件約一磅）	2元4角

除了上述貨品之外，常見的還有餅乾五磅，糖果五磅；白花油和萬金油都少不了。據我了解，到我家鄉附近或東莞等地，可以在一天內到達，稍遠的就要第二天才到。至於省外，我就完全不知道了。這時還不是帶食物最高峰的日子，最高峰的時刻要到 1960-63 年。那時候有力氣挑或扛行李的人，所帶的一袋飯焦乾就上百斤；此外，還有每天源源不絕的大小郵包把所需物資寄返內地，而國內供港的貨物，表面上卻看不出有很大的改變或減少。

「柴魚花生粥」相信每個香港人都很熟悉，假若我是香港旅遊大使，一定把「柴魚花生豬骨粥」列為香港的美食，地位有如星加坡的「肉骨茶」和台灣的「茶葉蛋」。今天買到的柴魚都是去頭去骨去皮的淨肉，昔日售賣的如同乾柴一條，硬崩崩全無彈性。為了方便售賣，店主就用鐵錘用力把它打鬆，撕開再用水草扎成一紮一紮的，每紮大約二兩，售價一角。五六十紮用水草連結成一大綑，掛

在架子上。因為年尾，我又被委任負責這份工作。開始的時候還有人教導我。聽說，釣魚台附近出產很多很好的柴魚，今天的柴魚由於用化學藥品泡製過，昔日的風味，已經一去不返了。

舖頭負責海味雜貨的，大家都叫他「師傅祥」，我稱他「祥伯」。他比父親稍為年輕，他之所以被稱為「師傅」，可能是他的工作要掌握專業的知識較多。例如日本鮑魚，分為網鮑、窩麻、吉品等品種；其中又要按大小分頭數（即一斤有幾個）。其他還有元貝、冬菇、蠔豉、魚翅、花膠等貴價貨品，種類繁雜。至於筍乾、金針（黃花菜）等貨品，在當時大部分經過燻硫磺處理；又如甜腐竹、粉絲必須切開才能售賣。最好的粉絲來自天津，用綠豆造成。（記得在台灣念書時，黃花菜比較珍貴，據說當時黃花菜在台灣無法栽植。去年在炳權家，見他所種的又大又肥美，吃不完還送給別人；粉絲，那時台灣又有人稱春雨，說實話，吃起來糊糊的，並不好吃，今天台灣的粉絲有可能超越天津貨）。由天津運來的粉絲長達一米多、用鐵絲扎好，再用紗布包裹，每綑重量約一百多斤。切粉絲需要一定的技巧，判斷優劣的標準看你切一綑粉絲，有多少粉絲碎掉出來，越少粉絲碎代表你的功夫越高，但至少也總有幾斤粉絲碎。

某天吃過午飯之後，祥伯給我一個大紙箱，叫我在存放粉絲的地方，把所有的粉絲碎裝進紙箱裏，因為有人收買。我依照吩咐，在處理中發現裏頭有不清潔的東西，如

蟑螂糞等等。我一共裝了十多斤，成交價約為正價的 30%
左右。一看買家，原來是我光顧過的碗仔翅店。聽說碗仔
翅的瘦肉是來自大酒樓煮上湯用的湯渣瘦肉。雖然都是些
低下貨，不過，現在想起來也覺得好滋味：一毫錢一碗，
加點胡椒粉、浙醋，再加上辣油，就可以吃得津津有味。

　　十二月初，貨物塞滿了舖頭每一個角落；到了年二十
之後，開始覺得貨物逐漸減少。那年只有年廿九，記得當
天早上人頭湧湧，真的水洩不通。其實這時大家辦年貨早
已辦完，只是補充些燒菜用的配料而已。醬料和燒酒部門
特別好生意，我負責舀燒酒。燒酒主要用來拜神，或用來
煮菜。客人大多帶著空瓶子來，買二毫至五毫的份量。醬
料部更是擁擠。如果是五邑人，他們拿碗攜砵買的是「炊
鵝醬」，配料有六七種之多；如果是南番順人，拿碗來買
的是「五柳菜」，又用瓶子盛白米醋，烹製家鄉名菜「五
柳鯇魚」。家家戶戶都殺雞過年。荷蘭豆這時正好當造，
買四兩腰果回去加上雞雜（內臟）炒一下，又是一款佳餚。
髮菜、冬菇炆蠔豉，如果再加上一隻豬肘，那就更加豐盛
美味了。上午十一點鐘之後，店中有如退潮，人流稀疏了；
午飯後，就更加疏落。但櫃位旁邊，少說也有兩三個「行
街」，正等著父親結帳。

　　說得好聽這是此時此刻的生意文化，說得不客氣就是
大家都在演戲。收數的多數先寒暄幾句，然後說：「多謝
森哥鼎力支持。」（家父的名字，年輕的多稱他「森伯」，
印象中沒有稱「潘先生」的）家父回應：「謝謝你們的過

信。」先禮後兵，雙方就展開炮金的談判，有時伙記也加入助陣。股東之一的呂伯，他的醬園和酒廠最大手筆，除了豐富的炮金之外，還送來一埕廿八斤裝的陳年米酒和一籠（四隻）的走地雞。父親對這位醬園收數的高先生特別客氣，還請他到舖頭來作客。收數的哪有空閒？謝過父親的隆情厚意之後，就匆匆告別。

這時，從店門口向店內一看，雖不至於空洞洞，但大部分的貨物都售出了，空出很大的地方：各類貨品的負責人都在整理自己的擺貨攤位，偶爾還有一些回鄉客行色匆匆，進來採購，趕在晚上乘船到澳門，年初一回家鄉過年。

周圍的炮竹聲音這時越來越響，越來越密，不到五點鐘，舖頭關門了。父親和舅舅這時分外忙，因為他們要趕在年夜飯前計算好炮金和員工的雙糧（雙薪），好讓伙計們安心過年。炮金是平分的，不論職位高低，每人一份。吃完年夜飯，等父親發完雙糧和炮金之後，我們也要回家了。回家途中，炮竹聲還是響個不停。到家時快十點了，媽媽著我馬上睡覺，明早一家要向歐伯拜年。

年初一起牀之後，首先向爸爸媽媽拜年，對他們說一兩句吉利的話；爸媽也回一兩句，例如「要生性」、「勤力讀書」，再給利市（紅封包）。門外很早就有人敲門，是送「財神」的，都由二房東夫婦去接，然後回謝利市一封。因為太多，接了兩三個財神之後就不再接了。同層住客已結婚的都給我們小孩利市。（廣東人派利市比較普遍，但錢不多，爸媽給的是五角，其他人給的全是一角）。母

親一早蒸好煎堆油角夾鬆糕，再泡一大壺普洱茶，就是年初一全家的早餐。吃完之後，再由父親發號司令，一家人過海到歐伯舖頭拜年。

到了街上，看見地上到處都像鋪了紅地氈，放炮竹的人很多，尤其是小孩。青山道上巴士站等車的人群排隊排到小巷裏，還記得我們乘搭的巴士路線是 6 號，由荔枝角開到尖沙咀碼頭。至今這條路線仍然沒有改動。當年 6 號車已經開始用雙層巴士行走，全程收費兩角，分段一角（12 歲以下劃一收一角）。車上除了司機之外，還有四人負責工作：車廂後面一個專負責拉閘門的，車廂前面一個看守閘門兼售票的；另外樓上樓下各有一個流動的售票員。前面閘門只准下車，後面閘門上下車都可以。印象中當時的雙層巴士比現今的小。十點還不到，路上塞車相當嚴重，坐了很久才到達尖沙咀碼頭，然後乘船過海。渡輪也有兩層，上層是頭等，票價兩角；下層是二等，收費一角。渡海以後，最後轉乘的交通工具是電車，收費跟渡輪一樣，樓上兩角，樓下一角。電車雖然走得慢，但路上沒有塞車，大概到了上環與西環之間，我們就跟着爸爸媽媽下車。

「新誠信」是我第一次到訪，這時才知道它並不位於大街，而是在內街的二樓上面。房子有點陳舊，但面積還寬敞，店裏有幾位歐伯的親戚，早已到了，彼此見面，大家一開口就說一些過年的吉利話。收過利市之後，我就找一個位置坐下，品嘗全盒裏的美食。沒多久，午飯的時候到了，開兩席，大人小孩分開各一席。六弟與堅仔（歐家

排行第七的）曾是同班同學，自然坐在一起；女姐（歐家的大小姐）跟姐姐和妹妹坐在一起。我因為太集中注意美食，竟忘了當時是甚麼人坐在身邊。桌上那盤臘味，有南安臘鴨，切肉腸，鴨膶（肝）腸，汾酒臘肉和金銀膶腸，這盤臘味，最令我垂涎三尺。所謂金銀膶腸，外層是一塊豬肝，裏頭挖空，再填入一塊醃製過的肥豬肉，經陽光、北風吹曬風乾，蒸熟後切片，外層是香硬的豬肝，中間是晶瑩通透的爽脆肥肉。今天雖不至於絕跡，由於大家認為內外部分都不健康，加上製作不簡單，問津的人已漸少。南安臘鴨當時被稱為臘味王，是用當地（江西）鴨種，加上當地的天氣條件臘製而成，鴨種和氣候缺一不可。臘腸、臘肉，則以香港皇上皇和金菊園的為上品。

因為人多，一時不容易記住各人的稱呼和關係，出門時爸爸傳授我們一招絕招，就是歐伯和伯娘的親戚朋友，看他們的子女怎樣稱呼，我們也就用同樣的稱呼來稱呼。飯後有人建議小朋友到外邊放鞭炮，但老表（名曾源，歐伯的外甥，二十歲剛出頭，是這裏的伙頭——廚師）反建議，認為夜間放鞭炮才好玩，不如大家提早吃晚飯，玩個痛快。結果得到小朋友們的贊同，並推舉由他帶領。可能聽大人談話我沒有興趣，也可能上午長途跋涉太累了，不久我竟然在眾人面前沉沉入睡了。很早吃完晚飯，六七個男孩子由老表帶著出去放鞭炮；出來之前，暗中點算一下口袋中的利市，竟然錢有幾元之多，感到自己彷彿就像一個小富翁，非常得意。因為大家都有錢，所以買鞭炮是各

付各的。我想我只買了兩三毫錢，至於那些甚麼地雷炮、煙花、火箭炮等等的貴價貨，我都不捨得花錢買。

年初二早上，爸媽又帶我們到聾舅公家裏拜年。聾舅公的「平安農場」位於香港仔黃竹坑，在今天海洋公園的附近。我想父親早已安排好初二上午的事務，否則他是不能脫身的。我們首先乘巴士到佐敦道碼頭，一路上，看到鋪墊的炮竹衣比昨天還紅還厚。乘渡輪到達中環統一碼頭的巴士總站時，啊！從未見過這麼多人在等巴士。弟弟告訴我，香港仔魚類統營處每年都在這個時候舉行魚類展覽會，吸引很多人參觀，中巴（與九巴不同）已派出大量巴士疏導人流。我們要乘坐的正是中巴7號，這條路線至今仍在服務，當時成人票價五角，好像比九巴貴。到總站之後還要換車，在換車處的攤擋，弟弟和我各人順便買了兩三包「小英雄」鞭炮（每包一角），準備有空時玩。

舅公家人口很簡單，只有三人：舅公、肥妗婆和表哥。肥妗婆年紀與媽媽相若，聽說是家鄉名門望族之後，廚藝超群，由於沒有女兒，對姐姐特別疼愛。表哥是她的養子，在聖馬可英文書院唸書。按輩份來說，我們應該叫他做表叔，但他只准我們稱他為表哥。一到香港，就有很多大人告誡我，千萬不能做「飛仔」。但怎樣才算是「飛仔」呢？我很不明白：哼兩句英文歌的？穿牛仔褲的？頭髮梳成騎樓裝的？⋯⋯不過，大家都認為當時著名的貓王皮禮士利的形象最具代表性。在現實中看到的，大概就是這位表哥。他告訴我們，他曾經以香港童子軍代表的身份，到過台灣

並得到蔣介石總統接見，故對台灣很有好感。

到舅公家的時候，下了車還要走菜田旁的泥路，這是到香港之後的第一次。這裏一帶的菜田沒有加上圍欄，只有聾舅公的「平安農場」，週圍才有鐵絲網圍著。從外面看到，舅公家是一棟兩層高的房子，旁邊還有幾間獨立的小屋，用作廚房、儲物室等；另外有一個大大的亭子，裏面有一張可坐二十餘人的餐桌，一列養鴿子的鳥舍。餘下的就是一些果樹，以木瓜最多；菜田種的小量蔬菜應該是自用的。這附近只有零散的小房子，應該是菜農住的；但數百米外，有宏偉白色的建築群。爸爸告訴我們，那是剛建成的葛亮洪醫院，醫治肺癆病的政府醫院。

表哥一早就出去了，妗婆真的善解人意，到達後就打開她的大冰箱，裏頭有一格放了很多不同的汽水，隨便我們自己挑選。跟著有五位賓客也來到，都是我第一次見面的親戚，分屬兩個家庭。第一組是姓張的表叔表嬸和一對子女，即我的表妹及表弟；其餘一人是姓梅的表姐。其實彼此的關係很簡單，聾舅公的三個姐姐，分別是我們三家表兄弟姐妹的祖母。

在媽媽和姐姐動手之下，外面餐桌上已經擺滿新年食品。其中很多我都不曾吃過的，例如馬豆糕、椰汁糕等。爸爸對這些食品讚賞不絕，手藝高超之外，選料上乘，更如牡丹綠葉。弟弟和表弟妹早已認識，所以就跟我們一起放鞭炮。這次我又做了一件很「出洋相」的事，把一個燃點過而未有引爆的鞭炮放回校裏口袋中；過了不久，它在

口袋中爆炸，校褸袋口理所當然燒破了一個大洞。這次意外，想不到沒有受到大人們的懲罰，只是勒令大家不能再燒了，否則連肚皮也有被炸開的可能。由於距離晚飯時間還有幾小時，妗婆教我們四人到巴黎農場走一走。我們四人依照指示走去，其實那裏就是今天海洋公園的一小部分。來到巴黎農場，這裏不收入場費，蓄養了不少動物和鳥類。其中黑熊、孔雀我以前都沒有見過，場內也有很多我不認識的花草樹木。

當晚的晚飯理應很豐富，但菜式我記不起來。以當時交通來說，回程要三至四小時，表弟妹們比我們還要多出一至兩個小時。因為表弟妹住在新界青山，即今天的屯門，那時屯門人煙稀疏，交通非常不方便。

附記一：卅年前，新界養乳鴿的不少，很多人以為乳鴿很細小，其實不然，頂鴿有一磅多，宰殺的方法不是劏（放血），而是夾著氣管窒息，所以乳鴿又稱血鴿。

附記二：上文所說的表妹叫張麗嫦，中學很有可能跟林奕太太同校同屆（元朗公立中學，1968中五會考），不過林太是英文部，她是中文部。）

年初三，我整天穿梭於舖頭和家裏之間，因為有人到家裏跟媽媽拜年，也有人到舖頭跟爸爸拜年。最記得爸爸跟我們兩兄弟說，初四和初五，你們兩兄弟一定要在午飯前到舖頭去，下午要跟一些世叔伯拜年。聽到這消息很高興，因為一定有利市收。

當日早上，媽媽為我和弟弟熨好衣服，前天被炮竹炸

穿的校褸也縫補好了。她告知我們，呂伯（呂佳，股東）和呂太太中午到舖頭，並準備帶我們兩兄弟遊車河。初五爸爸過海採購也帶我們去拜年，將會收到不少利市，這些錢要交給她保管，並再三著我們不要把衣服弄髒，因為明天不換衣服了。

初四舖頭已經正式營業，但人流比較疏落；午飯剛過，呂伯呂太太就來到。我們早聽說呂太太隨和大方，他倆和父親及眾伙計寒暄一番之後，輪到兄弟兩人向他們說恭喜的話。跟著呂太太開始跟我們聊天，知道我來香港不久，向我提問不少問題；父親跟呂伯交待舖頭的事務。約半小時之後，呂太太就說：「森哥，放心吧！關舖前會將兩個小孩帶回來。」我乘私家車，這回應是第一次。回想當時，也想不到其他親戚朋友中，哪一個有私家車的。

呂太太開車，呂伯坐前面，我們兄弟兩人自然坐在後排，感覺車箱很寬敞。車子由青山道轉入大埔道上山，呂伯與呂太太一直為我們沿途解說。這是我第一次遊新界，首先經過的是馬騮山、城門水塘，印象最深刻的是沙田的望夫石。呂太太還講了望夫石這段傳統故事。以前在鄉間乘坐的柴油車，怎比得上這輛私家車。雖在迂迴曲折上上下下的大埔道山路上，仍覺得風馳電掣。一路上我偷看速度表，車速最快的一段是經過崇基書院的足球場，即今天的中文大學，速度約每小時六十多英哩。井底之蛙，當時還以為這就是一個很高的速度。車子經過大埔墟之後，就到了粉嶺，目的地是呂伯的冠和酒廠。酒廠的舖面是酒莊，因酒廠還沒有開工，呂伯就沒有帶我們到廠裏參觀。主理

人阿高，這時大概向呂伯伯交待業務，呂太太就帶我們到附近的街道四處走。可能這是新界吧，大部分的商店還沒有開門，除了店門兩邊貼了長長的對聯之外，大閘都貼上新春恭喜的吉利語，下款是「某某仝寅鞠躬，初 X 啟市」。在粉嶺逗留不到兩小時，我們就沿原路返回市區，來回每程車約 1.5 小時左右。回程中他們曾討論到在甚麼地方吃晚飯，結果選了一家客家菜飯店「泉章居」，點了梅菜扣肉、鹽焗雞等。吃完晚飯就把我們送回舖頭，距離關舖還有十幾分鐘。

初五剛吃完午飯不久，爸爸就帶着我和弟弟出去，到新舞台的十字路口叫了的士，上車之後，對司機說：「深水埗碼頭。」深水埗碼頭離舖頭很近，當時的的士，分為行走九龍（起價一元）和行走港島（起價 1.5 元）兩種。父親帶我們從深水埗碼頭坐船過海之後轉乘電車到德輔道西的海味雜貨批發店訂貨。這裏更早期又稱鹹魚欄。之後又到文咸東西街（南北行），那天一共去了十幾間店；大多是寒暄幾句之後就說帶了兩個兒子向世叔伯拜年，縱使沒有需要的貨品，也訂個小單。他們行內人稱為「掛號」。當時爸是三間舖頭的買手，有一定的銷貨能力，還加上一點信用，因此我們兄弟兩人也不至於被人冷待。

回家拆利市，越拆越高興，絕大部分是軟的紙幣，小部分是硬的輔幣（軟的全是一元紙鈔，硬的全是五角），合計起來，當天收了三十多元；加上前四天收到的，一共有五十大元。上繳母親的數目記不清了，應該在四十元左右吧！（上繳不是沒收，而是替你保管。）

第七章

病向淺醫

七、病向淺醫

　　人生得病，在所難免，因為從醫學角度看，人的周圍都是疾病之源。

　　可能由於母親照顧無微不至，我很幸運，自小開始就很少生病。說真的，那個年代，我並不知道甚麼情況才算生病。初到香港，過完農曆新年之後沒多久，一天早上，快上學的時候，媽媽用手心壓緊著我的額頭，手還沒有放開，就對我說：「發燒了，今天不要上學。」我自己這時也真的感覺到渾身不舒服。於是聽媽媽的話，躺在牀上。這種發熱不舒服的情況，前後大約維持了兩三天。這是我記憶中的第一次生病。我躺在牀上，整天不起來，時而醒，時而睡，感覺與平時截然不同，好似到了另一個世界。傍晚，窗外的霓虹燈亮了，感覺更是千奇百怪，這種感覺一直保留到今天，無法用恰當的語言文字表達出來。那幾天的飯都是吃白粥，還喝了不知多少的涼茶和茅根竹蔗水。這樣的安排和照料，即便很簡單而且機械地重重覆覆，我也看得出母親每天都費了不少心力。

　　第二次生病，其實我不覺得有病，但媽媽還是表現得很擔心。因為最初是由同層住客發現，然後告訴媽媽的。

後來媽媽也逐漸肯定，我有夜遊症（夢遊病）。我們住的是頭房，門口就是走廊，走廊的一邊是間隔好的「梗房」，另一邊是牀位，牀位只掛了一張布簾遮擋，要是我在晚上鑽到別人的牀上，母親和我該怎樣向人解說？即便當時她的兒子才十歲！但以當時的條件來說，我可以到哪裏醫治呢？又怎樣醫治？要多少錢才能醫治？這些都是一連串不容易解答的問題。媽媽費煞思量下，最後拜託住在西營盤的表姐（姨婆的女兒），早上到附近的國家醫院（今已易名西營盤賽馬會分科醫院）排隊候診，第二天母親帶著我九點鐘到達。據說，表姨媽早在四點鐘就來排隊了。診症時醫生說了甚麼，我全無印象，只記得沒有藥物，不用覆診。我也記不起，這個症甚麼時候不藥而癒。或許因為我有這個症狀，母親有意無意之間就讓我到舖頭過夜——另一間舖頭「東生」，這就成為我「生病」的去處。

在來港的親戚之中，有好幾個人把家室留在鄉間，獨自一人到香港謀生。例如五叔、舅舅和一眾表叔伯、表兄等，他們單身在香港，大家都以舖為家。有病了，能到甚麼地方休息？畢竟店舖的環境不適宜養病，於是我家自然成為發病者的療養處。雖然我家只有一兩百平方呎的地方，很多時會成為親戚養病的地方，暫時由母親加以照顧。印象最深刻的是一位表兄，他是媽媽堂姐的兒子，其實也算是父親的下屬「東生酒莊」的二櫃。他那時有病，在我家住了幾天，不單沒有痊癒，臉上還長出疱疹。母親為了顧及同樓住客的感受，又恐怕疾病傳染給別人，就為表哥

作出安排，讓他暫時住進一間旅館——南盧酒店（現在已改為「南盧安老院」）。母親早、午、晚都為他送飯，我也曾經替媽送過飯去，後來也不知道表兄是怎樣痊癒的。

也許當時的醫療制度並不健全，也不普及，早上很多橫街小巷都有售藥的人擺了賣藥油的攤檔，像甚麼「十二太保驅風油」、「老鼠仔田七酒」……；還有穿上道袍，身上掛著葫蘆，自稱來自羅浮山的道士售賣「百草藥油」。更有牽著小猴賣「疳積散」的老藥人，大部分客人都向他買這樣的一種「花塔餅」：先由老人把花塔餅放在掌心，讓那隻小猴一顆一顆的把花塔餅放進嘴裏，然後再吐出放回老人的掌中。聽説經此運作，花塔餅的治病功效特別顯著。到了傍晚，很多攤販已經收檔，又到了江湖賣藥者玩雜耍（俗稱「賣武」）的時光。這時的節目更加精彩：甚麼「心口（胸膛）碎大石」、「氣功斷鋼綫」、「刀槍不入」、十八般武藝等，五花八門，引人駐足，捨不得離去，目的是向觀眾售賣跌打藥。當年，街上涼茶舖也有不少，售賣的是甚麼廿四味、五花茶、菊花茶、生魚葛菜湯……，均售一角。此外，還有售價較高的龜苓膏。如果你趕時間的話，在涼茶舖門口將盛了涼茶的茶碗蓋子揭開，三口數啖喝完，放下一角，就可以不辭而別。假若有閒情，裏面大多擺設了寬大的酸枝桌椅，坐他一兩個小時，甚至還可以點唱你喜愛的歐西流行歌曲，由黑膠唱片機播出，點一首才一角。

部分涼茶店的名稱我至今還記得，例如「王老吉」、

「回春堂」，「黃碧山」等。

這就是當時一般市民大眾的治病方式。

不知道媽媽是不是因為積勞成疾，我發現她身上的病痛漸漸多起來。她照顧我們上上下下實在不容易，平時既要惦掛留在家鄉的親戚夠不夠吃，現在加上我的「夜遊症」，更讓她心力交瘁。這時候，剛好我新轉讀的小學功課比舊學校輕鬆，我在舖頭又有點人緣（當然主要是父親的關係），在眾多因緣下，母親為了稍歇工作壓力，讓自己有時間休息，就叫我住在舖頭。最後，在兩間舖頭之中我選了東生。東生是冠生賺了錢之後開張的，也可以說由父親管理。兩間舖頭只有幾個舖位的距離。

我選擇東生也有好幾個理由：這裏的頭櫃黃伯，年歲跟父親相若，隻身在香港，早年在廣州做過較大的生意。不知道甚麼原因，他常常對人說我是他的契仔（乾兒子）。他五短身裁，黑黑的皮膚，加上他的氣質，想起來真有點像《水滸傳》裏頭的宋江。二櫃是我的表哥「老表」，是兩間舖頭中唯一一個懂點英文的，聽說他來香港之前曾經在江門正規學校唸過多年書。說不定這也是媽媽的安排，希望我接近他，讓他教我學點英文。這裏的櫃台特別大，其實就是一個玻璃洋酒陳列櫃。櫃台後面共有四個座位，每天我可以在這裏做功課。

這裏跟冠生最大分別是：冠生不賣洋酒和啤酒。這裏兩種酒都賣。先說賣啤酒，這店安裝了一個很大的啤酒冷凍櫃，櫃中擺放得最多的是港產的生力啤酒，其次是國內

產的青島啤酒。外國進口的，有藍妹、嘉士伯、三馬頭⋯⋯等，600cc 大瓶裝售價全部在 1 元到 2 元之間。賣的洋酒有法國的白蘭地、英國的威士忌、日本的養命酒、韓國的人參酒等；此外，還有各類中國酒。我在這裏，很快就學起喝啤酒來。每個月到了初二及十六「做禡」的日子，舖頭可以讓我們名正言順的開一兩瓶酒喝；另外，一個月起碼也有兩三次騙點啤酒喝的機會，但那不是騙舖頭的而是騙供應商的。怎樣騙呢？當年市面上還沒有罐裝啤酒，賣的啤酒都是瓶裝的。供應商供應啤酒是一箱一箱供貨，沒有零散供貨。一箱啤酒的規格共有二十四瓶，送貨工人在運送途中撞破一兩瓶是常有的事。只要送貨的把撞破的啤酒瓶蓋連同瓶頸部分的碎瓶帶回去，就可以向供應商報銷。添哥深明這道理，也精於為啤酒砍頭的技術——左手拿著啤酒瓶的下半，右手拿著一把大刀（切粉絲用的大刀，想有兩三斤重），以刀背快速向啤酒的瓶頸部位用力一削，瓶口部分瓶頸就連同瓶蓋應聲飛脱。這動作真的很講工夫，要是功夫不到家，啤酒瓶撞破時會噴掉一大半；如果啤酒瓶敲碎後有八九成留在瓶中的話，就算是功夫上乘。不過，這種砍頭啤酒，喝時還要特別小心，因為會有很多玻璃碎掉到瓶裏。一般人都叫添哥做「鬍鬚佬」（小鬍子），他的外形頗有點像李逵。不過，他性格柔順，跟我相交四十多年，只到了最近十多年才失去音訊，到現在我心裏還不時的想起他。

我睡的牀舖是一張帆布牀，晚上打開，第二天一早拆

卸。舖頭晚上八點打烊，我往往 11 點甚至 12 點才入睡。店裏很多伙記每晚都愛聽電台的方榮講古（講故事），甚麼「七俠五義」、甚麼「大碗酒大塊肉」、甚麼「大騙雞，牛白腩」！這些電台故事，往往講到十一點半才結束；舖頭對面是九巴車廠，五點多六點就被開車的聲音吵醒，我每天大多數都是跟黃伯等人飲完茶再上學。還好這學校不用穿校服。從這段時間開始，鄉間傳來糧食不夠吃的消息越來越多，媽媽因此打算回鄉一趟，目的是帶點食物回去為鄉親解困。同時，鄉人偷渡的消息也越來越多；那時候（1958）大多數的人由珠海坐大陸漁船偷渡到澳門；到了澳門後，自然就有偷渡集團向偷渡客招手和收留他們，講好價錢之後再用港澳漁船，把偷渡者偷運到香港。記得那時偷運一個人的價錢在 300-500 港元之間。這種偷渡的方法稱為「屈蛇」。八十年代以前，港府實施抵壘政策，就是偷渡者只要進入市區（郊區不可）範圍，又能與親人聯絡上，就可以不被遣返而留在香港居住。

母親的身體日漸屏弱，據她自己解釋，是由於長期掛念我在鄉間的兩位哥哥。她曾多次對我說過：「憂多成病，病多成傷。」既借此訓勉我用功唸書，同時也訴說她幼年的苦困。由於母親年幼喪父，一家三口的生計就靠外婆和她做金銀衣紙（拜神及祖先燒的紙錢）來維持；舅舅是她的弟弟，外婆一定要他上學，結果在鄉下讀了好幾年書。母親說她很喜歡讀書，在不斷的請求下，曾斷斷續續上學不足一年。她自小就能替親友寫信，沒有上學的時候就自

學，並得到堂哥的指導。隱約記得我還沒入學讀書的時候，鄉間的小學聘請過媽媽當教師，不知道甚麼原因，媽媽婉拒了。每次聽了她的教誨，我都默默無語，也不懂得如何安慰她。有時放學踏進回家的樓梯時，心中就湧出一種強烈的祈盼，但願回到家時，母親安然無恙，也許這就是人生憂患的開始。

一天放學回家（讀上午班，放學下午 1:00），爸爸竟然在家裏，我知道很不尋常。原來爸爸回來是帶媽媽到醫院檢查和治病。當時四兄弟姊妹所唸的學校不同，他們都不在家，媽媽告知我一切已吩咐好姐姐，並叫我聽她的話，叫我們星期六才去探望她。媽媽入住的是一所私家醫院——港中分科醫院——在港島的上亞厘畢道，當年督憲府（今日的禮賓府）的附近。入住這所醫院是歐伯夫婦力薦的，不然當年中下層市民，不敢貿貿然進住這類私家醫院，因為醫療費十分昂貴。媽媽在醫院住了大概一星期，我們在禮拜六探過她一次，回程時弟弟和我乘機溜回砵甸乍街，重遊舊居和到萬宜大廈乘搭扶手電梯。

舖頭都有專責送貨的伙記，「和生」一位送貨的，是我的表姊夫，他是聾舅公的侄女婿，過去我只知其人，未曾見面，跟他甚至不認識。他到香港不久，由於找工作不容易，通過父親的關係，到「和生」送貨。一件極不幸的事情發生在他身上，在一次單車送貨的回程上，他剛好被一枝從高處掉下的晾衫竹槁，插中頭顱，當場暴斃。因為太傷感，很多想問的責任問題，我都從不敢開口去問，每

七、病向淺醫

89

次見到表姐和他遺下的兩個兒子，心中總泛起哀傷甚至難過。

母親身體最屏弱的時刻，該是兩位哥哥逃港前的一年，也就是我唸中四的那一年。每天放學，在上樓梯回家的時候，我總帶著一份忐忑不安的心情，為的是害怕看見母親身體不適，愁眉苦臉。也大概與此同時，我開始劃「十字聖號」祈禱，特別在睡前感到無助的時候。

分隔室內和露台，除了木門之外，還有一堵半牆半窗的建築。上半部是一個能開合的百葉玻璃大窗，不知道是媽媽還是爸爸，巧妙的在百葉窗上，掛上一個祖先小神樓，庇護我們。隱約記得神樓上寫著「心田先祖種，福地後人耕」的對聯，每逢初一、十五，爸爸都向祖先神位上香一炷。露台也安放了一個小小的土地神位。在我到台灣唸書前，媽媽很多時候在上香之後，會跪在露台唸經。她唸的是甚麼經，我不大知道，只知道有一篇是《關帝經》，其中有一句至今仍記得清清楚楚：「不食牛犬等肉，可免牢獄囚刑」。

說到祖先神位，家鄉順德陳村祖屋大廳依稀的景象，又浮現出來了：一套陳年的酸枝家具靠牆放在大廳。一進大廳，正面是三張供桌，用來供奉祖先；在中間那張特別高大，左右兩邊則較小，右邊那張還供放了祖先神位。其餘兩邊牆壁，右邊是一張長長的貢林，另一邊是兩椅一几，几兩旁各放了一張太師椅。最記得供桌上的神位木牌，上面有十多個先人的名字，都寫上了他們生死忌日。在鄉間，

記得祖母就是按這塊木牌的日子拜祭的，每月總會拜祭兩三次。當時鄉間缺乏物資，每次拜祭都是買幾分錢的硬豆腐，把它煎香了作為祭品，拜祭完我們可以有煎豆腐加菜了。

我在香港第二次過農曆新年的時候，鄉間開始傳來祖母生病的消息，父親顯得很不安心；最使他難過的是他不敢回去。為甚麼呢？因為父親早年申請來港的理由，是由他的伙記支持他代表公司到港籌集資金的，但由於時局的變化，最後留居香港。如果他回去的時候，萬一有人舊事重提，或者當局一翻舊帳，爸爸就可能無法再回來，甚至還要被清算坐牢。直至八十年代中後期，國內改革開放多時了，台灣的老兵也回家鄉探親的時候，爸爸才敢再踏足自己的家鄉，並且勞心勞力將破舊的祖屋重建一次。

家鄉祖母的形象，一直鮮明的留在我心中。她只有一種裝扮：祖母本身瘦而高，一年四季穿的都是黑色衣服，鞋也是黑布鞋，頭上梳了一條長長的辮子，一年四季所帶的不是帽子，只是覆蓋前額織有精緻圖案的一塊長條厚棉布。我不知怎樣稱呼它，就稱它為「額貼」或「頭箍」吧。她時刻都拿著一把鵝毛扇。自懂事以來，我就知道祖母患有嚴重的哮喘，只要接近她身邊，就有一陣陣「痰涎」的氣味；如果進入她的睡房，這種氣味更加濃烈。在記憶中，她沒有吃甚麼特效藥。或許由於祖母有這個病，一直以來她都是自己煮飯自己吃，從不跟我們一起吃。不知道甚麼緣故，她很少吃蔬菜，上好的鹹魚是她唯一的美食，偶然

煲豬肉湯的時候，蓮子茨實，再加上三兩顆日本元貝（這些東西，是父親千方百計為祖母弄來的），就是她的佳餚盛宴了。我從未見過祖母發脾氣，無論我們做了甚麼錯事，她都不斷重複：「上等之人，不教而善；中等之人，教而後善；下等之人，教而不善。」她曾多次告訴我，有一種菜式永遠不能吃，吃了就會做乞兒（乞丐）。猜是道甚麼菜？祖母說，這一道菜，就是：豬肚入雞，雞入蛤（青蛙），蛤入鮑魚。因為這樣做太奢侈和刁鑽了，吃了會報應做乞兒。

前面提及在港的聾舅公，就是她的胞弟。說也巧合，在家鄉，祖母的另幾名兄弟，大多數都是聾的。祖母曾經對我說過，她的祖先選好了龍口之地而下葬，但下葬時稍出差錯，葬在近龍耳的地方，所以影響到她們這輩的男丁，大多耳朵都是聾的。

記得在鄉間，每年端午節前後仍有人唱龍舟。唱龍舟所用的龍舟，是一艘大約長三尺的木雕龍舟，舟腹下正中央垂直嵌了一根木棒，長度也大約是三尺的木棒，牢固地支撐著龍舟。因此，轉動木棒，龍舟也能隨之轉動。唱龍舟者左手拿著木棒，左右轉動，舟隨棒轉，龍頭看起來就像向周圍觀眾行注目禮，整條龍舟馬上活起來。唱者在自己頸上掛了小銅鑼和小鼓各一，右手拿著敲槌，一面有節奏的敲着鑼鼓，一面唱出吉利的歌詞，為聽眾祝福。每次有人上街唱龍舟，祖母都會叫他過來，賞他五分錢，所以唱龍舟的人每次路過家鄉，一定停留在我家門口唱龍

舟。還記得龍舟歌詞大多數結尾都是「祝你闔家日日朝
魚晚肉」這樣的內容。今天看來，這些祝福，多麼簡樸實
在，如今我家在香港早就實現了。有一次，一位不知甚麼
地方來的女相士，替祖母看相算命。當祖母告訴她有兩個
兒子時，那女相士馬上說，你的小兒子很孝順，但大兒
子就……，還沒有等她說完，祖母馬上駁斥女相士顛倒事
實。你猜那算命的怎樣拆解呢？她一點也不意外，很淡定
地說，所謂孝順，不是指一般的供養，而是指臨終時，有
沒有隨侍在側。誰在你身邊，誰就是孝順。年紀小小的我，
也覺得這位算命相士，信口開河，變化萬千，速度之快，
簡直是電光石火，一時之間叫人完全失去反擊的能力，實
在利害。

　　鄉間傳來祖母的病情，一天天加劇，爸爸的心情，也
哀傷日甚。最後無可奈何，還是要叔叔回去打點一切。叔
叔見事態緊急，很快就答應了。很可惜，叔叔出發前兩天，
祖母就離開我們了，辦理祖母後事的責任，自然落在叔叔
身上。昔日算命相士那番話，不幸而言中。對於祖母引以
為榮並且生性孝順的爸爸來說，在祖母臨終時未能從旁侍
候，肯定是一生引以為憾的大事。為了避免加深父親的難
過，相士的話雖然是無根之談，我一直埋在心裏，不敢隨
便告訴父親。現在事過境遷，才覺得不吐不快。

　　五叔，是父親最小的胞弟，在記憶中，他們之間還有
二姑姐及四姑姐在鄉間，但從來沒有聽過第三的那位，到
底他是叔叔還是姑姐，實在不清楚。五叔比我早一點來香

港，一直在父親擔任買手的「和生」任職；五嬸（他的太太）則比我遲兩三年才申請到香港。他們一直沒有兒女，到香港之後住在蘇屋村附近的公務員房子，五叔經常以住在公務員樓宇而感到自豪。為甚麼？因為公務員樓宇其實是中層華人公務員的福利，而且規定住客不能分租。事緣「和生」有一戶客人，是住公務員樓的，與五叔友好，剛好他家中有一個空房間，就以朋友的名義邀請五叔入住，租金作為水電費的補償。五叔五嬸住在那裏，非常小心謹慎，生怕打擾房東一家人，所以我們一直都沒有去看望過五叔一家。五嬸以刻苦耐勞見稱，當時適值香港工業興旺，她一星期工作足足七天，每天工作超過 10 小時。

不知道甚麼原因，五叔五嬸住了兩年，最後又搬到順寧道某唐樓的中間房去。搬進去不久，正值五叔生日，夫妻倆都休假在家，並請我和弟弟到他們家吃晚飯。這地方實在狹窄，又沒有窗戶，光線並不充足。吃飯的時候，一張小摺枱，其中兩人要坐在牀上吃。但當晚的飯菜豐盛美味，五叔不愧是一位食家。那晚他親自下廚，才有這樣好吃的菜。其中兩道菜，讓我記憶猶新。第一道是清蒸澳門羔蟹，用珠江三角洲鹹淡水交界的青殼蟹烹煮，五叔挾了一個螃蟹蓋給我，叫我慢慢嘗，並加了點浙江大紅醋。意想不到，這個不大的螃蟹蓋，竟藏有那麼豐滿的蟹羔，甘香鮮美，既像魚子，又像鹹蛋黃，我實在找不到貼切的形容詞來形容它；第二道是水蟹（河蟹）汁炒豬肚，廣府家庭豬肚的一般做法頂多是煲湯，其次是鹵水或是炆煮，炒

豬肚是很少見的。如果用梘水、梳打粉甚至鬆肉粉來預先處理，都會添加怪味；不用添加劑來處理，吃起來又像吃橡皮一樣，咬不開。想不到五叔加了水蟹汁炒的豬肚，爽脆之餘又不失其鮮味

　　中間房的居住環境實在太差了，沒有多久，五叔五嬸又搬到鑽石山的木屋區去，希望能快點分配到公屋。後來他們希望分配較大的單位。所以叫我們兄弟姊妹把一些舊衣服放在他們家裏，表示我們家中兄弟姊妹多，常常爭吵，為了互相分隔而經常在叔嬸家中居住。五叔五嬸更約了我們四兄弟姊，到青山道某間影樓，拍了一張六人的大合照，目的是給房署調查員在調查時看的。

第八章

香江世情

八：香江世情

　　由舖頭走回家，只有三四個街口的距離，普通走路的速度，十分鐘就到，但有時為了逛逛街，繞李鄭屋村一走，那就有多種路徑的走法。我講的李鄭屋村，在八十年代已經重建，仍屬於資助性房屋，分為公屋與居屋兩種，前者是政府租給你的，後者是政府賣給你的。重建後的李鄭屋村居住環境已有改善，起碼每一戶都有獨立的洗手間（浴室）和廚房。在我記憶中，當年的李鄭屋村，大約由二十座 H 形的七層大廈組成，H 中間的位置就是每層公廁與浴室的所在。門前的走廊，都被家家戶戶佔用，擺一兩個火水爐出來，有的還特製一個廚櫃，成為簡單的廚房。住户的的面積分為大小兩種，各座都沒有升降機，樓下的單位全部租出去作為商店，面積有多大，就不清楚了。隱約記得當年李鄭屋村大概容納了六、七萬人。聽說在外地，一個六、七萬人口的小鎮，已經不算冷清了。這裏有甚麼商店？其實包羅萬有，跟青山道一樣，只是規模比較小，有些以家庭方式經營，甚至一家人都住在店裏。那時我常流連於一間小士多的門外，觀看那些比我還小的小孩玩彈珠機。這些彈珠機明顯是店家自己做的，工藝並不精巧，五

分一角都有交易。贏了，看你打到甚麼級數，就可以取得
價值更高的食物，否則只就取回同等價值的食物。以我觀
察，能贏高價食物的只屬鳳毛麟角。看管彈珠機的，永遠
都是那個駝背的老婆婆，坐在一張大籐椅裏。順便一提，
那時老年人數量相對少，或許老年人不願離鄉別井逃到別
的地方生活吧。附近還有兩三間理髮店，其中我光顧過的，
是兩間店面打通的，地方比較大，小童單理髮只收三角，
還有免費連環圖看。最有特色的，是看棉被店工人在店內
打棉被。無論甚麼時候走過，都看到有一兩個老師傅在打
棉被。我想，現在走遍港九和新界，再也找不到這樣的店
家和工匠了。有時我會在這裏的文具店買一打鉛筆，價格
便宜，比在青山道買會省下五仙到一毫錢。村內的熟食店
只有兩大類，廣府南番順的是一路，潮汕風味的是另一路。
徙置區租金以廉價為賣點，所以七層大廈（徙置區）的熟
食店的食物售價都比較便宜。開在徙置區的潮汕飯店，我
們都稱之為「打冷店」。

　　打冷店門口掛起一串串的凍螃蟹，也掛上一兩隻鎮店
之寶（以當時來說價錢比較貴）的鹵水獅頭鵝，而染得嫣
紅的鹵水大墨魚，價格也是比較高的；此外，還有鹵水豬
大腸、鹵水豬頭肉、一筐筐的魚飯、用錦盤盛載的台灣鹹
竹筍、豬紅（豬血）、韭菜大豆芽、鹹酸菜炆門鱔等。有
些菜兩三毫錢有交易，甚至有些一角或五分錢也會賣給
你。當時的環境衛生，以現在的尺度來看，實在有點問題。
每到黃昏的時候，打冷店的桌椅，往往佔據了人行道的一

大半。永隆街的手擠魚蛋和手打牛丸，都是非常出色的美食。李鄭屋村有幾家出租單車和三輪車的店舖，在李鄭屋球場附近，剛好有一塊很大的空地，可以讓小孩子在那裏騎腳踏車。起初我跟弟弟合租一部三輪車，兩人輪流騎，另一人坐在車後做乘客。後來膽子大了，就偷偷地一個人在那裏學騎單車。由於心有所向，基本上很快就學會了。

以往潮州菜被認為是低賤的，到了八十年代，這種情況漸漸改變了。時至今天，潮州菜已成為名貴的廣東菜。我想這由於兩個基本的原因：第一是現在香港有錢的潮州人很多；第二是潮州菜以海鮮為主。因為海水水質問題，香港近海目前已沒有甚麼海鮮出產，好的海產又被經濟發達的地方搶高價錢。一隻大的潮州凍蟹以千元計算，聽說一片上湯氽響螺，也要二百大元，一條夠斤兩的魚飯，並非甚麼高價的海魚，只是最普通的烏頭、大眼雞、魠魚之類，往往也需三幾百元。潮州名菜，豬腿裙翅，肯定價值連城；至於用鐵棒手打的新鮮牛丸，門鱔、九棍魚的手擠魚蛋，雖不至絕跡，但肯定不容易找到，而且價錢不菲。

那個年代，一般的商店、公司，甚至一些大戶人家，都聘請了伙頭（廚師）煮飯。買菜是伙頭的工作之一。通常每天給予固定的菜金讓伙頭買菜，但從未聽說過買菜要拿收據的，故此伙頭大有機會扣起部分菜金，中飽私囊，就無可避免。至於扣起多少菜金，每個人都不同。菜金被吞侵，廣府人稱為「打釜頭」，也戲稱為「吞金滅宋」，原因粵語「宋」、「餸」二字諧音。「打釜頭」嚴重的，

又被稱為「新澤西」，這明顯是一種新潮的説法。「新澤西」是一艘美國戰艦的名稱，它因為噸位大而水位深（粵語叫「食水深」，「水」在粵語中也是「金」的意思），很多港口都無法進入，因此「食水深」就成為「新澤西」的歇後語。

舖頭的伙頭李沛，是我的表伯，母親的表兄，他也算半個讀書人，來自新會，是兩間舖頭（冠生，東生）的伙頭。他每天在冠生煮好了飯，就送到東生去。表伯為人耿直，是親友一致公認的，他還被人稱為「擔屎唔偷食」。過年前，沛表伯就告知我們兩兄弟，過了年就帶我們去荔園玩。當時聽到這個消息，心中雀躍了好幾天，因為久聞荔園大名了！

荔園早在香港回歸前後已經結業，在當時，它是唯一著名而有規模的遊樂場，曾經給香港人留下很多回憶。但時代是進步的，這種舊式的消閒遊樂場，始終敵不過海洋公園和迪士尼一類的主題公園，甚至也比不上鄰近深圳的世界之窗、錦繡中華、小人國等面積廣大的遊樂公園，於是由於無法滿足遊人的需要而被時代淘汰了。況且荔園位於市區，就在今天美孚新村附近，有百多萬平方呎的地皮，以五至六倍的建築比例計算，建成商住樓宇約有一千萬平方呎，在今天的市價來説，市值千億港元並非作大（包括建築費）。

元宵前後的一個星期六，收舖後由沛表伯帶我和弟弟到荔園，車程只有十幾分鐘。門票價錢我忘記了（應該在

一元以內），好像沒有小童票。一進場，我就像劉姥姥進入大觀園一樣，眼界大開。並排著的各類影像不同的哈哈鏡，把你反照成千奇百怪；機動遊戲有摩天輪、碰碰車、旋轉木馬、搖搖船等；又有表演大戲（粵劇）的劇場、放映電影的戲院、真人表演的艷舞團，還有一間用霓虹燈寫著「科學美人」的，至今我還不知道葫蘆裏賣的是甚麼藥。遊戲攤位有十多家，我唯獨愛玩「掟階磚」，用一角硬幣拋向攤位裏的瓷磚，只要沒有壓著瓷磚邊界就算得獎，獎品是白箭牌口香糖一包。那天我拋中了兩次，但記不起拋出了多少個硬幣。還記得我跟弟弟共坐摩天輪，從高處向維港方向眺望，香港的夜景從此就收攝在心中。最後參觀的是動物園，看到的禽獸雀鳥種類很多。印象最深的還是那頭大象，我還花了一毫錢，特地買了一條香蕉餵牠吃。

回程時，看到附近有一個又一個高大的圓筒形鋼筒，很像房子但又密封沒有窗口。我問沛表伯那是甚麼？他告訴我那是美孚油庫，才知道是用來儲存汽油的，是美孚石油公司當時在香港的倉庫。六十年代開始，這些油庫遷走之後，原地改建成私人住宅，叫美孚新村，是當時亞洲最大的私人屋村。沛表伯還帶我們到舖頭附近的潮州大排檔吃魚蛋粉。自此就與魚蛋粉、牛雜麵、手打牛丸等潮汕美食深深結下情緣。

六十年代初，國內雖經歷了多次大饑荒，食物普遍缺乏，但供應香港的各類食品和副食品未曾中斷過。香港真是個福地，過去除了日治時代的三幾年之外，幾乎沒有遭

受過饑荒之災。五六十年代香港的食米供應，大部分來自泰國，其次來自國內和本地農民；到了六十年代，農民漸少耕種，產自新界的稻米再沒有供應市場，只有個別的農戶種植少量留作口糧。但市場上的蔬菜瓜果，仍有過半來自新界；豬隻和雞鴨的供應量也不少。那時元朗還有很多魚塘，特別在南生圍一帶，供應了部分日常所需的淡水魚，海魚類更是大部分來自本港漁民的漁穫。

我初到香港時，凍肉一般都是供應西餐廳的，價錢比較昂貴，人們通常不容易買得到。六十年代開始，大量平價凍肉開始進入香港市場，一時間順寧道多了不少的凍肉公司，其中尤以雞翼和鳳爪（雞腳）最普遍。當時一般家庭買了雞翼回家不是一隻一隻煮吃的，而只是取出兩隻雞翼，把它斬成小塊，再加上金針（黃花菜）、雲耳（黑木耳）等配料，蒸成一碟；整隻雞翼吃只是年青人在郊外燒烤時表現的豪情。鳳爪煮花生湯，加入幾塊豬骨頭，就是一般家庭常見的湯饍。另外，廣府人特別喜歡吃動物內臟，肉店裏新鮮的豬肝、豬腰（腎）等，是一隻豬體裏切割出來售價最貴的兩個部分。豬、牛、羊的內臟通常不受歐美人士歡迎，物盡其用，這時有人大量運來香港售賣，同樣受到香港人歡迎。由於它們價格低，銷售量不小。另一類的食品也在這時候開始流行，就是大陸罐頭，像午餐肉、豆豉鯪魚、榨菜肉絲、五香肉丁、回鍋肉等，成為香港人常吃的副食品。這些罐頭價格都在一塊錢之內。由於六十年代開始，工廠吸收了大量的勞動力，很多家庭主婦都紛

紛上班或做點兼職工作。為了節省時間，加上價格不太貴，吃罐頭就流行起來了。

一般家庭通常都是在過年或節日中才吃新鮮雞隻，因為活雞當時的價格比較貴（一隻大約30元）。但在這幾年間，我在家裏常常吃到一種便宜的活雞，我們都叫它做「橡皮雞」。這個稱呼一點沒有誇大，特別在吃雞皮的時候，無論你啃咬多久，都不能把它咬碎，充其量只能把它咀嚼得體積稍為小一點，然後勉強整片吞下去。聽說飼養這種雞並沒有甚麼飼料給牠們吃，只讓牠們在山頭自己覓食長大，因為當時正值大陸缺糧，雞的飼料也好不到那裏。買這種廉價的「橡皮雞」，遇上雞販生意忙的時候，就不會替你宰殺。很多時媽媽買了「橡皮雞」回家，都由我自告奮勇當劊子手。先把一鍋水煮開，然後拿一隻碗盛半碗清水，擱點鹽巴。開水用來拔除雞毛，鹽巴清水用來凝固雞血；要是在鄉間，拔出來的雞毛還可以換上一兩盒火柴。記憶中家裏未曾宰殺過鴨和鵝，聽說是因為鴨毛比雞毛更難拔除。

有一種小吃，近二三十年來我再沒有看見過，就是和味龍虱（水甲由）和桂花蟬。龍虱我吃過好幾次，一毛錢可以買到幾隻；但桂花蟬一直沒有吃過，因為它比較貴，通常都要幾毛錢一隻。吃龍虱的時候，我通常先把背上兩片硬殼（外翼）剝掉，然後整個的放進口裏咬嚼，就有一種獨特濃郁的滋味充盈口中。這種滋味，別的食物是沒有的，也很難跟它比較。太久沒吃了，現在也不容易說出個

中滋味來。當時就覺得，這兩種昆蟲外形奇怪，也不知道它們生長在甚麼地方。另一種小吃，幾十年來差不多沒多大變化，那就是糖砂炒栗子。以前售賣栗子的人標榜兩種栗子：「桂林錐」和「良鄉栗子」，今天賣炒栗子的都不會告訴你賣的是甚麼栗子。

「禾蟲」自八十年代就好像失去它的蹤影。讀中學的時候，每逢秋天總有一兩次吃到「砵仔焗禾蟲」。聽説大部分「禾蟲」都是中山珠海等地經澳門轉運過來的活禾蟲，它有點像活在水裏的蜈蚣，但腳比蜈蚣更多，又有點像釣魚餌的沙蟲，顏色有青的也有紅的。禾蟲的吃法應該有多種，我在鋪頭吃的總是一種做法：把禾蟲洗乾淨放在瓦砵裏頭，加入大量的花生油讓它們吸飽後，用剪刀在砵裏亂剪，剪碎成漿狀，然後加入雞蛋、粉絲、肉碎等配料；一定要用的調味料還有陳皮絲、胡椒粉和適量的鹽，最後隔水蒸熟，再放在炭爐上烤乾變香。

到了冬季，坊間流行一句順口溜：「三六滾一滾，神仙企唔穩」。「三六」是狗肉的另一種叫法。長久以來，香港奉行英國法律，吃狗肉和貓肉都是犯法的，但還是有人走到新界圍村裏吃狗肉。其實，假如你有門路，在市區也可以找到吃狗肉的地方。每年總聽到一兩宗有人因為吃了過量狗肉，而發生事故甚至死亡的新聞。老饕們談到吃狗肉，有甚麼一黑二黃三花四白的級別；他們又説嫩貓和老狗最好不要吃，否則吃的人會有危險，我至今還是不明所以。烹調狗肉的方法更是多彩多姿。狗肉要經過稻草的

烤炙才可以去掉腥羶，調味品更是各師各法，主要是要達
到濃郁、和味的效果。父親是虔誠的呂祖弟子，狗肉是不
准在鋪頭裏烹煮的，取而代之我們就炆羊肉。兩者的製作
都大同小異。三蛇羹的製作就比較繁複，通常都是在伙記
贏了大錢之後搞大食會，才有機會吃到。說也奇怪，當年
每間鋪頭都好像有幾個烹飪大師傅會煮蛇羹。

　　中學時每天往返學校乘巴士經過的一段彌敦道，路程
最多一公里，放映西片的戲院起碼有五六間。這時期的大
戲院，都是獨立建築，即戲院的上面，再不會蓋其他的建
築物。在上世紀六十年代，這類戲院，全香港相信有數十
座，在我印象中，只有油蔴地戲院現在仍保存這種格局，
深信這是被特區政府列入受保護建築物的緣故，否則也肯
定逃不過拆卸改建摩天大樓的命運。

　　車程經過的幾間戲院，在記憶中我全部都去看過電
影。唯獨一家「東樂戲院」，沒有去過，因為當時我並沒
有這個膽量進去。但它在腦海中留下了最深刻的印象。為
甚麼呢？東樂比其他幾間都顯得破舊，但放映的都是歐美
和日本攝製的「艷情片」。為了吸引更多觀眾，聽說同場
還加入真人艷舞表演。戲院外兩三層高的大型廣告牌，繪
畫的是冶艷女郎的撩人姿態。雖然以今天的角度看，這些
廣告遠比森巴舞女郎來得保守，但那年代已經使人覺得是
離經叛道了。每當巴士經過那裏，內心總有一番掙扎，貪
婪的望向這些冶艷女郎，抑或閉目壓制，強唸《聖母經》。
記得當時兩者的機率大概是 1 比 1 吧！

中學生物科的王老師，上了他的課沒幾堂，就對他生出敬佩和擁戴的心意。縱使他衣著隨便，外貌平凡，長期的平頭裝，滿頭的「華髮」白多於黑，體形不高而且略為瘦削，配上一個紅色的酒糟鼻，我總覺得他學問廣博，教學認真。一天上課期間，他借著指責一位蓄長頭髮的同學，轉而大肆抨擊剛到香港演唱的「披頭四　The Beatles」。抨擊的詳細內容雖然記不起來，但抨擊之狠，竟然花了大半節課，實在令我深感震驚。

其實，任何時代都存在著各類社會問題和矛盾。我總覺得，昔日大家同一時間從四面八方逃到香港，生活條件又不充裕，各人背景不同，社會觀念的分歧，比起現在，實在廣而且深；但社會和諧的氣氛卻又今非昔比。為甚麼有這樣的情況呢？我覺得這真是近年社會一個深層次的問題，但願大家有耐性、有智慧去疏通。就如我那時就深深的感受到，傳統與前衛、情慾的開放與壓抑、宗教的取向、政治態度的分歧……，很難要求大家一致。總括來說，我的取向，大部分都是由於我選擇跟隨傳統，願意跟隨父母及老師們的足跡走過來。我相信如果當日在父母或老師面前談及性愛的問題，他們中間任何一位，一定會加以制止，甚至嚴厲斥責。但在政治態度上，雖然深知他們已有左派或右派背景，但極少在我輩面前談論和表態。只能用一句詩來形容前輩們在這方面的心境：曾經滄海難為水。

也許我出生的時候十分幸運，逃過了抗戰和內戰的劫難，而三反五反出現時，我又實在太年幼，根本無法知道

這是甚麼事，或者領略這些運動造成的創傷。1957年來到香港，一家幸運團聚，人民公社、三面紅旗、大躍進等如火如荼的政治運動都沒有經歷過。但親自聽到鄉間不斷傳出的飢餓、貧困呼叫聲，更親身見證了逃亡潮。后海灣和大亞灣海面從內地漂浮出來的屍首，其中不少更是五花大綁，傷痕纍纍的。這些全不虛假，是因為內地大規模武鬥造成的結果。屍首大多來自廣西，通過西江順流漂來的。那時我正值熱血年齡，長輩沒有鼓勵，也沒有反對，加上認識了一群來自大陸的同學，於是就為了共產黨與國民黨、大陸和臺灣、毛澤東和蔣介石，時時展開爭辯，不時三五知己之間擺開龍門陣，而一點點的中國現代史和中國地理知識，就從那時起逐漸累積而成。

當時社會上一般人很少談論政治，一方面是因為謀生困難，有負擔家庭生活的就更艱苦，夫妻二人大多數都要出外工作，維持家庭開支；加上經過長年對外抗戰、內戰和大規模的逃難之後，大家對政治都已經厭倦和麻木，再也沒有興趣和氣力談論。況且香港這時由英國統治，中國人很難有表達政治意見和實現政治理想的機會。但在一些地方，政治表態卻又壁壘分明，例如九巴的職工會，在每個巴士總站的布告板上，都是一分為二的，左派的在一邊，一定張貼《文匯報》；右派的在另一邊，一定張貼《香港時報》。父親從來不跟我談論政治，連過去家鄉發生的事情也沒有跟我提及。我所知道的都是從親友口中聽回來的，其中最多來自祖母口中。知道父親有一個弟弟、兩個

妹妹；祖父三十多歲就去世了，父親十幾歲就要負起家庭的重擔。年少的我，也覺得爸爸受到大多數親友的敬重，尤其是叔叔和姑姐們，而祖母也經常以父親這個兒子而感到驕傲。

有一天，肯定在823金門炮戰期間，祥伯對我說，明天一定要到舖頭吃晚飯，因為他燒魚翅。來香港一年了，四大海味，鮑、參、翅、肚還未正式吃過。於是我問為甚麼有魚翅吃？祥伯告訴我，是父親得悉台海戰爭中，有多架米格戰鬥機在空中被台灣軍機擊落，於是出錢跟大家一起慶祝。這是我有生以來第一次從親人口中聽到當前國共戰爭的報導，而且又是關於少有的空戰，覺得戰爭就在身邊。父親不是一個吝嗇的人，但他負擔極重，除了在香港的開支之外，每月還要寄錢給鄉間的祖母和兩個哥哥。我想這次消息一定觸動他的內心深處，否則他不會有這麼大的動作。

我深知父親是反共的，但他從沒有向我訴說共產黨的不是；日本侵華時代，他艱辛建立的事業，在戰爭和平前一刻，被小日本炸毀了。他也曾被小日本無故囚禁，還差點喪命。不過，這一切一切，都是從親友口中聽來的。

十月是兩個國慶日的月份，十月一日紀念中華人民共和國國慶，十月十日紀念中華民國國慶。十月一日能看到掛五星旗的地方，寥寥可數，掛旗的都是中資機構，特別是中資銀行。我乘巴士上學的路徑，沿途經過青山道，大埔道而至彌敦道，再轉入亞皆老街到天光道再步行返校，

憑記憶完全看不見五星旗的蹤影。反之，十月十日要看青天白日滿地紅旗就非常容易。李鄭屋及石硤尾兩大徙置區，中華民國的國旗隨風飄舞，形成壯觀的旗海；不知道甚麼原因，我的住處蘇屋村，掛旗的就相當疏落。彌敦道瓊華和龍鳳兩大酒家，還搭起雙十的巨型大花牌，每年都有不同的題材，吸引不少途人注目。相信當晚在各大酒樓和親台社團中，慶祝歡宴的為數一定不少。

我的出生地，順德縣陳村鎮，在民國的時候，略有薄名。「省、佛、陳、龍」，是南方四大名鎮的合稱；省是廣州、佛是佛山、陳是順德陳村、龍是東莞石龍。父親的基業建立在陳村的新墟，還記得未來港時，我們住在陳村舊墟，放假時過橋到新墟，看到公路兩旁，盡是頹垣敗瓦，一切的建築物，都在戰爭時被炸平了，我們稱為「瓦渣崗」。父親的店舖，當然也被炸毀。還記得這裏有一座很大的中山公園，但很荒涼，旁邊有一座岳王廟，不知道是故意或是無意保留下來的。聽媽媽說，小日本時代，爸爸和一群商人，被關在一間祠堂裏，不審訊、不勞役，也不提供食物和飲料，差不多有十天；最後救了大家的是祠堂裏的一個蓮池，因池塘裏還有水可以喝。

當年台灣海峽823金門炮戰，相信香港人還有點印象，但記得的應該不普遍，也不很多。自此我開始逐漸留意兩岸的關係，但誰是誰非？卻越搞越亂。「是非成敗轉頭空，青山依舊在，幾度夕陽紅？」這幾句歌詞有一定的道理。

香港商業電台（下稱商台）的成立，在我們的住處，

又掀起了收聽廣播劇的新熱潮，因為商台的廣播劇比香港電台（港台，政府開辦的電台）多，而且集中在晚上7:00-9:00。同一層樓的住客、鄰居，吃過晚飯，大家紛紛駐足走廊，或坐在牀位上，或靠在自己的房間門口，聆聽各類型的連續廣播劇，包括甚麼「泰山歷險記」、「雷克探案」等。其中有一首「榴槤飄香」的歌曲，幾句「飄來榴槤之香，曼歌聲震天，不忘榴槤之香，歡呼舞萬遍」的歌詞，當日不但廣為流行，即使今天在珠三角地區，也往往聽得到。當時出名的播音員，我還記得的有李我、蕭湘，夫婦倆來自澳門綠邨電台，可以稱為播音界的天王與天后。同時，年輕的有林彬、尹芳玲、金剛等，擁有很多廣播迷。金剛現在仍然服務於商台，似是廣播界的長青樹。至於港台，中午單人講的武俠小説，內容大多是關於洪熙官的故事，也有不少人收聽。

在此順帶一提，1967年香港暴動，林彬在商台每天都有時事評論，甚至加以嚴辭譴責，深受大眾歡迎，卻深為發動暴亂人士忌憚。有一天早上，林彬與堂弟開車上班時，竟被暴徒截停車輛，淋汽油放火，將兩人燒死在車內，消息震驚全港。

當時，由於商台啟播，而電視尚未興起，聽收音機已經很普遍，播放歌曲自然是電台最主要的節目。那時的歌曲主要有三大類：粵曲、中文流行曲（包括粵語及國語）、英文歌曲。在三者之中，收聽率我認為平分秋色，各領風騷，彼此都有大批的愛好者，甚至也有跨組別的。記得粵

曲中聽得最多的，要數紅線女唱的《昭君出塞》，稍後隨時隨地都聽到任劍輝、白雪仙合唱的《帝女花》。這些粵曲我沒有多大的興趣，但她為我認識中國歷史種下了一些幼苗。因為整個小學課程裏，都沒有中國歷史科。我們都是從日常生活中，一小片、一點滴的積聚起來，構建對自己民族歷史的認識。電台的廣播劇中，很多與中國歷史也有關連的。民間的信仰、拜祭祖先、節日慶祝，這一切一切都滋育了我對往昔的一點感通，或許這就是我們常常稱之為「根」的東西吧！

收音機廣播的內容，對我影響也很大。當我聽到「飄來榴槤之香，……」這樣的歌詞時，就會想到榴槤是甚麼味道的？星馬泰又是怎樣的地方？當年廣播劇的內容今天雖然差不多忘盡了，回憶中的感覺卻仍是溫馨的。但在鄉間時留下的傳聞——南洋地區，對我來說卻充滿神秘感。這些地區似乎大部分仍未開發，還偶然聽到老虎吃人的事情；還有山岩、沼澤引生的瘴氣特別利害，這裏出產的驅風油，萬金油等藥油，特別有效，早已在港澳地區風行，也是回鄉必備的禮物。對星加坡的認識，也是始於胡文虎及邵逸夫兩人，他們都在星加坡發跡，然後再到香港。

某一天，沛表伯有點神秘的叫我到廚房去，遞給我一條用玻璃紙包著的啡褐色東西，並述說它的來歷。原來這是來自星加坡的「榴槤糕」，是與他分別超過二十多年的堂兄，回鄉探親路過香港時送給他的手信。他那位堂兄，算起來也是我的另一位表伯。沛表伯知道我沒有吃過榴

棟，故特意留給我，並告知這是較矜貴的食品，吩咐我不要浪費，著我即時嘗嘗。意想不到如此貪嘴的我，當時竟然絕對無法接受這種味道，覺得它有一種濃郁的「貓屎味」；結果剩下的大部分，都交還給表伯。

香港四周是海洋，境內地方山地又多，沒有較長的河流，下雨之後，雨水很快便流到海裏，加上人口在六十年代初期開始急劇增加，食水供應漸見緊絀。遇上久旱不雨，問題更見嚴重。如果沒有記錯的話，來港後第一次遇到制水，是在唸小四的上學期。其實這次制水，並不屬於嚴重，只是每天供水四小時，與六十年代四天供水四小時的制水程度，無法相比。六十年代香港流行一句熱話，「樓下閂水喉」，人人熟悉。這是由於香港到處都是高樓大廈，如果家家戶戶在供水時段內一齊開水喉，高層住戶的水壓即時變得不夠，就沒有水用。如果你曾經經歷過，對這句老話就會心領神會，否則箇中的滋味難與君說。半天供水，對一個由鄉下出來的小孩子來說，不會覺得不方便，因為在鄉間取水，不少時候，都是困難重重的。

記得當年在街市做買賣的，大多數都有飲早午茶的習慣。飲茶一方面是為了吃早飯和午飯，一方面也是各行業之間為了互通消息。飲茶又分中式、西式兩種。當時飲中茶的佔大多數，飲西茶佔小部分。飲西茶的地方叫「冰室」，冰室門口一般都寫著「檀島咖啡 西冷紅茶」八個大字作為招徠。主要的飲品就是咖啡和奶茶。中大型的冰室，每天都有 2 至 3 輪剛出爐的麵包，品種雖然不多，但一定

有菠蘿包、雞尾包和蛋撻。冰室，顧名思義就是飲冰的地方，夏天自然生意興旺。當時流行的冰飲（冷飲），有紅豆冰、菠蘿冰、雜菓冰和蓮子冰等。昔日冰室經營的食物種類不多，主要提供人們一個休閒或聊天的場所。在聊天時喝杯飲品，吃個麵包或者多士或者三文治，早餐頂多加上通心粉。冰室充滿閒情逸致，與發展至今日的港式茶餐廳相比，截然不同。後者食物的品種雖不至於包羅萬有，但已經中西俱備，而且作風速戰速決，跟快餐店差不多。

至於飲中茶，地點都在茶樓。大型的茶樓可以筵開一百幾十席，稱為「大酒樓」；中型的地方小一點，稱為「茶樓」；甚小型的，稱為「茶居」。今天香港人仍常常去飲茶，特別在一些節日，伯伯婆婆，子女兒孫相約飲茶，人山人海，那種熱鬧情景，水洩不通的場面，排隊等座位通常等上一兩小時。今天飲茶雖然飲的還是普洱壽眉，吃的還是蝦餃燒賣，但今昔情懷，相去甚遠。

記得當年飲茶的地方，大多擺放四方木桌，一桌最多坐四人；大型的茶樓往往還有幾張較大的圓桌，可供六至八人用。客人都是用茶盅沏茶。伙記手挽銅茶鍋不斷為茶客的茶盅加水，售點心的手捧大蒸籠在店內巡迴叫賣，蒸籠裏面擺放著一小碟一小碟或一籠一籠的點心。捧點心需要很大的力氣，感覺上當年的茶樓，很少看到女工做這種工作。「水滾茶靚」之外，茶樓還標榜「星期美點，撚手小菜」。聽說這些用語，都是民國期間在廣州流行的。「星期美點」，談何容易！能把每日的點心，監控在一定的水

準內，已經不容易。做得好的蝦餃實在難求，很久沒有嘗過稱心滿意的蝦餃了，不過我還是選它作為嶺南點心的代表；雞球大包或許現在很難找到蹤影，縱使找到了，它的風采依舊不變嗎？雙手辦開熱騰騰的雞球大包，還會像昔日那樣散發出一股雞菰聯姻的幽香氣味嗎？今天不管多大的茶樓，都不准人抽菸；昔日卻煙霧瀰漫，吸菸的人實在多；此外，茶客大多還有隨地吐痰的壞習慣，而且在你進食時常發生。所以每張桌子的旁邊，都放了痰盂。今天在茶樓裏能夠禁止吸菸和吐痰這兩大陋習，對香港人來説，實在值得引以為榮。

唸小學的時候，每當親友到訪時，爸爸媽媽大多都會在酒樓跟他們飲下午茶聊天。今天在香港飲下午茶，價格通常都有特別優惠；不過，當時就沒有這種做法。在五六十年代，點心價格很少變動。由於價格穩定，盛點心的小碟子，都會燒上紅色的數目字，例如 6 或 3（表示 6 角或 3 角），盛粉、麵、飯的大碟子也如是，例如 12、15 及 18 等。七十年代之後再也看不到這些數字了，因為物價不停的變動。

招呼親友，父親常點的麵食，我至今還懷念著。雖然有些麵食今天仍然流行，不過，它們今天如果不是變得面目全非，就是失去當年的風味。舉例來説，鴻圖蟹肉伊麵，除了廚師的手藝之外，材料也至為重要。新鮮花蟹蒸熟後拆下來的蟹肉，具有嫩滑鮮甜美味的口感，非一般罐頭蟹肉可比，更非人造蟹柳所能代替。我想，昔日風味的鴻圖

蟹肉伊麵，在今天富豪式的飯店仍然能夠吃到，不過價格可能接近千元了。錦滷雲吞很久沒有看到它的蹤影，想必是工序繁瑣，不合經營成本。錦滷雲吞的雲吞皮特別大而且比較厚，用燙油炸至酥脆，再配一砵殷紅的酸甜醬汁，裏面材料豐盛，除了青紅西椒以外，還有很多肉類海鮮相配。酥炸的雲吞沾上砵裏的酸甜醬汁，再加上汁裏的配料，別有一番風味。揚州窩麵，其實是什錦麵的一種，只不過相對來說，所用的食材比較珍貴，種類繁多，包括海參、魚唇、鮑魚裙、义燒、鮮蝦仁、土魷魚、珍肝、菜遠等。上好的揚州窩麵，今天也不容易嘗到。

父親除了年初一和掛十號風球之外，每天一定飲早茶。進入茶樓，一定買一份《工商日報》，也一定喝他的普洱茶。這連串指定的動作，在我赴臺升學之前，從未見改動過一次。舖頭訂了一份類似報紙的行情表——海味糧食雜貨類進口行情表，兩三天出版一次，不用郵遞寄來，而在晚上十點左右從舖頭鐵閘的隙縫塞進來。全份報紙都是用鋼筆刻臘紙寫成後油印出來的。由於訂戶不多，製作簡陋，爸爸看完之後都把它放在櫃台筆墨盤旁邊，硬幣過多的時候，都會用這些看過的行情表來包捲硬幣。包捲硬幣也要一定的工夫，包得不緊實的話，一筒筒的硬幣，稍為動一下就很容易鬆散倒出來。

說到櫃台上的筆墨盤，是由個體户特別製造供應的。盤的一邊，放了兩個沒有蓋的鐵墨盒、一瓶漿糊；另一邊放了一個毛筆架，毛筆是自備的。這些文具用品，大約每

八、香江世情

星期都要更換一次。更換後墨盒中的棉花吸含著飽滿的墨汁，漿糊的黏度跟自己煮的分別很大，且不容易稀化出水。同時，鐵盤周圍的墨跡也要清刷得一乾二淨。讀書的時候，從沒買過膠水或漿糊。對我們這一代來說，煮漿糊是最容易不過的事，需要的時候，只要用器皿放一點太白粉，加水煮開，再用筷子攪拌均勻，片刻就變成漿糊。但要煮得好的漿糊，也大有學問，有人會加白醋，有人會加白礬等。我想選用甚麼粉來做，對漿糊的好壞也是相當重要的。

我們的小學時代還有毛筆書法課，但中學已經停授了。那時每週的一篇作文，都要用毛筆謄寫。所用的毛筆大多是兩三毛錢一支，五毛的已經覺得很貴。出名的三角牌墨汁，每瓶六角；我用的都是雜牌墨汁，因為可以省下兩三毛錢。父親每年都到皇后大道的「集大莊」買毛筆，在中學期間，爸爸曾兩度送我集大莊毛筆，跟坊間平價的毛筆相比，寫起來效果分別實在很大。

今天，各區都有大型的投注站，投注站甚至還提供個人的電話投注服務。六十年代，一般低下層的賭徒下注的只有外圍的賭博，澳門賽狗開始之後，賭狗賭馬的外圍投注就更興旺了。我認識的世叔伯之中，也有好幾個以做外圍艇仔（駁腳，替大莊家收受賭注）為副業。今天某大財團的家族，曾經是當日深水埗外圍的大莊家。賭客光顧外圍的艇仔一般都有 5-10% 的回扣，甚至享有賒帳的優惠。不少的打工仔因此而欠債纍纍。我唸中學的後期，還看到班中曾有同學到茶樓寫狗馬纜賺取外快。昔日外圍賭狗賭

馬的生意，可謂遍地開花。

　　當時的報紙，據我所知，沒有哪一份不刊登狗馬經；相反，當時不少專寫狗馬經的報刊，卻可以完全不刊登任何新聞，所以有些狗馬經報只有半張紙。舖頭的伙記約有一半是賭外圍的，其中有三兩個賭得特別利害，他們都有一個共同的特點，就是抱刀仔鋸大樹（以小博大）的投機心理來賭錢，賭的經常是過幾關，或甚麼三串七，四串十五等等。不過，「食白果」（該次的投注全部輸清）的情況經常發生。多年來，我也看見過有伙記一次贏得接近千元，但大多數人還是不足償還舊債。每次下注縱使還有多餘的錢，但往往在贏錢之後因揮霍無度而花光。不知道伙記是不是都很大方，或者是彼此有協議，每次有人贏大錢的時候，都會拿一筆錢出來，在舖頭搞大食會吃一頓。不少珍貴的食材，我都是在這樣的機會第一次吃到的，例如雪蛤膏、龍蝦、雪耳和燕窩等。

　　「字花」這種賭博當時也相當流行，尤其在下層社會。聽說「字花」有幾百年歷史，其中經歷過不少的演變。當時在順寧道每一個街口，起碼有一家字花賭檔，那時警察到字花檔收片（收黑錢）幾乎是半公開的。不知道甚麼原因，我從未看見舖頭的伙記買字花，所以一直對字花沒有甚麼認識，只知這種賭法一共有三十六個號碼，賠率是一賠三十。「字花」每一個號碼都有一個名稱，可能代表一個古人，可能代表一種關係，或可能代表一種動物、一個地方，甚至是身體的某一個部位。內容變化多端，不懂的

我覺得它古靈精怪。每天，由莊家的師爺出題面，刊在報紙上，圖文並茂，但往往都是含糊不清，或者似是而非的，不容易猜到謎底。聽說「字花」一兩毫錢都有交易。七十年代初開始沒落，這是由於投注者逐漸覺得多被欺騙，後來被剛成立的廉政公署取締，改為由馬會做莊的「六合彩」。

農曆新年前後，很多人都會聚在一起玩（賭）魚蝦蟹遊戲，增加節日喜氣。街上也有人擺攤做莊，玩法簡單，深受小朋友歡迎：三粒骰子分別用魚、蝦、蟹、雞、金錢、葫蘆代替原來的1、2、3、4、5、6，大家就在一張鋪在桌上或地上畫了魚、蝦、蟹、雞、金錢、葫蘆六個圖案的紙張上投注。投注者將錢押注在相應的圖案方格內。如果骰子開彩的圖案跟你投注的一樣，你就算贏了。如果三個圖案跟你下注的一樣，你就贏得更多。

另一種民間賭博是「番攤」。在我還沒到過澳門賭場之前，我不知道它是甚麼葫蘆賣甚麼藥，在街頭巷尾也從來沒有看過有人開番攤。為甚麼我提及它呢？事緣有一次一位中年男子到鋪頭買蠶豆，挑得很仔細，結果買了兩三斤，剛好我的叔叔也在場，他告訴我剛才的蠶豆是買來開番攤用的。其實我當時不明白為甚麼賭番攤要用蠶豆。後來聞說李鄭屋村附近有隱蔽的番攤檔，都是用蠶豆開賭的，其他的伙記也告訴我，有幾家番攤檔都經常來買蠶豆。

打麻雀（麻將）這個玩藝在香港始終是最普遍的，但到麻將館打麻將就有些不同。一般人認為只有走偏門或三

山五嶽的人馬，才去麻將館打麻雀。麻將館門口都依法律規定，標示了「十八歲以下不准入內」的告示。青山道大三元麻將館，我唸小學的時候曾去過多次，都是在早上仍未營業的時候送貨去的。舖頭晚上也常常有人打麻將，他們稱之為「衛生麻將」。父親不是麻將的一線台柱，大概一星期才玩一兩次。

打麻將的規矩改變了很多，我這幾年在東莞休閒當然跟當地人打東莞牌，規則跟港式有很大的分別。有人說人生的順逆就像打牌的運氣一樣，更多人說看牌品就看出一個人的脾氣和修養。是耶？非耶？我不敢下定論。我是資深的雀友、但牌藝永遠是第九流。我打牌有一個特性，絕對不打高額的麻雀，或許這就失去與高手切磋的機會吧。

「長沙灣已婚警察宿舍」在六十年代初入伙，距離舖頭約十分鐘路程。宿舍附近最接近的街市，就是順寧道，宿舍的規模當然不能跟李鄭屋相比，我想也總有過千戶吧。這批新客戶，猜想是各類店舖力爭的對象（純粹猜測），主要原因有兩大個：以生意來看，警察的收入雖不算高，但卻穩定，加上當時他們的額外收入不少，這批客戶該列入有消費能力的一群；此外，在當時來說，你多認識幾位阿 sir，總是利多於害。以舖頭來說，有阿 sir 的名字掛在咀邊，黑社會來騷擾你的次數也會減少；在店門口停兩三部送貨的單車，也比別人容易得到通融。當時有部分警務人員，實在意氣風發，不可一世。我見過最利害的一次，是一位下班警長，在舖頭落單，父親為他寫單之際，

扛火水進店的送貨工人，一不小心把火水罐碰到他手提著的一把蔬菜，警長的反應非常激烈，大有老子的菜你竟敢用火水罐碰它，該當何罪？送貨工人不是舖頭的伙記，父親用種種方法向他道歉和賠償，警長仍未息怒，最後他把蔬菜舉高用力扔到馬路。我發覺父親竭力引領這位警長轉換話題，不再談論這件事，最後也許他看在父親的面子上，表面好像不接受道歉和賠償，但我瞭解他那張購物單已經換來更多更大的便宜了。

鄉間的日子越來越難過，兩位哥哥也有逃亡的計劃了。偷渡者若在邊境或新界地區被警察截查到，照法例一定遣返大陸；只有到了市區才不被遣返。（此條例八十年初被廢除）爸爸拜託一位警長在這方面疏通，對方也答應了。警長暗示，兩位哥哥若能偷渡到香港境內，如果在未進入市區前被警察抓到，只要講出該警長的名字、編號和關係，就有機會不被遣返，甚至可以協助他們進入市區。當然報酬需要另議。

不到幾個月，父親被那位警長要求幫忙買一份儲蓄人壽保險，限期是 25 年。因經濟的關係，父親很不想買，但為了兩個哥哥的安危，也無奈接受了，每季交一次保費，按當時的黃金價格計算，每期的保費足夠買一兩黃金有餘。二十五年之後，父親垂垂老矣，身患重病，我帶父親到保險公司領回這筆供滿的所謂儲蓄保險，全部金額僅足夠購買市價三兩黃金。

第九章

小學生涯

九：小學生涯

五十年代，香港中小學校學額嚴重不足，但學校分類卻很繁複；分類有多種形式。以資源來說，有官立學校、補助學校、津貼學校、私立受助及私校；以政治來分，有親臺、親共和中立三類；以宗教來分，有天主教、基督教、少許佛教和無宗教的；以言語來分，有英文學校和中文學校。那時候，各類型的學校，紛紛成立，尤以私立英文中學為甚，因為市場需求甚殷。

四年級上學期，我很幸運，進入一間開辦只有一年的津貼小學，而且離住處才幾分鐘的路程。學校有獨立的校舍，地下是禮堂和一個露天操場，樓上差不多都是課室；地庫一邊是校工的宿舍，另一邊是一個很大的美勞教室。記得很清楚，每班學生 45 人（該是教署允許的上限）。學生編制分上下午班，上下午班各有不同的老師，有各自的學生，儼然是兩間學校。我是讀上午班的。

由於搬家的關係，短短幾年間，這已經是我的第五間小學了。學校的名字叫「五邑工商總會小學」。最近我順路經過，校舍仍然老樣子，並沒有重建，只是把另一所後建兩年的學校合併了。以前校園外圍完全沒任何宣傳或推

介的文字，如今貼滿宣傳標語、圖像和照片，又標示了曾有哪些社會名人到訪，學生所得獎項和學校舉辦過的活動。當日學額不足，今日過剩，形成強烈的對比。五邑，是珠江三角洲鄰近的五個縣城：新會、台山、開平、恩平和鶴山，這一帶是著名的僑鄉，僑居美國的尤多。

學校位於保安道和順寧道盡頭的永康街，對面是一個山坡，今天建成了明愛醫院。由於一邊是盡頭路，行人比較稀疏，沒有甚麼小販攤檔，通常只有兩三架木頭車，在售賣「車仔麵」，或許這就是「車仔麵」的起源。現在小麵店甚至連鎖店，都以「車仔麵」作為招牌，其實都是懷舊，甚至是美麗的誤會。因為當時大牌檔一碗粉麵最基本的是三角（有些更便宜的是兩角），「車仔麵」最便宜的只是一角。「車仔麵」，顧名思義就是一架木頭車，下面放一個打氣的火水爐，上面安放一個金屬器皿，有小分格和大分格。小分格放的是各種食物材料，例如豬紅、豬皮、蘿蔔、牛腩碎、豬腸、魚蛋……等；大分格再分兩格，一格盛開水，用來煮麵和煮菜，另一較大的分格盛豬骨湯。車子有空的位置放了大量的鹼水麵餅，一般都有粗麵和細麵兩種；另外，還有韭菜和一些其他蔬菜。車子後尾大多放碗筷。車的週圍一定掛上幾瓶甜醬、辣醬，至於洗碗用的水，都是用四加侖食油鋅鐵罐，剪掉罐頂作為洗碗盆，一切都很簡便。以今天的標準來看，這些設備當然都有問題。但一毫錢，一個麵餅，加點牛腩汁，再送你兩三塊蘿蔔，兩毫錢還有兩三樣的菜式，三毫錢就絕對是豐富的一

頓了。學校補課期間，我是這裏的常客。

五邑小學是我唸過的小學之中，要求比較嚴格的一間。除了英文一科之外，其他的科目我大致還跟得上。教英文的是一位中西混血的男老師，身體健碩，教學非常嚴厲，那時體罰學生是等閒事。留在心中刻骨銘心的一幕是串英文生字。記得我學習英語「elephant」這個生字時，經常串不出來。遇到串不出來的時候，老師便要我打開手掌，讓他每唸一個字母，用籐鞭打一下。結果，e一籐，l一籐……，一直打到t一籐。e、l、e、p、h、a、n、t一共八個字母，本來只要打八籐，但老師說完這八個字母之後，要我再串，我還是串錯，又要重覆再打。籐籐有力，鞭鞭驚心，痛得我眼淚直奔而出。結果這堂課我一共挨了幾十鞭，左右手都被打得通紅發脹。說也奇怪，因為他的嚴厲，我的英文成績真的進步了。很可惜，半年之後這位老師到英國去了，後來由一個好好先生，代替那位嚴厲的老師，我的英文又再度沉淪。到了現在，無論我的英文怎麼爛，elephant這個英文字我還是能夠串寫出來的。

來到這間學校，很快就跟同學埋堆。同學埋堆首先分為男女生。在教室裏，男生坐一邊，另一邊是女生；小息時女生們大多跳橡筋（橡皮圈）繩，我們大多玩搖搖。男生之中，又有幾個懂得唱英文歌的，又自成小圈子。說也奇怪，他們除了英文好之外，其他成績也多是名列前茅的，剩下一伙十幾二十個男生，就由一個活躍而不大喜歡讀書，名字叫「李伯滔」的同學領導。他們每天下午兩點半

多數在李鄭屋球場踢球，踢的都是幾毫錢一個的塑膠球，偶然有同學借到一個類似比賽用的真皮足球時，大家就很高興。一般我們都分成兩隊比賽，球場上除了我們的兩隊之外，往往還有其他十多隊同時在踢球。

我一直對足球沒有認識，因為在鄉間只有籃球場，沒有足球場。我在鄉間只看過籃球比賽，對足球比賽是完全陌生的。來到這學校才開始踢足球。想不到香港這裏的人，很熱愛足球，香港的大球場，可以容納數以萬計的觀眾；界限街的花墟球場也不小，甚麼南巴（南華對巴士）大戰竟然可以熱炒半個月。香港在當時是遠東的足球王國，甚至是整個亞洲，中華民國的足球代表隊，都由香港足球員包辦。

添哥知道我每天都去踢球，主動帶我到青山道一間大型文具店「一帆書局」，送我一個足球。我幾經琢磨，揀了一個「火車頭」牌，上海製造，十多塊錢的足球。當時在同學之中，我一下子好像成了風頭人物。踢了僅僅一個星期，李伯滔就向我借足球，說下午班的同學知道我們有一個新足球，不借給他們就不夠朋友。起初我還猶豫了一兩天，最終受不了他多番央求，也就借給他了。那時還未知道「劉備借荊州」這句成語，結果一星期不還，一個月也不還，最後的答覆是：「足球踢爆了！」我要求死要見屍，但他回答說「已經丟掉了」。

四年和五年級這兩年，學懂不少家務。買菜燒飯，很多時由我一手包辦。首先說的是買菜。母親通常從錢包取

出一張一元交給我，買菜的上限就是這一元。不過，我大多數都會找回兩三毫錢還給媽媽。菜攤一般是不能講價的，你要講就自討沒趣。但有某些攤檔卻可以講價，甚至成為慣例。例如鹹水魚檔，你要懂得規矩，大約可以少收10%左右。因為我買的菜都是兩三毛錢，就不敢要求減收太多，每次都是減斗零（五仙）。可能大人看我年紀還小，講價差不多都是成功的。有一種現今差不多絕跡的海黃花魚，當時價格相當便宜，我最喜歡買來煮蘿蔔；紅衫、馬頭魚則以煎封後再配上豆腐或番茄為佳；金針（乾的黃花菜）、雲耳、葱菜則用來蒸牛肉；蕃茄、馬鈴薯、免治牛肉可以做一菜一湯，還有蒜蓉炒時蔬等。這些簡單的家常小菜，比在家鄉時豐盛得多了。買完菜下一步自然是燒飯。那時我還未認識電飯煲，一般都是用火水爐燒飯。「三及第」在香港話俗語中有多種意思，假如是「三及第」飯就不妙了。甚麼是「三及第飯」呢？就是把一鍋飯煮成「燶、生、削」。燶是指部分焦了，生是指部分仍未煮熟，削是指部分糊了，黏力不夠。「三及第飯」電飯煲是絕對煮不出來的。每次燒飯都必定要小心，不能煮出三及第飯。收音機的「入廚三十年」，是一個很受歡迎的教烹調的節目，主持是一個有名的老廚師陳榮。閒來我也喜歡收聽，從中也學得一招半式。

另一項家務是自己洗校服、燙校服和洗上學的白布鞋。當時的熨斗有兩類，除了電熨斗之外，還有很多是燒炭。幸好我家用的是電熨斗，比較方便。洗校服要用肥皂，

洗衣板和洗衣刷，直至差不多中學畢業到台灣升學時，家中才添置洗衣機。上學穿的白飯魚（白布膠鞋，多是馮強鞋廠的）很容易弄髒，污漬不容易清洗，所以每次洗完後，都要塗上白鞋水，再放到適當的地方晾乾。為甚麼不晾乾才塗白鞋水？因為乾了，要用的鞋水就很多了。當時，不到 200cc 的一瓶白鞋水，售價六角。

我四年級上的是一間津貼小學，媽媽知道我的英語程度跟不上，叫我報讀該校晚上的英語拼音班，還要求我暫時不要到鋪頭住宿，專心讀書。這時鄉間傳來欠缺糧食的消息日漸頻密，很多地方的人民公社吃大鑊飯，出現了糧食短缺。我也發現本來滯銷的禾蟲乾，很多回鄉客都會買一兩斤，同時還買兩三斤眉豆，帶回鄉下。原因是家鄉這時很多人缺乏營養，患了水腫（過量吃野菜、山薯等，甚至樹皮，這是聽回來的，自己沒有這方面的知識），禾蟲乾煮眉豆據說是治水腫的良方。暑假前的兩三個月，媽媽曾經獨自回鄉數天，所帶的食物和布匹，已傾盡她的體力，甚至是財力的上限。不知道是否長期經歷抗日和內戰之後，家鄉的親人不多，甚至寥寥可數。我家當時留在家鄉的直系親屬只有四個半，其餘最親的不過是爸爸的兩個胞妹及其家人，還有居港舅舅在鄉間的家眷；當然少不得還有爸媽各自的一些親友。外婆、祖母相同之處，都是年輕守寡，外婆的經歷比祖母更甚。這兩位至親的女性，甚至包括媽媽在內，在數十年飄泊的時間，有多少日子是安定的？這時兩個在內地求學的哥哥，大哥在海南島讀醫，

因此媽媽這次回鄉也無緣見面，畢業後該當赤腳醫生吧！三哥在順德寄宿唸中學。記不清楚是爸爸還是媽媽說的，早年兩位哥哥拒絕來香港，理由是「國家現在供我們讀書，讀完書應該為國家服務」，所以不走。但最後他們也都逃亡出來了（逃到香港是 1965 年的事）。媽媽也從這時起，由於擔心兩位哥哥的生活，身體開始多病。此外，還有半個就是我叫她做「九姐」的，自我懂事時就跟我們住在一起。她比大哥約長兩歲，從沒有人告知我她的身世。以我猜想，她應該是在我還未出世的時候買回來的「妹仔」。我們叫她「九姐」，大概是排行第九吧！她為我做過很多事，洗衣、煮飯、挑水等等。在記憶中，我從沒有向她道謝過一句，如今想起來，實感唏噓。

寄郵包到鄉下，這時也開始成為風氣，但在郵局寄包裹，有嚴格的規限，每次只能寄出兩磅花生油或豬油。後來，由於寄郵包的人多了，郵寄範圍逐漸放寬到其他物品，隨後的十年，郵寄包裹佔了舖頭很大的營業額。最大的郵包可達 10kg，而且可以不必通過香港的郵局寄出。

開學不久又過中秋節，吃過月餅之後就有秋涼的感覺。青山道的南貨店開始出售大閘蟹了。對於孤陋寡聞的我來說，起初還以為那是鄉下的大蟛蜞。鄉下河岸兩邊泥沼，往往長了很多蟛蜞；捉蟛蜞的都是養鴨人家，把卵子拿下來，可作蝦子（卵）的代替品，稱「禮雲子」，而蟛蜞就用來餵鴨子。

這一年中秋過後，學校公布秋季旅行的日期，跟著由

老師提出幾個地點，再給班上同學舉手決定，結果選了「大埔墟」為旅行目的地。包括我在內，大部分同學都感到興奮莫名，因為這次旅行可以坐火車，而且經過長長的隧道，大家都叫這次旅行為「火車捐山窿」（火車鑽山洞）。加上旅行地點是一人一票選出來的，同學們都有受到重視的感覺。但美中不足的，班上有幾位同學，由於家裏拿不出車費，未能參加。

由公布到出發日期，大約相距一個半月。同學們對旅行的討論一直沒有間斷，重點首要是埋堆、買甚麼食物、如何分工。最後決定多少個同學分成一組，每組一罐茄汁沙甸魚，兩至三磅切片的枕頭方飽，配上一罐地捫菠蘿，再加上陳皮梅、嘉應子、話梅，水果多是金山橙、美國蛇果或天津鴨咀梨，大家都覺得非常豐富。飲的水一定要自備，每個同學都有一個上學用的水壺，有些同學還自製汽水，用白開水加汽水片製成。也有一些同學的水壺裝了五花茶，甚至廿四味苦茶。

當天全班先到巴士站排隊，哪有專車接送！乘巴士到火車總站，即今天尖沙咀鐘樓之處，然後乘同一列火車。當火車駛經畢架山隧道時，該是情緒最高漲的時刻。車廂上有回鄉客，也有不少住在火車沿線往返的居民，還有兜售鹵味的小販，和另一些售賣各種藥油的人。火車停過幾個車站，接近一小時的車程，大埔墟站到了。老師叫我們注意車站正門門口，上方刻了「1913」字樣，又告訴大家，大埔墟火車站是 1913 年建成的。這個火車站，如今已成

為「鐵路博物館」了。

五六十年代，香港的蔬菜六七成都由本地供應。大埔、粉嶺、上水和元朗是主要的供應地，所以這裏四周都是菜田，甚至也有稻田。這天的活動，我只記得在溪澗捉小蝦小魚。溪水非常清澈，水底下有甚麼東西，看得一清二楚。下車後逗留的時間，大概是三小時左右，絕對不超過四小時。回程的時候，大家都有盡興而回的感覺。

1959 年中，媽媽一直在等我四年級放暑假，目的是讓我陪她一起帶食物回鄉。從那時起，鄉間傳來的消息，缺糧越來越嚴重。天下的母親，都會惦掛自己的子女，何況她還有年老的母親在鄉間。除了兩個兒子和母親三個至愛之外，她還有一些親戚朋友。這次回鄉的任務很明確，能帶多少食物就帶多少，我是媽這次回鄉的唯一助手。這是我第一次回鄉。由於種種的原因，第二次回鄉已經是二十多年後 1987 年重建祖屋了，這一次我帶著年邁的父母和妻、女回鄉，幼子志謙恐照顧不及，未有同行。近十多年來，差不多每一兩年我都回鄉一次。隨著長輩日漸凋零，同輩又漂流四方，如今這裏比往昔繁榮得多了，四處都是高樓大廈，身處故鄉，反而有異鄉人的感覺。

這次跟媽媽回鄉的記憶相當模糊不清，只覺得那裏暮氣沉沉，不論廣州或是家鄉，大部分的店舖都沒有開門營業。路上行人都穿著破舊的衣服，人人面有菜色，彼此很少交談言笑，市面一片蕭條。記得我們在廣州吃過一頓晚飯，這家飯店雖然是只供外賓和港澳同胞進餐的高級飯

店，但也要輪候幾個小時，點菜時能選擇的菜式也非常有限。我嘗過當地的餅食，根本難以吞嚥，聽說是由於糧食不夠，很多餅食都用樹皮草根磨碎用來作代替品。鄉間的祖屋，在祖母去世之後，只有九姐獨守，顯得特別冷清頹廢；廳裏昔日的酸枝桌椅，少了一大半，牆上掛的字畫，也不知道收到哪裏去。三哥向學校請了兩三天假趕回來相聚，在海南島學醫的大哥就無法回來。我想媽媽這時費煞思量的，就是帶回來的食物，怎樣分給鄉親呢？我們在家鄉逗留了兩天，每天都有多批親友到訪。此情此景，媽媽總不能讓親友空手而回吧。

回香港之後，聽說伙頭李沛表伯也很想帶點食物回去接濟親屬，但他卻怕去了沒有人接手煮飯，所以遲遲不敢向父親請假。我知道他的心意之後，不知道哪裏來的膽量，竟然自告奮勇，向父親毛遂自薦，替沛表伯燒飯幾天。他不置可否，只叫我跟表伯商量，如果表伯認為可以就可以。起初表伯還是不答應，後來經過媽媽勸告，他才給我這個機會。其實表伯主要是顧慮我的安全，他叫我先做他的助手大約一星期，然後才動身回鄉。這一個星期做助手，主要教我的是廚房安全事項，特別是每頓飯的兩鍋湯。他一再叮囑，一定要待湯稍涼之後才送到「東生」去，否則熱湯潑在身上，會造成極大的傷害。其次是教我每天如何煮好兩鍋飯。由於當時還沒有電飯鍋，每鍋飯要煮好幾斤米，那麼大的一鍋飯不容易燒好。一間舖頭總共十幾人，父親還要求一定要多煮幾個人的飯量，原因是每次吃飯的時

候，總有三到五個漁民（水上人）拿著搪瓷器皿等著分給他們吃剩的飯菜。他教我先用熱開水洗米，燒開了水之後米才下鍋，這樣燒飯，鍋裏的熱量就比較平均分布，很少出現生熟不勻的情況。

一天燒兩頓飯，每頓四桌人吃，都是兩菜一湯，另加鹹味一碟。如果沒記錯的話，每天菜金是 24 元，相當於一桌菜 3 元。每頓飯菜單的設計，我並不覺得困難，只覺得有挑戰。由於鋪頭大部分貨物都是食材，有時買菜失去預算，可以拿鋪頭的食物做搭配。附近的商販都認識我，而且對我很友善，他們知道我是客串的，經常給予特別的優惠，作為鼓勵。只是有一次，其實也是自己處理不好，我到認識的一家買豆腐，先付四毫錢給他，後來看見買豆腐的人多，就站在一邊，等人群散去後，告訴老闆我要買四毫錢的豆腐，還很客氣的問他，我是否已經付了錢？想不到他肯定的回答「還沒收錢」，那我只好乖乖的再交給他四毫錢。經此一役，我告誡自己，以後同樣的事，要盡量避免再發生，否則自己內心感到不平衡。這個星期的替工，我獲益良多，日後無論是露營野餐，還是招呼同學在家裏聚會，有時我也會露兩手。

燒飯剩下的時間，我要留在家裏做暑期作業，因為開學就是五年級，有沒有機會升中學就要看這兩年。以我估計，當時小學生升中學的，數量最多只有一半人，女生的升學比例恐怕更低。也許這時香港的手工業逐漸興盛起來，夜中學和英專學校日見增加，很多小學生畢業之後都

唸這些學校。

1960 年大概是香港銀行業開始興盛的時期，很多銀行都在這時開設或增設分行，又用各種方法鼓勵儲蓄。那年我已經升上五年級，記得農曆新年剛過，東生伙記殷哥（全店最年輕）就不斷的叫我把利市錢儲起來。適逢這時恒生銀行推廣兒童儲蓄，十元開戶，就可以送你精美的銅製錢箱。當時深水埗銀行數目很少，區內的恒生銀行還不是一家大銀行，要跑到油麻地彌敦道的分行才可以開戶。得到爸媽的允許，由殷哥帶我去開戶口。這是我第一次進入銀行，想不到受到很友善的對待。最令我難忘的是大堂那盤多款口味的瑞士果汁軟糖，和藹可親的銀行姐姐還鼓勵我多吃幾顆；只要不放在口袋帶走，在那裏吃多少可以拿多少。那姐姐還向我解釋了很多儲蓄的守則。說實話，這些守則我早就忘光了，只有其中一點還記得：就是你儲進錢箱的錢，不能自己用任何方法把它取出來，包括把錢箱弄破；必須把錢箱帶到銀行由職員為你開鎖，全部零錢都必須存入帳戶中。手續辦完之後，我就選擇錢箱。錢箱款式真是花多眼亂，最終選了一個獅子錢箱。

到了五、六年級，我已經是一個不折不扣的「肥仔」了。我想，最主要的原因是在鄉間每天只有兩頓飯吃，每頓飯都吃同樣的糙米飯、青菜和鹹菜，一個月難得吃上三幾片肉。家鄉吃魚的機會還多一點，不過大概也只是一星期一次吧！可是來到香港之後，就吃得豐盛得多了。家裏的飯菜雖然比舖頭遜色，不過，沒有肉的那一頓飯，也總

有魚或蛋類；米飯也比鄉間的細滑得多。縱使菜吃光了，用醬油加熟油澆飯，也覺得其味無窮。每逢過節做禡，我一定到舖頭吃飯。當時的觀念跟現在很不同，總認為「食得是福」，加上大家都有不能浪費食物的觀念，伙記們常常鼓勵我多吃。我的故鄉順德，最特色的文化就是注重飲食，因此我也不知不覺承傳了這方面的習慣。

六年級的時候，課業開始加重，學校要挑選學生參加會考，考出來的成績就代表學校的成績。在記憶中，上午校唯一的一班六年級，也許是第一屆畢業生。在 45 人中挑選 9 個學生去參加小學會考，亦即 20% 的學生有資格參加會考。學校一開學就設法給學生努力催逼會考的四個科目：中、英、算和社會科。英文科一直是我最弱的一項，老師教授的文法和拼音，我一直都無法領悟；算術是我的強項，甚麼雞兔同籠問題，時針重疊問題，四則運算等，我大致都相當有信心。至於中文科，這時就加入幾首唐詩和宋詞，由於當時大家把岳飛視為民族英雄的表表者，所以背誦《滿江紅》時特別上心。如今事隔五十多年，背起來仍可琅琅上口。成語更是每日必讀，其中有部分成語，至今留下深刻印象。由於每個成語背後都帶有歷史故事，容易記憶。例如「完璧歸趙」、「指鹿為馬」、「破釜沉舟」等，這些成語，都有助我此後拼砌出中國歷史的圖像。至於社會科，讓我知道上海是世界五大城市之一。也在同一時間，我認識了中國的長江和黃河，以及香港百年變遷的一點知識。

　　班主任明確告訴我們，上學期的期中考將挑出 12 位同學，作重點栽培，然後再選出 9 人參加會考。這時適逢楊振寧和李政道獲得諾貝爾物理學獎，這消息不僅普遍地為失落的海外華人打了一支強烈的興奮針，老師們也為此而大事宣傳。一時之間，他們二人就成為我當時的大偶像。加上自己這時候只有算術成績一科稍好，其他科目卻一無是處，也許就在此刻，埋下了我日後入讀數學系的機緣。現在回想起來，六年級的那一年，身體上和思想上，都隱約出現了變化，不知道是否這就是從兒童踏入青少年階段的蛻變？

　　六年級上學期，期中試有了結果，選出成績最好的前 12 名同學中，竟然有我的名字；再經過三到四個月的操練，又淘汰了三人。最後入圍的 9 人須不斷補課，假期和星期日功課都排得滿滿的，其中以社科會尤甚。每科都提供大量油印手寫的練習題，卻沒有聽說過有同學家長為子女聘請補習老師的，坊間也看不到這類的補充練習。

　　在那個年代，小學畢業已經算是有點知識和能力了。不記得從哪裏聽說過，當時的小學程度相當於古代的秀才，高中程度相當於舉人，大學程度相當於進士。父母都希望我能升上中學，但堅持的強度兩人有所不同。母親有「萬般皆下品，惟有讀書高」的想法，故她認為升學是唯一的出路；父親則認為「行行出狀元」，若我選擇不讀書，當然希望我跟他「出身」，做他的學徒。如果跟父親入行的話，我想第一門必修科一定是「左手算盤右手筆」，修

習的時間恐怕長達數年，職位一定由「後生」做起。「後生」，即現今的雜役或助理，有如今天辦公室的「boy」。他一定會帶我到電車路學習買貨，認識海味雜貨。百年來香港既是海味雜貨的集散地，也是轉口港，品種繁多，學問殊不簡單。以魷魚為例，就有來自國內的汕尾、湛江魷魚，國外的日本、暹邏魷魚，遠至金山，近至本港九龍灣的生曬吊片。不同產地自然品質不同，價格亦有所差異。買手還要估計未來貨源充沛或短缺，所謂奇貨可居，自古皆然。孔子的學生子貢是歷史上出色的買手，做買賣賺了很多錢。孔子生前死後，都得到子貢在金錢方面鼎力支持。

我們那一屆是「小學會考」最後的一年，第二年改以「升中試」代替。學校那一屆的甄拔試在下學期初舉行，但不知甚麼原因，結果遲遲不見公布；教社會科的女老師上課時有意無意的常常提到我，分不清是關心或是針對我；又說有人在淘汰試中，社會科試卷沒有寫上名字，至於怎樣處理，學校還在討論中。最終成績公布了，沒有寫名字的就是我，被扣去了 25 分，排名第十，亦即無緣參加「小學會考」。

九名入圍的同學，自然要再接再勵，加倍努力；而我們其餘的大多數，就落得清閒散漫了。班上男女生的比例大約是 2 比 1，入選的女生更是寥寥可數。也許那個年代，還在重男輕女，家境稍差的，小學畢業後不做「工廠妹」也要留在家裏做家務；有幸能繼續上學的女生，她們所負擔的家務也大多比男生為重。我們那個年代，男生的成績

肯定不遜於女生，甚至更強。幾年前我查閱過香港中會考的成績，令我驚訝的是，女生的成績遠遠超越男生，只有「數學」一科稍遜。最近十多年來，公開試的狀元，女生總是佔大多數，跟我以前的想法，有很大的差異。

那個年代，社會風氣保守，兩性之間的一舉一動，顧忌頗多。我們受到社會風氣影響，男女同學在課室裏相處，雖不至於「男女授受不親」，但處處「楚河漢界」，彼此交談不多；又因為正處於尷尬年齡，很怕聽到同學之間的閒言閒語。想不到六年級下學期臨近畢業之際，班上的女同學，竟然有主動找男同學寫紀念冊的。所謂「禮尚往來」，記得起碼有兩個星期，班上同學彼此都忙於交換寫紀念冊，甚麼「莫等閒，白了少年頭，空悲切！」甚麼「百尺竿頭，更進一步。」甚麼「友誼萬歲」等，都是每個人一時學回來的金句，同時也一定在題句的背頁寫上通訊地址，但加上電話號碼的卻鳳毛麟角。一時之間，大家都感到依依惜別之情，特別濃厚。平時跟你交情特別要好的同學，還會把用剩的學生照，貼在你的紀念冊裏，作為留念。很可惜這本紀念冊子，我在赴台升學之前，已經遺失了。

第十章

大逃亡潮

十：大逃亡潮

「大逃亡」是指上世紀六十年代初期，有一段日子，內地由於政治運動不斷和糧食不足等原因，每天都有成千上萬的人越境逃亡，其中數以千計的人成功逃到香港。說是大逃亡，因為規模大，人數多；說它是潮，因為這時期逃亡的人，分別朝新界北部邊境沿線各個方向，像潮水一波一波的洶湧而來。後來經過香港軍警努力阻截之後，才慢慢消退。不過，每天有幾千人成功逃到香港，那只是一個籠統的說法。以我所知，沒有當時確實的日期和數據記錄。至於有多少不成功被逮捕遣送回去的，甚至在越境途中被解放軍開槍射殺或者在逃亡中淹死在海裏的，實在無法知道。我說不知道，因為當時年紀還小，而且也不是參與者。我說我知道，因為我是當時的見證者之一。

在我印象中，當時各地鄉下的親人，有不少是趁這次逃亡潮逃到香港和家人重聚的。

興哥在我認識的鄉親之中，是這時候第一個成功逃亡到香港的偷渡者。他是三哥中學和小學的要好同學。到香港之後沒兩天，就找到我家來，向我們報平安。母親當然急著向他打聽三哥的消息，還多次問他為甚麼兩位哥哥不

跟他一起偷渡來港。但絕大部分的問題，興哥都答不上。「君自故鄉來，應知故鄉事」，時代畢竟變了，我心中暗忖著：「媽媽，請不要責怪興哥，他需要自保的啊！」自此，我對國內的事情加深了關注。

我認識興哥，可以說從懂事開始。當時我們家在順德容奇（現在稱為容桂，因後來容奇與桂洲兩鎮合併），大哥、三哥常常帶同學回家，大哥的同學更經常在我們家中過夜。每次有陌生人在家裏過夜時，我都覺得又高興又熱鬧，很快就會睡着。最怕的就是兩位哥哥都不帶同學回家，或者帶回家而不留在家中過夜，這讓我獨自一人覺得很害怕。因為前屋的樓上只有我們三兄弟住，平日聽回來的鬼故事又不少，而最要命的是這裏有一間大房子，長年上鎖，裏面還放著一副空棺材。

這間房子不是我家的。我家的祖屋在陳村鎮，由祖母獨居。當母親和弟弟來香港之後，姐姐、我和妹妹三人才回到陳村跟祖母住。容奇這間房屋不知道父親向誰租住的，它是我在鄉間住過最好的一間（不包括旅店和親友的家）。進門左邊，可以說是一條花徑或一個長方形的小花圃；右邊中間是天井，前後是兩棟兩層高的樓房。記憶中聽回來的租金是每月 2 元 5 角，業主保留了放棺材的那間大房間，用來儲物。這間房間，外面用木板圍起來，高度跟人等齊，上半只用疏落的木條支撐圍著，因此外面的人可以從木板高處窺視裏頭。大哥曾好幾次讓我騎在他的肩膀上往裏面看看有甚麼。當時我看得很清楚，放的是一

副空棺材，這是對小孩子具有非常震懾力的東西。由於我獨個兒睡在樓上，好幾次晚上急尿都不敢一個人到樓下小便，最後只好在牀上拉出來。

哥哥的同學在我家最多的活動是鬥蟋蟀。有時候他們也用煤油燈把縫衣服的針燒熱，再彎曲成魚鈎，用來釣魚，也喜歡找一些玻璃片把它研碎，之後用桃膠混和，再塗在風箏線上，把風箏線風乾後，風箏線就變成包了一層玻璃晶粉的「玻璃線」，十分鋒利。完成後，就拿出去跟其他放風箏的人「鎅線」（比誰的風箏線鋒利）。他們也常常三五成群的出去釣魚、打籃球、捕蟋蟀、捉田雞（青蛙）、游泳等；有時還在小河裏戽涌捉魚，拿回家加菜。甚麼是戽涌呢？戽（音富），汲水之意，涌指村裏的小溪小河。久晴無雨，他們就在溪水將近斷流之際，把前後段的溪水用土塊堆成一壩，把溪水截斷，然後合力將池裏面的溪水戽走。到了水快乾時，很多小魚、小蝦就會蹦蹦地跳出來。運氣好的話，說不定還有過斤重的鯉魚、草魚，甚至生魚、黃鱔、甲魚也有。可能我太小，這些活動，我從未曾參加過。興哥跟三哥是最合得來的同學，他們聯繫緊密，所以母親自小就對興哥有好感。

興哥的父親，甚麼時候來香港，我並不清楚；我只知道他在深水埗租了一整個天台，做包伙食的生意。在我的回憶中，運送伙食的工作是很艱辛的，一般都用單車運送，在單車車頭裝置一個鐵架，用來放置飯菜。以十人的伙食為例，四菜一湯是最基本的，另外還有一鍋湯、一鍋飯，

各用一條乾淨的白布包裹著。四碟菜，每一碟都用金屬蓋子蓋好，然後疊起來再裹以白布；加上十人用的碗筷和湯匙，又是一大包。送去兩小時之後，又要收回來。當時一般伙食收費是每人五角，十人就是五元。以今天來看，這是一行不可思議的生意，但在當日就是這樣做法。興哥到了香港之後，應該在那裏逗留了一段不短的日子。

那天我帶興哥到蘇屋村巴士總站，乘坐2號巴士，終點站是天星碼頭（此巴士路線至今沒有改變）。沿途經過青山道、大埔道、彌敦道，然後到達碼頭。路上經過的都是當年九龍最繁華的商業區，我儼然像一個小導遊，喋喋不休的向遠方來客，講解香港人的生活情況。幾十年來，我們都有聯繫，最近他也提起我們過去乘搭2號巴士的陳年往事。

鄉間缺糧的情況越來越嚴重，每天除了有大量包裹用郵寄方式或其它渠道運送回去之外，還新增了一種在香港買提貨單，到大陸指定地點提貨的生意，應運而生。香港的小商戶只能替客戶落單，從中賺點佣金，訂單則交給那些神通廣大的貿易公司操作。海外華僑人數越多的僑鄉，提貨點相應越多，貨源和品種也相對繁富。在廣東、福建和江浙沿海地區，都有較多的提貨點。

不幸的消息陸續有來，這時廣州一帶爆發了嚴重的霍亂，傳說死亡人數有數萬人。霍亂後來傳到澳門，再蔓延至香港，一九六一年約在七，八月間香港宣布成為疫埠。當時人心惶惶，市面蕭條，各類生意都受到很大的打擊，

冰室差不多全無客人，連轉口的商品也被很多地方禁止入口。記得當時港英政府採取多項強硬而果敢的做法，諸如禁止廣東及澳門地區的旅客入境，大力宣傳打霍亂針。一時之間，超過二百萬市民接受注射霍亂疫苗；被證實患病者，一律強行隔離；所有蔬果，在批發前都要經過消毒殺菌處理。在記憶中，雖然免不了有人死於疫症，但為數不多，實在是不幸中的大幸。不多久，疫埠之名也除去了。

我的小學課程，也在這個時候結束了。有一天，父親找我到茶樓談話，他勉勵我有機會要多讀一點書，並告知我由他打理的第五間雜貨店將於幾個月後開張，取名「南生」。這是他第一間佔有股分的「舖頭」，會調派舅舅去打理。爸爸沒有告訴我他佔多少股分，我猜想大約在 5% 到 10% 之間吧。以我理解，父親的心意是鼓勵我安心讀書，並表示有足夠的能力供我們讀書，因為他的收入將又增加了。當時我年紀雖小，已經感覺到整體香港的經濟是向上行的。但店舖式零售小生意會遇到很大的挑戰，例如這時有牌照和無牌照的攤販不斷增加，工廠以及很多行業大量吸收勞工，伙記的工資亦要作出相應的調升，幸好租金的增長仍算溫和。父親辛勞幾十年，他在香港的事業也許這時刻達到頂點吧！

籌備超過一年的「南生號」，在 1962 年初開始營業，地址也選在順寧道，與新入伙的蘇屋村只是一街之隔。南生與其他幾間舖頭有兩點較大的分別，第一是不賣酒，改為兼營食米。這一改變很大，需要比較專門的人手和更大

的店舖空間。其次是連店內的閣樓也一同租下來，閣樓用來作廚房、儲放貨物和宿舍，這樣，舖面就顯得寬敞了。

南生開張前幾個月，冠生的伙記「祥伯」已經辭職了，因為他是南生的股東之一，需要日後在南生任職。這時他是南生裝修工程的監督者。祥伯年歲跟父親相若，年青時已經在香港工作，一直沒有結婚，我們也沒有聽他提起家鄉的親屬。傳說他有豐厚的儲蓄。呂伯該是南生最大的股東；歐伯因為海外貨款的拖累，理應沒有入股。父親相信也只是象徵式的入股。舅舅雖然是南生的頭櫃，以他過去微薄的收入，還要扣除每月寄回鄉下的家用，加上自己每天飲茶抽煙，哪裏來的儲蓄讓他入股呢！至於還有沒有其他股東，我就不得而知了。

祥伯跟我友好，在監工期間常常找我到南生跟他聊天。記得有一次，他刻意讓我旁觀「南生號」招牌鑲金箔的施工過程，把鑲金箔的施工日期安排在我不用上學的日子，好讓我見識一下鑲金箔的工藝。在記憶中，每塊丁方一吋的金箔預先夾放在兩塊較大的薄紗紙中間，施工時師傅首先技巧的將上面一張紗紙拿走，然後將金箔一張一張貼在木招牌上面。這工作看起來很簡單，當時我也試做過。但當我掀開紗紙的時候，金箔不是被我弄碎，就是被微風吹走，無法順利地放在木招牌上。我知道師傅讓我動手而不嫌我妨礙他們工作的原因，是因為他們給面子監工者祥伯，因此我也不敢過分放肆，只試做了兩三張就停手了。

開張之前，祥伯興沖沖的告訴我，調米的師傅請到了。

為甚麼其他的職位他不提，只是關心調米師傅呢？我想主要原因，是因為當時的食米生意都操縱在潮汕人手中，而廣府人又覺得潮汕人不容易溝通，不願意聘用潮汕人；況且調米師傅不但需要有力氣，而且還要對調米這工作有充分的認識。「調米」就是把幾種不同性質的大米，互補長短，調校出最好的搭配，讓煮出來的飯，得到最好效果。這也許要用「調酒師」的角色來比喻「調米師傅」，才容易讓人明白。

「雄哥」是在逃亡潮中帶著女朋友經歷千辛萬苦逃到香港的，由於他是股東呂伯的晚輩，又是一名知青，因此來香港之後就安排做舅舅的助手，也就是二櫃。雄哥跟母親的緣分特別好，母親晚年，雄哥還經常帶著雄嫂看望母親，不然就是通電話向母親問好。時間久遠，往往將人的關係也沖淡，過去舖頭伙記人數不少，但幾十年之後，至今能夠聯絡得上的，不過寥寥數人而已。另外有兩個年輕人，他們家在珠海，也是新來的偷渡客，由於在香港舉目無親，乃投靠父親。父親當時馬上聘用他們，原因是兩位哥哥曾經有事請他們幫忙過。相信父親聘請他們，一來是希望他們日後能夠在店中發揮所長，助一臂之力；其次是想到以後兩位哥哥要是有機會偷渡，可以向他們請教。但他們在南生逗留不到半年，就離開了。南生開張以後，舅舅在冠生的一些顧客，也跟著轉過來；同一時間，我似乎感覺到，父親從事的雜貨行業，已開始露出一條分界線，因顧客有限而經營也漸漸出現困難了。

我在學校的功課，一直被英文科困擾著，想逃避它，實在不可能，因為在當時來說，英文是最重要的一科，甚至超過中文科。既不能一刀兩斷，也不能拿出破釜沉舟的決心，只好採取拖拖拉拉的敷衍態度，唸得很不是味道，甚至深覺痛苦。反之數學一科，尤其是代數，其中關於一元一次的文字題，對我來說運算得很過癮。老師未教的，自己能先看先做，中一年級這本薄薄的代數教科書，在下學期開學不久，我已經全部做完了一次。剛好這時是農曆新年不久，利是錢還沒有用完，於是大破慳囊，花了二元四角，在天利行文具店買了一本中二的代數書，繼續尋找數學運算的樂趣。

經過下學期的期中考之後，眨眼又到期末考，這次考試給我的壓力很大，為甚麼？生怕不能升級。因為當時各學校都採用淘汰制，成績不能過關便無法升級。考完大考之後，七月初的某一天，中一級齊集禮堂派成績表。當我站在那裏等候的時候，心情非常沈重，就像等待判決的感覺一樣。當判決書收到手上之後，幾經內心掙扎，才有勇氣打開看。一看之下，我實在感到十分僥倖，我獲准升級了；記得班上一共有十幾位同學，無法升級。

同班好友阿拾是不能過關的同學之一。雖然他為人樂觀，但想他也一定難過；我因為有幸升級，心中當然興奮。但想到下學年不能跟阿拾同班，心中難免有一點不安樂。放學時，很想找他一起回家，但找不到他。在回家乘巴士途中，跟乙班住十二樓的陳同學（以後就稱他做 CC 吧）

坐在一起，彼此問及對方的成績，我坦然相告，考30名，僅可升級，還告訴他，不知甚麼原因，有幾個考二十幾在我名次前面的都不能升級。CC告知我，他全班考第三，我馬上覺得他很利害，並報以艷羨的眼光。在三十多分鐘的車程中，彼此交談了自己的經歷。原來他兩兄弟都是在本校由小五讀起，弟弟下學期由小學部升讀初中一。

在記憶中，這一年的暑假並沒有留下甚麼難忘的事情，無聊時只是穿插於冠生、東生和南生之間。我的老友阿拾，跟父母商量後，決定原校重讀中一；他要求我做一件事，就是每晚八點後陪他沿蘇屋村一帶練習跑步。作為他的好朋友，我一口答應了。阿拾不大喜歡讀書，説白了就是自認為不是一塊讀書的材料。一個積極的人，總有自我表現的方向，所以他選擇了跑步。這個暑假差不多每個晚上我都陪他跑，我跑起來當然吃力，很多時都跟不上；有時他跑三個圈，我就躲懶跑兩個圈。每次練跑大約30分鐘到一個小時，跑完之後多數到杜鵑樓的佳佳士多買汽水喝，大家坐在士多門前的石凳上，無所不談，興盡而回。

暑假通常都在九月前結束，這一年開學前一兩天，有一個超級颱風「溫黛」吹襲香港，自己這時已經住在新建的石屎大廈，沒有倒塌的危險。不過，那些住在山邊木屋，或近海平房的居民就完全不同，他們那些危難慘痛的經歷，令人無法忘記。在記憶中，這次風災，死去和失蹤的人數有數百之多，被吹毀房子而無家可歸的，幾近十萬人，是我一生中經歷過最大的一次風災。

講到刮颱風，以前比現在好像還要頻密些，記得我來香港頭半年住砵甸乍街的時候，起碼有兩次刮颱風不用上學。還記得刮大風時我偷偷的打開騎樓的玻璃門，想到騎樓外面感受一下颱風的威力，玻璃門只推開了一點點，已經覺得風力非常猛烈。幸好能夠及時關上，否則玻璃門被吹破，後果就不堪想象。我們搬家到九龍後，每逢收音機預告台颱風快要吹襲之前，舖頭的生意特別好。那時大部分家庭都沒有冰箱，魚、肉都不能多買，市場裏的蔬菜供應量也不多，並經常因此坐地起價，雜貨店與士多的罐頭這時就成了最受歡迎的商品了。例如罐頭午餐肉、豆豉鯪魚、沙甸魚、回鍋肉、五香肉丁等，甚至連梅菜、菜乾、花生、豆類都比平日暢銷。颱風過後，由於一般農作物受到損害，蔬菜的供應量大為減少，價格上升的幅度很大。而新界的農民，受風災影響，整造的辛勞，往往血本無歸。

刮颱風後菜市場最好生意的，是賣芽菜豆腐的攤子。豆腐一般都沒有漲價，因為既可以保持平日的產量，有需要時還可以加大生產；但大豆和細豆的供應量有合約限制，一般零售價都會提高。如果颱風災情嚴重，影響到一兩個月內缺乏蔬菜供應的話，芽菜、豆腐的店主就可以趁機加價，發個小財，以彌補瓜菜旺盛時期生意平淡的日子。我曾經看過，有人把一板一板的豆腐，幾十斤的芽菜，到了傍晚時倒在馬路邊，堆積有如小丘，等到晚上才有市政局的清潔工人把它們掃走。

冠生隔壁是一間潮州人開的米店，米店隔壁就是一

間「橫門士多」。所謂「橫門士多」，有人譯做（side shop）。是在小巷裏頭巧妙偷取建築空間構成的一種小店舖。以這間橫門士多來說，它依附著旁邊一間藥房的外牆搭成。這間藥房位於東京街與順寧道交界，店門口向著東京街，向順寧道的是一幅牆，橫門士多就靠著這幅牆，再向外佔用（或借用）一部分人行道的位置擺放商品，然後在騎樓底半空用木板搭一個小閣樓，作為貨倉，就自成天地，足夠空間做各種小件商品的買賣，成為一間橫門士多。至今，市區很多大小巷口，只要你小心看看，仍然看到不少這樣的橫門士多。這類橫門士多，除了經營士多生意之外，還有「麻雀出租」，連麻將枱面，包送包收，公價每天五角。刮颱風期間，租麻將牌的生意是最興旺的。這間橫門士多，跟我們相熟，由來自福建的一對夫婦加上小叔，三人共同經營，全年沒有休假。每天晚上十二點才打烊，第二天不到七點又開門。他們平時睡在騎樓下的閣樓裏，大小便和洗澡，就到斜對面李鄭屋村的公共廁所和浴室。那種刻苦耐勞的精神，我們廣府人也自愧不如。

由於溫黛襲港，我們開學的日期延遲了一兩天。

溫黛颱風之後，學校開學。在回校的途中，看到沿途交通秩序還沒完全恢復，街道上很多垃圾仍未清理，不少招牌被吹倒，吊在半空中，高樓牆外的大型棚架倒塌。亞皆老街和天光道，很多大樹都吹得俯伏在馬路上，政府部門派出大量人手，處理和搬走這些雜物，車輛的行駛受到很大的影響。

回到學校，找到自己新的一班「中二丙」。進去之後，看到不少新面孔；即使是以前認識的同學，大家都好像大了一號。真奇怪，不見面還不到兩個月，彼此卻真的快高長大起來了。新同學大約有十幾位，其中有原校留級的，也有外校轉校來的，更有的是從學校英文部轉過來的。外校轉來的同學有兩位來自澳門，一位來自台灣，聽說後者的父親是一位國學大師，應邀在附近的新亞書院講學。一年之後，這位同學再也不見蹤影了。

如果把數學分成幾何、代數、算術三個科目的話，除了英文和國文之外，其它都是閒科，每週都是上課一到三節。記得英文上課的節數最多，一周超過十節；國文接近十節。這兩科都是由去年任課的老師繼續任教，只是今年的班主任改由教國文的王老師擔任。其它科目的老師換了好幾個，都是年青的。有來自香港理工學院的、有來自台灣師範大學的，這時我開始認識台灣的大專院校。此外，還有從義大利學成歸來，年紀不大的李神父，他教我們歷史科。說實話，他的廣東話我最多只能聽懂六七成；最要命的還是他發的講義，不但艱難繁多，而且讀來讀去都沒法消化。沒想到考第一名的 L 君，竟然多次在我面前，主動讚揚李神父學問如何如何淵博，而且說神父晚間還在新亞書院做研究。可能在不知不覺中，我受了 L 君的影響，並為了答謝 L 君對我的友善，在不明所以的情況下，我也開始對李神父講述的歐洲上古史到處向人宣揚和讚美了。

學校的高層人士，在這期間也出現變動。義大利籍的

蘇冠明校長，改由奧地利籍的邱心源神父接任，教務主任由中國籍的鄭神父接替了和藹可親的義大利籍神父。開學不久，陸續收到不少學校通告。首先是上學必須穿黑皮鞋，打球必須換布鞋；此外，還有下學期夏季校服改為白色長褲，而兩個足球場要鋪綠色水泥，需要向各家長募捐費用。這樣的改動，是好是壞？我無法作答。如今想起來，我感覺到舊的管理作風接近平民教育，這次新的管理作風有點精英教育的意味。不管哪種作風，我總覺得那些修道者都具有遠大的胸懷，他們不辭千里迢迢而來，為理想排除萬難。大概就從這時候開始，我對他們產生了尊敬和景仰的情懷。

開學不久，收到學校的一個通告，我班被選出在某星期六上午代表學校到街上售旗籌款。今天，售旗籌款是很普通的募捐活動，回想當日，絕大部分的同學都不知道這是甚麼一回事。經過負責老師詳細講解之後，我們對售旗活動才有點概念。售旗義賣活動是英國人想出來的一種籌集義款方式，中國社會過去只有捐款而沒有售旗義賣。售旗日期的前一天，被挑選代表學校售旗的同學都領到一個裝善款的鐵罐錢箱，整個都密封上鎖，只在箱頂上面開了一條可以投錢幣的小縫，別人是無法打開它的。錢箱兩側連繫著一條布帶，讓你可以把錢箱掛在頸背，錢箱就可以垂在胸前，方便買旗的樂捐者把善款投進錢箱，也方便售旗的人看管錢幣是否投進去。另外，還領了一袋數量不少的小紙旗，它是「賣」給樂捐者的。小紙旗和今天售旗活

動用的貼紙有所不同，它的大小有如以往茶樓椰汁糕上插的萬國小紙旗一樣，所不同的是，插在椰汁糕上的紙旗旗桿是一根牙籤，籌款紙旗的旗桿則是鐵絲或者是別針。此外，記得好像還領到一到兩張汽水贈券，給售旗者飲用。

售旗當天早上，我約好了兩三個同學，在旺角亞皆老街和彌敦道的十字路口集合。剛開始幾個同學都不敢主動向路人開口，反過來是路人主動走過來跟我們買旗。記得當時的港幣還沒有兩角錢硬幣，買旗的人差不多都投進一角；投兩個一角的就讓我們覺得他是個大善長。上午八點鐘之後，我不知道從哪裏來的勇氣，不但主動出擊，張聲叫人買旗，還獨自一人沿彌敦道南行，邊走邊勸人募捐。途中竟然遇上兩個超級善長，他們都投進了一個銀色的五角硬幣，讓人十分鼓舞。不久，開始覺得掛在頸背的錢箱越來越重，我還是邊走邊叫，叫人買旗。最後越戰越勇，不知不覺走過了油蔴地、佐敦，繼而走到尖沙咀天星碼頭。到了碼頭不多久，袋子中的紙旗全都賣光了，錢箱變得沉重，這時也接近售旗的截止時間了（記憶中是下午一點鐘），於是乘車把錢箱交回學校。

賣旗結束後，一直盼望早日公佈籌款的數字。可是一個星期過去了，沒有消息，最後甚至過了一個月，也還是沒有公布結果。兩三個月之後，結果看到公告欄上貼出籌款機構寄來的感謝函，附列出每個籌款人籌得的款項。結果我名列前茅，善款差幾角就有四十元。

南生開張之後，父親每天都差不多晚上十點才從舖頭

回來，因為每天舖頭打烊後都有很多帳目要抄寫。秋冬期間，爸爸説天氣乾燥，喝糖水可以滋潤，偶然會打電話回來，叫媽媽煮好一鍋糖水等他回家喝。有時，他考慮到媽媽家務繁重，不驚動媽媽，回家之後自己動手煮。由於時間緊迫，製作都是簡單方便的。最有代表性的做法就是煮糖水合桃酥。爸爸會買兩個大合桃酥（中式嫁女禮餅那種），用開水燒了若干糖水（水加糖），再拿一個湯碗，掰一塊合桃酥放進碗裏，然後把燒開的糖水沖進湯碗，合桃酥糖水便大功告成。這種糖水在外面見所未見，聞所未聞，我跟父親一起吃過幾次，覺得味道一般。但父親還是常常讚美的説，這是又方便，又快捷，又是價廉物美的清潤糖水。也許那是父親出於自我安慰的一種生活藝術。合桃酥糖水所用的合桃酥，父親一定是在青山道奇馨餅家買的。

　　説起奇馨餅家，記得那還是讀小六時的農曆年尾，舖頭做煎堆用的爆穀比去年滯銷，父親當然有些擔心。就在年廿八中午時候，一個穿唐裝的中年男子走到櫃位問爸爸：「老闆、還有爆穀嗎？今年煎堆特別好賣，有爆穀的話我多做幾個，應酬街坊。」原來他就是奇馨餅家的老闆。當他得知店中有一百多斤爆穀時，就不問價錢，叫我們趕快送到他的餅店去。往後的十多年裏頭，他每年都在這時候到舖頭毫不議價，將剩下的爆穀全都買光。

　　從這樁買賣中，我有兩點感受：第一，奇馨的老闆大有壓價的條件，因為爆穀屬於年貨，過年之後很難處理，

保質期又很短，存放也需要較大的地方，可是他作為主顧，全不議價，因此也許讓父親受到感動，父親因而特別喜歡用奇馨合桃酥煮糖水。第二，以往的習俗，只要經濟條件許可，每家每戶過年前都自己炸煎堆油角，而且炸的數量也不少，吃一兩個月才能吃光；現在時代變了，加上每個人的工作越來越忙，買回來的煎堆油角價錢雖貴，但數量容易控制，又可以把省出來的時間用來加班賺錢，餅店年尾生意因此大幅增加。

六十年代，香港有很多亞洲頂級甚至世界級的基建開始落成，有的陸續在建造中，也有的正在探討中。其中包括伊利沙伯醫院在六十年代初期的啟用，大埔船灣淡水湖的興工，海底隧道的資詢和探討。縱使大量青壯年的勞工同時源源不絕從內地湧到，也能很快被勞工市場吸納了。父親管理的幾間雜貨店，這時候年青的員工大多數都開始轉工了。他們有的來自大陸，有的來自澳門，最初在舖頭的工作都是踩單車送貨；後來，一部分特別用功的利用晚上，到英專學習英文。我知道，不久之後，有人轉到高級酒店當服務員，也有人進入洋行做初級文員。

舅舅和祥伯過檔南生之後，冠生兩個懸空的職位，自然要找人補上。榮哥是從油蔴地一間雜貨店轉聘過來接替祥伯負責海味部的，職務比較重要。因為這個部門掌管了店中營業額最大的生意部分。當年榮哥大約三十歲，在舖頭屬於少壯派，聽說他在解放前就跟人到了香港，一直在雜貨店由後生做到海味部師傅。當年在雜貨店打工，很難

有假期。由於他知道我和他都沒有上過太平山,所以他來到冠生後的第一天假期就特別約了我,安排在學校的假期裏,大家一起坐纜車遊太平山頂。傍晚,回程時我們到油麻地等他的舊同事阿駒下班吃晚飯,晚飯後再到百老匯戲院看西片。榮哥在冠生做了一年多之後轉到南生,冠生的職位就由他的老友阿駒接替。

聯叔兼任了冠生二櫃的職務,他是負責荳子和粉麵部門的。在我看來雜貨店這行生意,在很多因素變化下開始經營出現困難了,所以聯叔才要兼任二櫃。他的年歲和體格跟父親相若,頂多比父親年輕兩三歲,兩人都是大個頭,只是聯叔稍矮小。在順德容奇時他們都是生意上的朋友,冠生開張時,他們的基本工資是月薪四十元,另供食供住。聯叔曾經幾次幽默的這樣形容過:老闆提供食住之外,伙記基本上是沒有工資的,只不過老闆體貼他們工作辛勞,每工作一小時,就請他們每人飲一碗涼茶。我起初不明白這是甚麼道理,經過一番參透之後,才領悟這番話。試想,月薪 40 元就相當於日薪 13 角,當時涼茶價格每碗 1 角錢,13 角就可以買 13 碗涼茶,這不是每天的工作時數和涼茶的碗數相等嗎?

聯叔在兼任二櫃的時候,他的太太也申請獲批到達香港,很多伙記都說他雙喜臨門。聯叔夫婦沒有子女,聯嫂到香港之後又很快找到工作,於是在舖頭附近的東京街租了一個中間房,生活過得頗為優悠,很多伙記都很羨慕。這樣的生活過了一年或許更長一點,某一天關舖後聯叔跟

伙記打麻將，兩圈不到聯叔就說感到胸口劇痛，不能再打下去。當時還有伙記說他是假裝的。翌日早上，聯嫂到鋪頭告知父親，聯叔不能上班了。父親覺得事態嚴重，就叫聯嫂也不要上班，小心看守照顧聯叔。當日傍晚，父親徵得聯嫂的同意，叫了救護車將聯叔送到廣華醫院。大家都想不到，進院兩日左右，聯叔就離開我們了！醫院的報告是聯叔患了急性肺癌。聯嫂在港舉目無親，加上人地生疏，內心一定很徬徨，相信有關聯叔的身後事，父親一定給她出過了不少的主張。如何通知聯叔在鄉間的親人，這件事讓父親費煞思量，因為他一時找不到聯叔家鄉的正確地址。最後，父親運用他的智慧，寫信到順德容奇某區，信封除了有名有姓之外，還加上「探交鴨仔流」五個字。鴨仔流是聯叔胞兄自小的花名，大約一個月之後，父親竟然真的收到鴨仔流回音。也許這是我人生中第一次比較深刻感受到生命無常的一件事！

現今在香港，每天都有數以萬計的國內同胞，以旅遊探親或商務理由，往返中港兩地；回想昔日，人們不管以甚麼途徑來香港，都只會在香港落地生根，等到拿了香港身份証，才會回鄉探親的。

也許我是廣府人，覺得自己的同鄉回鄉特別頻繁。一般有家室的，大多選擇在春節回鄉，沒有家室比較年輕的一輩，很多人選擇在清明節。也許各地風俗不同，我的鄉親很少選擇在重九回鄉掃墓。說起清明掃墓，小時候印象比較朦朧，因為在香港我們根本無山可拜。印象中，還依

稀留下兩位哥哥在故鄉帶我到陳村歸崗掃墓的情景：極簡單的祭品和香燭，路途對我來說相當難走。兩位哥哥找到墓地也不容易，拜祭完畢，我分得一個頗大的拜山餅（光酥餅）和一截拜山用的甘蔗。兄弟三人就坐在墓碑旁的亂石上，一陣啃著硬崩崩的甘蔗，一陣又大口大口的啃著那個拜山餅。大哥還告訴我倆，他小時候，爸爸曾帶他回南海西樵山（祖籍）拜山；那裏有很大的祠堂，拜完山，每人分得一塊很大的豬肉。

五六十年代的清明節，最勾起回憶的要數那「春蕎」。蘿蔔乾絲配豆腐乾炒春蕎，如果加上燒豬肉那就可稱上品。以我這個饞嘴的人來評論，蕎菜其實品味平平，論爽甜它比不上韭菜及韭黃，論菜味也遠遜於芹菜。而且蕎菜有很大部分不宜食用，但它有自己的獨特命運，能夠用來炒菜的時刻就是清明時節前後。昔日的清明節，總會吃上春蕎三幾次，深信我的父輩，吃著春蕎時，必有所念，必有所憶。

距離清明節最近的大節日是端午節，這個節日的故事早由老師告知我。說實話，這段歷史的前因後果，我至今所知仍只是一點皮毛。過時過節是大部分家庭至今仍然保留的習俗，只是現今絕大部分都約好家人一起在酒樓吃飯，跟昔日大家在家裏，弄幾味節日菜式，團團擠在一起吃飯有所不同。在家裏包糭子的風氣已逐漸淡化，大多數都是在外面買三幾個回來點綴一下。過去，家家戶戶都會包糭子過節，你送我兩個，我送你三兩個。由於彼此的手

藝和用料不同，那時候會吃到各式各樣的糉子。説起糉子，媽媽包糉子的技藝又再呈現眼前。三四塊浸透的竹葉和一兩條鹹水草，片刻之間就裹成一隻稜角分明的過節糉子。我想這種手藝越來越失傳了。梘水糉中還加入一小段蘇木，糉心所顯現的紫嫣紅，實在令人懷念！還有那五色豆粥，一般都用紅、綠、黑、白、黃五種豆子混合煮成，煮成後加糖或加鹽，悉隨尊便。

初中二的時候，我的成績整體來説比中一略有進步，最主要的原因是自信心大了。當時學校中二級有三班，中三只有兩班，在壓力不太大的情況之下，我被編到中三甲班（甲乙班的成績沒有差別）。開學不到幾天，家中突然收到一個由鄉間發來的電報，這封電報像一顆炸彈，打破了家中多年來的平靜。它的內容我至今還記得清清楚楚，一共六個字：「青昌病，母速返。」由於兩位兄長的名字分別是世雄和世昌，電報中的「昌」字和「病」字，有力的撥動了母親的心弦。但如何解讀這六個字呢？做兒子的生病為甚麼不直接寫信告訴父母呢？爸爸媽媽對這封電報實在大惑不解，費煞思量。尤其是媽媽，簡直就像鍋上螞蟻，焦急得不得了。

爸爸媽媽看了這封電報如此困惱，是因為他們一致認為這是兩位兄長打算偷渡來香港的暗語，目的是希望父母在彼岸能夠加以接應。但暗語的意思很難解破，猜不出來就無法施援。如果發電報回去問個究竟，又絕對不可能，動不動還會洩露兩位兄長的機密和行動。小則影響偷渡的

計劃和時機，大則導致兩人遭受勞改入獄之苦。一時之間，父母兩人深陷悶局，無計可施。爸爸在毫無頭緒之下，只好多方聯絡他曾拜託過的有關人士，發散他的兩個兒子日內將會偷渡到香港的消息，希望有人能夠加以照應；另一方面只好靜心等待事態發展。但眼看面前的媽媽每天揪心難受，他只好日夜加緊忖摸。結果，爸爸很快就把六字中的「青」字解讀成「青山」，即今天屯門的青山灣：雄與昌即將偷渡到青山。這個答案雖然並非百分之百準確，但也是唯一目前能夠找到的一個答案。爸爸馬上付諸行動，他準備要到青山接應了。

為了安撫媽媽的情緒，爸爸請他的內弟（我的舅舅）帶同我即晚趕到青山灣岸邊守候，觀察動靜。舅舅是個聰明人，知道我早上還要上學，他先帶我住進一間公寓（平價酒店），叫我早點睡，到深夜兩三點的時候，才帶我到海邊守候。幾十里的海岸線，隨意找一個蹲點枯守，也不知道對方甚麼時候出發，真的是緣木求魚，機會十分渺茫。等了兩三小時之後，天亮了，我們只好到附近的墟市飲早茶，然後又匆匆乘車返回市區。這時我也要趕到學校上課。如是者兩三天，完全沒有消息。後來再由弟弟接替我，多去了一兩天，行動才結束。過了一段日子之後，兩位哥哥托回鄉客轉告我們，由於籌備不足，他們沒有出發。古語說：「父母愛子之心，無微不至。」天下父母心，古今同出一轍。這件事更讓我體會到，護犢之情，豈唯禽獸？父母救子之切，都是知其不可而為之的，有時甚至石破天驚，

令人感動。啊，父母恩，千丈深！

這件事過了兩年多之後，有一天，下午放學回到南生（這時我住在那裏），跟舖頭的伙記們打過招呼，正要直衝上閣樓之際，舅舅一面在櫃位招呼客人下單，一面大聲叫我換過衣服下來，説有話跟我講。看他説話時面露笑容，神秘兮兮似的，不像平時模樣，我知道有甚麼事發生。放下書包，換過衣服，迫不及待下樓去，看看有甚麼好消息。舅舅叫我先坐下，不要太衝動，否則容易出錯。最後他慢慢告訴我，我的兩個哥哥已經安全抵達了，現在正在冠生；我可以先到冠生跟他們聚聚，然後叮囑我去時在路上要小心車輛。我真的意想不到，在完全沒有迹象之下，兩位長期不見的哥哥安然抵達了。一時之間，感到只有「有心栽花花不開，無心插柳柳成蔭」這句諺語，最能表達我當時的心境。同時又想到，這次媽媽應該是最開心的一個，她長期以來的病患，肯定從此好了一大半。

我們兄弟見面，刹那間相對無言，不知道説甚麼，彼此都用注視的眼神凝睇對方，内心真懷疑眼前所見是不是事實。最後還是由我先開口，分別叫了一聲「大哥、三哥」，兩位兄長這時才伸出曬得深啡色的手臂，和我握手。他們都穿著破舊的衣服，黝黑的身驅，一眼看去就知道是剛從大陸過來的。當時爸爸媽媽也在場，我們談了不到半小時，爸爸告訴我，媽媽要帶兩位哥哥買衣服和日用品，這兩天要辦的事情很多，叫我星期日才帶兩位哥哥四處走走，認識香港。

　　兩位哥哥安然抵港，我當然覺得很突然，細想之下，整個過程，父母一定籌謀參與其中，尤其是父親。為甚麼這樣說？因為言談中我知道兩位哥哥是從澳門過來的，從澳門過來只有一個方法，就是從海路「屈蛇」（偷運人蛇）。我從沒聽說有人能夠從澳門游泳偷渡過來的，因為從澳門到香港隔了一個汪洋大海，是路程很長的水路。屈蛇在澳門是一門大生意，但必須在香港有人出面承擔，他們才會把人蛇送過來。我這次事前毫不知情，原因不外是父母不想我分心，以免影響學習。我感悟父母的恩情和心意，總是滯後於事情很久很久之後的；最遺憾的是有時感悟來得太遲，遲得連向父母說一聲「多謝」都來不及！

　　我的家鄉順德縣，位於廣州南面，面積稍小於香港，沒有高山，到處都縱橫交錯的河汊，全縣約有十個鎮區。大良又稱鳳城，是順德的縣城所在。據說我出生在陳村，因父親經商才全家移居容奇。祖母獨留祖屋，後因父母及六弟先後到香港去，四姐、七妹和我，還有九姐，才搬回陳村跟祖母住，兩位兄長則在學校寄宿。在記憶中，我一生跟兩位兄長相處的日子並不多，尤其是大哥。離鄉十年，媽媽總把她所知道的情況一一告訴我。

　　可能由於年齡差距少，兩位哥哥的感情相當融洽，而我當時比較小，很多他們的活動確實不適合參加。不過，仍有若干片段留在記憶中。例如他們帶我去容奇海邊吃艇仔粥，到順德絲廠看紡絲工廠兼吃蠶蛹；較遠的地方還去過紅蓮池和白蓮池。印象最深刻的是在白蓮池看見一兩個

剃光頭，穿著奇異服式的人在那裏工作，哥哥告訴我，他們是和尚。

上面所説都是零碎的片段。在記憶中比較連續而明確的，就是以下的一段，但印象還是朦朧，畢竟時間實在太久遠了。那次肯定是在我還未進學校讀書的一個暑假，不然的話，太陽不會熱如火球，而兩位哥哥也應該沒有這分閒暇。當時他倆帶著我，徒步遠征幾天的路程，是甚麼原因？哥哥沒有告訴我。第一天早上，我們從容奇出發，乘船渡過容奇海，沿著公路向前走，是一條沒有盡頭的泥沙路，隱約好像稱為國道第幾號。路上車輛非常稀疏，經過的多是公路長途汽車；路兩旁都種了樹木。走了很長很長的路之後，兩位哥哥停下，暫時休息，他們告訴我這裏是大良。當日的目的地是要走到陳村祖屋，大約還有一半的路程要走。那天我們吃甚麼充飢？喝甚麼解渴？實在忘記得一乾二淨。過去我吃過大良牛乳，也嘗過親友送來的大良礦砂，日常生活中總有很多事物都加了「大良」二字，原來鼎鼎大名的大良就在這裏。我們在陳村祖屋過了一夜，很早又被哥哥叫醒，繼續行程，這次目的地是廣州。記得這次經過的路程要橫過很多河流，有時要乘船渡過，大多數都是涉水而行，還有一次大哥讓我騎膊馬而過。

到廣州後我們住在外婆家，那時舅舅已經在香港。這是我第一次到省城——廣州。停留一天之後，翌日我們沿途返回陳村。兩位兄長把我留給祖母，倍伴她老人家一段日子，理應得到父母的授意。這時正值盛夏，太陽下山後，

屋內仍然燠熱，祖母每晚帶著我到屋外曬地的石凳乘涼。在那裏都是長者，有時四五人，有時七八人，總是女的多於男的。我是另類的稀客，是一個才幾歲的孩子，不懂參與發言，只默默做聆聽者。談論的都是他們自己的兒孫和往事。父親早年的經歷，很多都是我從這裏聽回來的。陪伴祖母的日子中，還參加了大表姐的婚禮，她是祖母的外孫女。

大哥留給我的印象，是說話不多，屬於不苟言笑的一類。他頭顱較大，故有「大頭轟」的稱號。今天聽起來也許覺得不雅，但我當時的感覺是譽多於毀，隱約覺得大頭就代表聰明。那個年代正遇上甚麼「超英趕美」、「第一個五年計劃」、「向蘇聯老大哥學習」……各種的政治口號，大哥唸完中學，就到海南島接受快速醫生課程訓練。學制三年，學成後就是為人民服務的「赤腳醫生」。我跟大哥最後一次見面是在祖屋，我們三人（姊、妹及我）將要到香港的前夕。他當時匆匆趕回來，沒帶甚麼行李，只記得他拿的是一本厚皮本子，該是日記或筆記吧！裏頭還夾了一支鋼筆，本子裏面第一頁的人頭肖像是魯迅。總覺得這個年代的大哥哥們，都背負著由黨領導的大任務。

三哥跟我交談留下的記憶比較多。他自少就愛修理家具，別人解決不了的問題，他往往自動請纓。雖然他也許還不到足智多謀的境界，但卻很多「點子」。當年鄉間流行一句「矮仔多計」，三哥正是身型不高的「矮仔」，所以有「矮仔昌」的稱號。我到香港後的前幾年，他還在大

良唸初中，後來一直唸到高中。媽媽曾經告訴我三哥的一個小故事。在大饑荒的一個國慶日，三哥取出收藏多時，是媽媽從香港寄過來的兩個小郵包（每個郵包重兩磅），一包是冰糖，一包是一罐豬油渣，來招呼他的好同學。他們用豬油渣夾冰糖，放入口中大力的啃。他寫信告訴媽，所有吃過的同學包括他在內，都一致認為，這是有生以來所吃過最美味的食物。是耶？非耶？我想也許是真的，記得《增廣賢文》有一句：「渴時一滴如甘露」，就是最好的寫照。

在父母同意之下，第一個禮拜天讓我帶兩位兄長到街上走走，一方面表示慶祝他們安全抵埗，另一方面讓他們多些認識香港。父親甚麼都不說，只是一而再，再而三的叮囑我，不能帶兩位哥哥到新界去。

父親為甚麼那麼擔心呢？因為當日大陸偷渡客在新界被警察發現的話，通常都會遣返大陸，但到達市區之後就不會把你遣返。進入市區之後的新來港人士，可以到入境處申領香港身分證。

爸爸的告誡，我是非當重視的。因為如果一旦發生被遣返的過失，我想我一定不能承受。為了堵塞這個漏洞，不讓它發生，我決定只向南行：港島半日行。是日午飯後，四兄弟（六弟也同行）由蘇屋村巴士總站乘 2 號巴士先到尖沙咀天星碼頭。選乘 2 號車的原因有很多，除了我對此路線比較熟悉之外，它所經過的地方，也都是九龍市區裏最繁盛的地方。總站尖沙咀天星碼頭，過半數的建築物已

經重建，但仍留下若干地標，例如九廣鐵路總站的鐘樓，原貌的半島酒店，這時星光行正開始興建。

昔日市區渡海碼頭起碼有五六個之多，其中以尖沙咀和佐敦道碼頭人流量最旺盛。今天尖沙咀天星碼頭是香港著名的旅遊景點，當日何嘗不是！帆船、漁船、貨船和渡海小輪穿梭在清潔平靜的維多利亞海港中，往來不息；乘船的客人熙來攘往，碼頭前面的公共車站，巴士和的士，凌亂中顯出有條不紊，旁邊還有一排排等候乘客的大紅色人力車。歐美的旅客，與那些上了年紀的車夫，用他們獨特的英文，有時還加上手勢，正為乘坐人力車議價。這應該是坐人力車難得一見的樂事，也是旅客不可或缺的一個行程。很多時候，維港上空，還看到一架準備降落啟德飛機場的噴射客機，在低空盤旋。

為了讓兩位哥哥有更多的體驗，我們坐在渡輪的上層，回程再坐樓下，航程大約十分鐘（該是各碼頭中最短的航程）。登岸後，看到落成不久的大會堂，再穿越皇后像廣場，到達舊時的滙豐銀行大廈（今天所見的滙豐銀行大廈是重建的），讓兩位兄長看看蹲守在門口的兩隻青銅大獅子。我告訴他們，這是解放前後從上海滙豐銀行搬過來的。

中環一直是香港的中心地帶，又是我比較熟悉的地方，但這天剛好是星期天，銀行和各大商業機構都關門，街道上的行人非常疏落。當時我只有兩個選擇，乘電車往西行還是向東走。最後我決定帶大家向東去，目的地是銅

鑼灣和跑馬地一帶，放棄了我熟悉的上環、西環以及西營盤。如果走這段路的話，我一定帶他們逛逛南北行，看看附近的中藥批發店、米舖、三角碼頭，以及德輔道西的海味雜貨批發店。

我們坐上了向東行走的電車，不久看見利舞臺，我就率領他們下車。當時我還有一點緊張，因為恐怕兩位哥哥走失了。他們在這裏始終是人地生疏，他們過馬路都比較戰戰兢兢，因為他們從來都沒有看見過這麼多車子在路上行走。我們到各類型的百貨公司參觀，也到戲院的大堂看看；除了這些，我們還進了書店。附近的街道都差不多走過了，三四個小時的溜躂也實在有點累，更有口渴和肚子餓的感覺，我於是帶他們到一家上海小館，品嘗淮揚美食。相信兩位哥哥在鄉間連最普通的小籠包和鍋貼，都未曾吃過。徵詢得兩位兄長的意願後，吃飽了就開始回去，沿路逆向回家。

如果沒有風雨，每天上課前，學校都一定要我們在操場排好隊，唸幾篇經文，例如《天主經》、《聖母經》等；遇到特別的事情，就由老師簡單的向我們宣布，然後分幾路回到教室上課。除了《聖經》課之外，我在學校五年，從未遇到同學、老師和神職人員向我們硬銷「領洗入教」。

當日，宗教對我而言，我的態度比較冷淡，甚至有點覺得宗教就是迷信。《新約》的內容我還可以接受，但《舊約》的很多故事，我就不能理解，甚至覺得殘酷不合人情。人就是這樣矛盾的，在這個階段，每當我有苦痛困惑的時

刻，心中竟然會唸起《聖母經》或《天主經》，更多的是揮動右手的食指，不停的劃十字聖號，祈求解脫。印象最深刻的就是每晚在牀上，為祈求母親身體健康劃十字聖號；其次就是為兩位兄長來港祈禱。

「寧要原子，不要褲子。」這句話在六十年代初，一直在內地流傳著，心想應該是出自毛澤東的口號。不過，唸中四的時候這個口號終於實現了。《工商日報》當時的頭版，刊登了中國（報紙是用「共匪」代替中國）在新疆羅布泊試驗原子彈的爆炸，出現巨大的蘑菇雲。用內地的話說，我是一個「知青」，但對這震撼的消息反應冷淡，甚至憂傷大於興奮。因為家鄉那邊，不斷傳來飢餓與批鬥的消息。在我生活的圈子裏，父母親友、兄弟姊妹，很少提及原子彈試爆這事；學校老師和同學，竟然像全不知道有這件事發生過一樣。也許這是由於多年來大家看到內地大逃亡和饑荒不斷出現，對新中國失望不已，造成所謂「哀莫大於心死」的心態。

早上乘巴士上學，都要排隊，但有時也有人插隊。我的好友阿拾有時他插在我前後，也有時我插在他的前後。記得唸中四的某一天開始，我們再沒有插隊了，原因是阿拾搬家了。也在這時候，幾年來幾乎同一時間排隊的一位穿白旗袍校服的女生，也消失了。排隊的人龍雖然沒有縮短，但感覺上孤寂多了。

這位女生，雖然天天見面，但我跟她還是介乎認識與不認識之間。她家住海棠樓301，我家住401，剛好是上

下層的對應單位。幾年來我們兩戶一直都沒有來往，原因是曾經好幾次，她媽媽大罵樓上晾衫的水滴，把他們快乾的衣服滴濕了。由於出言粗魯，把滴水的問題完全歸咎我家，也不管在我們樓上，還有接近十戶的住戶，都是把衣服晾在露台外面的。她媽媽的吵罵，讓我們感到不少委屈。這位穿白旗袍校服的女生，不再出現在車站，我猜想，她可能是轉學了，更大的機會是投身工廠，當然還有其他原因。

遷出公屋的家庭，實在罕見。阿拾他家由於買了佐敦道渡船街的新房子，那時有可能是香港市區最早期的私人屋村。我到過他家的新居幾次，從他爸爸口中得知樓價六萬元左右，實用面積大約六百呎。當時我就覺得這個價格相當昂貴。這裏處於九龍核心地段，渡輪和巴士總站就在樓下附近。搬家不久，阿拾也轉到瑪利諾神父學校去，我想他能轉學不是由於成績好，而是憑他的短跑成績進步得很快，可以代表學校在學界參加比賽，奪取獎牌。他告訴我最好的成績達到了 4X100 香港代表隊的成績。由於學校不同，自此以後，見面也越來越少了。屈指一算，彼此失去聯絡幾十年了。

踏入六十年代，陸續有親友和同學遷入政府的公屋，家境最好的一小撮，還購置了私人樓房。好客的梁同學，家住觀塘某私人樓宇，我跟幾位同學多次到他家擺過龍門陣。巴士前往觀塘的車途中，經過一間很大的淘化大同醬園，一排排曬醬油的醬缸，排列在大曬地上，坐在巴士上

層遠望過去，就像很多很多巨人，戴上竹斗笠，蹲在田上工作一樣。每次經過，我心中總是計算著這幅土地可以建成多少的住宅單位。終於在八十年代，這塊土地建成了淘大花園（私人屋村），但我一直沒有探究過有多少單位。而今天觀塘變化之大之速，也是意想不到的，怪不得古人用「滄海桑田」去形容。

第十一章

「蘇屋四怪」

十一、「蘇屋四怪」

蘇屋村是香港早期的一個大型公共屋村，它位於順寧道「冠生酒莊」東北邊不遠的地方，在我一生中，它給我留下濃厚的感情。昔日的蘇屋村如今已經拆卸重建，不留舊痕跡。據我所知，重建後的蘇屋村第一期已於 2016 年底開始入伙了。

我們搬入蘇屋村，也有一個無心插柳的小故事。

在香港，人多地少，除了富有人家之外，住房問題一直是家家戶戶的頭號大事。回想當年，電車路某海味批發商薛老闆，與父親亦商亦友，適逢他的堂弟那時正在申請廉租屋，又知道父親有幾個小孩跟在香港，於是極力勸說父親也加入申請。在他們兄弟盡心盡力的協助下，當然也少不了父母親的辛勤奔波，我們終於獲編配最理想的公共房屋——蘇屋村。我說它最理想，因為它和李鄭屋村相鄰，到鋪頭的路程不到十分鐘。親友們都說：我家編配到蘇屋村，比中了小搖彩的入圍獎還要幸運。

我家遷入蘇屋村是 1960 年年中，正值我小學五年級升六年級的一個暑假。搬家的事情完全由爸爸媽媽安排。記得當時要搬的家具並不多，其中難度最大的是那張用三

角鐵砌成的雙層牀。最後還是得到鋪頭的叔叔們大力幫忙，搬遷工作才得以順利完成。新添置的家具中，有一張四座位梳化椅、一張梳化大牀和冰箱，並且也安裝了電話。整個單位差不多有四百平方呎（四十平方米），除了擁有獨立的廁所（色括浴室）和廚房之外，還有一個小陽台。其餘的地方都沒有隔間。爸爸只叫人做了簡單的裝修，把牆壁和屋頂漆上淡綠色的乳膠漆，地面鋪上有花紋的塑料纖維（fibre）地墊。

多人住的地方，商販就多。記得搬進去的頭兩三個月，最多是叫賣「衣裳竹」和「剷刀磨鉸剪（剪刀）」的販子。每天晚上九點之後，另有人在走廊吆喝「雲吞麵」。賣雲吞麵的有兩種：一種是挑著小擔子，即時為你製作的；另一種是先接訂單，然後送貨的。當然還有叫賣其他食品的，例如豬腸粉、裹蒸糭等。大概一年之後，再也看不見這些流動小販了，原因是屋村管理處開始禁止他們上樓叫賣。同一時間，附近的商舖和攤販，也不斷的擴張和增加。

住進蘇屋村，對我來說，人生好像又進入一個新階段。因為很多生活方式開始改變了。其中最大的變化，是這裏住的人都是一家一户，大家家裏的設備因應需要不斷的提高。例如先後裝了電話，添置冰箱等。鄰居適齡的小孩，沒有不上學的。其他細緻的改變，包括再也看不見用柴火煮飯的爐子，也沒有人用燒炭的熨斗，更沒有人腳穿木屐走來走去。這時，穿日式的人字拖鞋成為一時風尚。

蘇屋村第一期的住客最早在 1960 年前後入伙。這一

期入伙的房子包括三棟大樓：杜鵑樓，海棠樓和茶花樓。杜鵑樓面向保安道，長數百米，是全村最長的建築物。它只有七八層樓層，是全村十六座大樓中最矮的一座，因此全村也只有杜鵑樓沒有升降機。海棠樓跟茶花樓則面向長發街，中間有一條兩線行車道分隔。餘下的十三座大廈後來陸續落成，並且都挨著琵琶山麓興建。從順寧道這一邊看，先入伙的三座大樓就如同城牆一樣包圍著其他各座。長發街的另一面，就是保安道運動場和巴士總站，將蘇屋村和李鄭屋村分隔開。我家遷入海棠樓401室，即四樓的第一間，是蘇屋村的早期住客。海棠樓每層應該有四十八間住房。如果從茶花樓那邊上樓，第一間是448室；不過我們還可以從中間上去，這地方也是乘升降機的出入口。海棠樓大約15層高，全棟大樓只有兩部大型升降機，一部停單數樓層，另一部停雙數樓層；頂層和二，三樓不停。樓宇內的走廊通道相當寬潤，由於樓梯口佔用了半個的居住單位空間，因此就巧妙的避開了住戶門口對著門口的尷尬情況。

　　整個屋村單位的居住面積，有不同的大小。我家分派到的，應該是中大型的，大約400平方呎左右，租金每月98元，租金已包含管理費和差餉。屋內有獨立的廚房和衛浴間，衛浴間要經過陽台才能進去；陽台向外看，是種滿樹木的斜坡，再看過去就是後來建成的百合樓、荷花樓等樓宇。為了讓空氣流通，家家戶戶都在木門外安裝了鐵閘，關上鐵閘，就可以打開木門，讓風吹進來；不過，這也帶

可

來不方便，就是屋內的情況，門口走過的人一目了然。後來，不知道是誰的發明，在鐵閘中間橫掛一幅布，屋內的情況，就被遮擋了。搬進來不久，家中很快安裝了電話，不過那時候的號碼我早忘記了；後來又添置一個電冰箱，還安裝了一個供奉祖先的神位。

搬到新家之後，父親很多時都提早回家，而且常常帶給我們一點驚喜：有時是新品種日本出前一丁蔴油拉麵，有時是小巷乜記的外賣雲吞麵。説起雲吞麵，或許我現在味覺遲鈍，對往昔雲吞的爽鮮味，雞蛋麵彈牙的感覺，湯底濃郁焦香的大地魚，以及蝦子的美味，都無法感覺到。對我來說，這種多方面的味覺，就如同聆聽古典樂曲，使人沉醉於豐富美妙的交響樂聲之中。當年大家使用的港幣一元是綠色英女皇頭像的紙鈔，一天晚上，父親帶回來了十幾個新發行的英女皇頭像硬幣回家，告訴大家這些硬幣將取代一元紙鈔。當時我們都覺得硬幣很大，不久之後香港人都叫它做「大餅」。這晚最高興的是我們四兄弟姊妹，每人都分得一個「大餅」，而且還上了一課，學會如何從硬幣的手感（即重量），硬幣的成色和硬幣的音響去判斷硬幣的真偽。

香港的房價實在太貴了，故受政府政策優惠的房屋，種類繁多，例如有新界原居民男丁的「丁屋」，由於我自己不太懂，就不去提它了。另外有一種政府房屋，它跟宿舍不同，宿舍退休後就要遷出，這種政府房屋是以合作社的方式去興建的，譬如免地價批地給承建商，低息或免息

貸款賣給住戶，當時這類房屋為數不少，例如蘇屋村保安道對面的一排就是，至今這些房子仍然迄立着向人們顯示它的歷史。它們在上世紀五十年代中期建成，和同期前後建成的公務員宿舍大致同一格式：五層高，每層一千多平方呎，入住的是中高級華籍公務員。為甚麼這些宿舍至今還不重建？我想最大的原因是存在不少補地價的問題。最近，這些樓宇出現大量空置單位，原因是這些樓宇沒有升降機，而戶主大多都是超高齡的長者，沒有能力爬樓梯；更重要的是這些樓宇有條件限制，不能隨便租售出去。

搬進蘇屋村之後，對面馬路是個很大的保安道運動場，整個運動場是一片平坦的厚厚三合土水坭，也可以稱之為遊樂場，因為場內還有很多給兒童遊玩的設施。運動場除了一個標準足球場之外，還有兩個籃球場、一個排球場。這裏看到的台山人特別多，大概台山昔日以打排球出名，人人喜歡打排球，有「排球之鄉」的美譽，因此很多台山人都喜歡來這裏打排球吧！排球場特別熱鬧，打球的人全用台山方言溝通，我也常去看他們打球，但從來未有落場打過。這裏是公共球場，原則上人人都可以組隊加入打球，輸了的一隊便離場，讓另一隊人補上。只要你有膽量排隊，就可以出場比賽。也許他們打得實在太好了，大多非台山籍的人都不敢加入，形成這個排球場全為台山幫的天下。雖然我常常跟同學一起去踢足球，但不知道甚麼原因，總踢不出興趣，所以獨自一人的時候，就走到籃球場，輪隊打半場三人制的籃球。現在回想起來，自己身材

特別矮，也相當胖，其實很不合適打籃球，但憑著一點興趣和不知道裏哪來的膽量，在這球場玩個半場，斷斷續續的也有兩三年之久。我想最大的原因，是因為小時候在鄉間已經懂得打籃球了。打完球最大的享受，就是回家打開冰箱，如果有汽水或啫喱（果凍），就如獲至寶。不過我也懂得節制，汽水只喝一瓶，啫喱頂多兩杯，否則一定挨罵甚至受到限制。冰箱裏也一定有足夠的冷開水，能喝個痛快；有時吃剩的飯菜，這時也成為一頓珍饈美味。

海棠樓的住戶，都是四人至七八人一戶，大部分都是兩代同住，只有小部分是三代同居的；一代或三代以上，就沒有見過。說也奇怪，鄰居很少是公務員，可能因為中上級的公務員，可以申請合作社的政府樓宇；紀律部隊，已婚的又可以住宿舍。至於最低層的公務員縱使沒有宿舍，房屋處也可能不批准他們入住，因為申請人的入息，既有上限，亦有下限，這裏的房租平均大約每月 100 元。

隔壁 403 室一共住了四個成年人，沒有未成年子女。這類家庭，我所認識的，只有這一戶。年長的一對夫妻，60 歲左右，已經退休；年輕的一對，是他們的兒媳，由於沒有兒女，相信都是上班一族。他們一家四口正在等候移民舊金山。兩三年之後，全家移民到舊金山去了，他們是我所認識最早搬離蘇屋村的家庭。對面 402 是開計程車的，計程車是自己買的，白天自己開，晚上租給人開，每天早上都看見他在樓下洗車子，太太幫他提水桶。他們家裏有三個小朋友，都比我小。當年開計程車的收入，是一

般建築工人的兩到三倍；相反，今天一個熟練的建築工人，日薪 2000 港元是等閒事，正好是一般開計程車的兩至三倍收入。也許這就是「世界輪流轉」吧。對面另一戶是三代同堂的上海人。男戶主在上海菜館當廚師，女戶主到工廠上班，年老的祖母照顧三個小孫子；還有一戶在夜總會當音樂師，女戶主在家中照顧幾個小孩。我當時一直想不通，為甚麼晚上出去吹吹打打，竟然可以養活一家人。

搬到這裏不久，看到有人串塑膠花賺外快，補貼家用，而且愈來愈多人都幹這個。有一天放學回家，小小的客飯廳裏放滿了一箱箱的塑膠花瓣。姐姐告訴我，從今天起，我們也串塑膠花，賺點零用錢。她還耐心教我串塑膠花的工序，並且告訴我，得到媽媽的指令，我們必須完成全部工作，否則工錢便被沒收。串塑膠花的工錢很不容易賺，我試過從早上到晚上，除了吃飯和上廁所之外，十幾個小時很用功的串，僅僅賺到 1 元。上中學不久，我家不再串塑膠花了。

隔壁不遠的李鄭屋村，除了串塑膠花之外，更多的是一間一間的迷你山寨工廠。我看到，這時國內與外面的交往越隔離，這類山寨廠就越興盛。山寨工廠的產品除了供應香港的市場之外，海外千百萬華人是更大的市場。大路的產品如香燭祭品、涼果、成衣；冷門的如風箏、毽子、紅封包、紙門神一類。工人大多數是一家的成員。除了極少數在樓下租用幾個單位的大型山寨，並聘請街外人作工人的之外，還有一些是樓上的小單位。小的一百多平方英

尺，大的就是一倍。這些房子，既是工場，又是居所。他們有的是獨自經營者，有的是廠商的加工者。經過幾十年的拼搏和淘汰，現如今市場上若干名牌的商品，都是出自李鄭屋村的山寨廠的。

進入上世紀 60 年代，香港最大的變化是工業猛進。雖然大量的勞動力從大陸湧入，以低下層的工資來看，我親眼所見，三四年之間，已從數十元漲到一百多元，升幅超過 100%，然而這時物價升幅並不明顯。我覺得，這時是低下層生活改善最大的年代。

中一同班的同學，在記憶中稍多於 40 人，由於環境變遷，如移民出國或提早投身社會工作，更主的原因是當時很多學校都是採淘汰制度，學校裏從中一一齊唸到中五畢業的同學，一班裏頭不到十人。當年同屆畢業的有四十幾人，如今設有一個群組，差不多二十人，其中跟我中一同班的只有一人；我很希望已經失散的昔日同班同學，能夠逐一加入。

我的住處，蘇屋村海棠樓，約六百戶人家，跟我同班的就另有兩戶，都是姓梁，其中一位跟我都是住四樓，我家是 401，他家是 44x，即我家是村頭，他家是村尾。我就稱他為 L 君吧（他的名字我是記得的）。他沉默寡言，原來他寄居在哥嫂的家裏，父母仍留在大陸。到初中二時就不見他的蹤影，很大機會是當童工去了。

另一個住在十二樓姓梁的同學，父母都叫他做「阿拾」，所以我也稱他做阿拾。他是家中長子，下面還有兩

個妹妹；他主動告訴我，為甚麼父母叫他做阿拾，就是怕他養不大，「阿拾」代表第十個，含有粗生粗養的意思。有一段期間，我每天先乘升降機到他家裏，然後跟他一起上學。他實在過分的被照顧，每次離開家門之前，母親一直都會提問，帶齊課本？帶了功課沒有？帶了月票沒有？帶了錢包沒有？……阿拾每次總是不耐煩的大聲回答一句：「帶齊了！」但實際上，他常常少帶了這樣，少帶了那樣。尤其是經常忘了帶巴士月票。我就很少這樣，甚至不曾忘帶甚麼。因為少帶了，就要買車票。

阿拾的父母對我很好，所以我經常到他家裏。他的母親在家料理家務，父親是一個大胖子，是某大酒店點心部的主管，凌晨就上班。我看見他在家裏的時候，只做兩件事：獨個兒在打棋譜（中國象棋），或在擦玉石。擦玉石時左手拿著一塊古玉，右手拿著一塊布，不斷用力擦。有一次他告訴我，他在擦的是一塊虎符，經他解釋之後，我知道虎符是兵符的另一種叫法。他很多時候見到我，都主動跟我聊天，講得最多的是他的老本行，廣州點心的作法。他常說，一家酒樓如果蝦餃做得好的話，其他點心的水準就一定不會太差。

記得有一次，梁伯伯問我願不願意每個星期日出去工作，跟他學做點心，如果我答應，他還會安排阿拾和我一起去，工資每天 10 元。我當然一下子就被這 10 元吸引著，回家告訴父母，希望得到批准。媽媽沒有特別的意見，爸爸也也沒正面提出反對，只是冷冷的說：「你既然這麼需

要錢，我給你吧！」我感覺父親是反對我去的，所以最後推卻了梁伯伯。但至今我還是追問自己，當時為甚麼不敢向父親問個清楚？也許年代不同了，父子相處的態度也截然不同。說也奇怪，當時我不但沒有怪父親不准許，反而自己在內心想辦法找出父親不答應我工作的理由。當時我的結論是，酒樓食肆人物複雜，容易學壞，所以父親不答應。

十二樓還有一位初中一的陳同學，不過他是隔壁乙班的。他來自上海，父親是海員，家裏由外婆當家。他當時的成績讀得不錯，外婆生怕我教壞他，所以不太歡迎我到他家去。中一乙班還有兩位同學住在蘇屋村。一位姓曾的住茶花樓，來自廣東汕頭，父親是家傳的中醫師；另一位姓時的住荷花樓，來自南京，父親是皮草裁縫師。我們幾個差不多都是在七、八歲從大陸來香港的，起初並不熟絡，到了中四學校只剩下一班的時候，由於大家都來自蘇屋村，各自都擁有一個相當粗俗的花名，所以姓陳、姓曾、姓時的和我這四人，就被同學冠以「蘇屋四怪」的綽號。

或許，還要多謝「蘇屋四怪」這個綽號，它把四位老同學緊緊維繫在一起，不管在香港或在海外，我們都從未失去過聯絡。其實，我們這個小圈子一共有五個人，還有一位不住在蘇屋而住在紅磡的胡君，他七八歲來自上海，由中一讀到中五，每次考試都是名列前茅的表表者。

第十二章

天光道上

十二、天光道上

上了中學之後，我的活動版圖又再擴大了，開始進入九龍城區。

說起九龍城區，當中以九龍城寨最有特色，由於歷史背景特殊，當時大家都認為九龍城寨是個三不管的地方，龍蛇混雜，視之為禁區，學生時代我很少去那裏，想不到升中學時就在該區附近上學。

我的中學位於天光道旁邊，天光道是一條略呈「L」形的彎曲馬路，雖然不太寬廣，但可以雙向行車，「L」形彎曲馬路北部的一端出口，連接亞皆老街中段的南邊行車線，車輛可以左轉進入亞皆老街，西行開往旺角方向；另一端出口，連接馬頭圍道北段西邊的行車線，車輛由此左轉可以進入馬頭圍道，開往九龍城方向。亞皆老街和馬頭圍道都是繁忙的大馬路，車輛來往頻繁，十分喧鬧；相對來說，天光道狹窄得多，車流既少，環境寧靜，很適合上課學習。學校的位置處於天光道「L」形的轉彎外角處。從這時候開始，我上學和放學都乘坐 6B 線巴士，車子從荔枝角開往竹園（黃大仙），這條巴士路線今天已經取消了。上學期間，我中午通常都不回家吃午飯，因為午飯時

香江甲子
我們這一代人

間不夠坐車來回;星期六由於下午不用上課,放學之後就回家吃午飯。乘車上學的同學,那時差不多都買「學生巴士月票」。上學的日子,月票每天可以免費乘坐巴士四次,星期六只可乘坐兩次。月票每張六元,往郊區的巴士路線不包括在內;相信當時港島的中巴,也有類似的學生月票推出。

　　說到月票,我記得是很方便借給別人使用的,因為它是一張簡簡單單的硬紙片,除了印上巴士公司名稱和月份、日期等資料之外,上面只有使用者姓名,也沒有貼照片。同學向我借用月票,是從中二那年開始的。升讀中二的時候,同學之間的交往開始頻密,彼此也比較熟落。以這一年為界線,我覺得大家前後的關係有顯著的不同。此後閒談,大家也無所不談,更經常有人在有意無意之間加插一些「美少女」的話題。我不是故作正經,只是我為人木訥,對這方面的話題既沒認識,也不知如何啟齒。從這時開始,每天中午,就有同學向我借用乘車月票。是他們沒買月票嗎?並不,只是他們每天乘車的次數超過四次,要省錢就要動點腦筋。因為有的同學中午要回家吃飯,同時又要護送新認識的女朋友(別校的)回家,月票每天四次是不夠用的。他們覷準我不回家吃午飯,每天只需坐兩次巴士,剩下的兩次不用白不用,於是中午的一趟來回就向我借用月票了。月票每乘車一次,就在當天日期旁邊打一個小洞作為記錄。

　　天光道所經之處,是一個小山丘的西側和南側。小山

丘另外的東、北兩邊山腳，毗連著亞皆老街和馬頭圍道，這兩條街道在九龍城區的西南外緣成 90°直角交叉相遇。可以説，小山丘被這兩條大馬路圍攏起來，處於這兩條馬路的 90°夾角內。我們的學校，被天光道隔開，座落在小山丘的外圍和小山丘對望。天光道全長大約 1000m，我讀的中學在天光道 16 號，校名叫「九龍鄧鏡波中學」（下文也稱「波記」），佔地一萬七千平方米，建於 1951 年，由慈幼會工業家鄧鏡波先生出資，政府撥地興建而成，是一所非牟利中學，以「立己立人」為校訓。由於校舍歷史悠久，近年已被政府列為三級歷史建築物。

　　説這裏是一個小山丘，是因為它的高度比外圍的馬路大約高出 50m 左右；雖然整個面積只有一平方公里左右，但它的交通盛載力一點也不小。除天光道貫通亞皆老街和馬頭圍道兩條大馬路之外，山丘上還有多條行車小路，例如農圃道，常盛街、常健街、靠背壟道等，可以通往當時的機場和旺角、紅磡等其他地方。香港尺金寸土，豈容土地空置？但説也奇怪，這裏的土地，除了馬頭圍道那邊近年建了高樓大廈之外，山丘這邊，仍未發揮它的經濟效益，還是保留著十多所學校，雖然部分經歷了時代的興替時刻，外觀已有所變化，但昔日寥寥可數的幾幢四層高私人樓宇和政府公務員宿舍，除了有點殘舊失修之外，與往昔毫無分別。中華基督教堂，可能保養得宜，猶如百年松柏，更顯莊嚴。以前毗鄰壘球場的是英軍用地，在政府收回後已改建成天光道網球場，和一個更大的天光道運動場，目

前這裏也是香港木球總會的所在地。此外，天光道一直是運輸署駕駛考試的重要場地，輕型客貨車和電單車在此考試，至今不變。

和學校隔著馬路面對面的鄰居，有協恩女子中學、東莞同鄉會小學和新亞書院。如今，東莞同鄉會小學已被一所英文小學取代了；協恩女中內建築物增加了，附小更有獨立的校舍。她們是基督教，我們是天主教。還記得兩間學校的午飯時間互相錯開，我們下午上課正好是她們上午下課，兩校學生彼此相遇的機會實在沒有。一間男校，一間女校，正值這段年華，唸到後期，若隱若現也聽到兩校之間一些學生的緋聞。新亞書院後來成為中文大學成員之一，但那時中文大學還未正式成立，我想當時新亞的大專生，大多都在日間工作，夜間才返校上課。該校在上世紀六十年代經過改建後，成為新亞中學及研究所，獨立於中文大學之外。

也許若干若干年之後，農圃道的新亞書院會成為凝聚中華民族文化的聖殿，五、六、七十年代「新儒家」的表表者，大多數都是新亞書院的開拓者，例如錢穆、唐君毅、牟宗三等；現今在世的「新儒家」，相信超過半數都出自「新亞」。近二百年來我們整個民族經歷過的苦難實在不少，用新穎的方法甚至來自西方的舶來知識，去傳道解惑授業，與時並進，我想總不會遠離「為天地立心，為生民立命，為往聖繼絕學，為萬世開太平」的情懷。昔日在天光道、農圃道上，大大有機會遇上這些賢哲，但向他們立

足、注目、敬禮等舉動我卻沒有做過，只希望無禮與不敬的行為，不曾在這些賢哲面前發生過，於願足矣！

農圃道的女童院（未成年被看守），不知道後來搬到甚麼地方去；農圃道官立小學，重建後更具有現代氣息。與母校相連的閩光小學，應變能力相當強，在我畢業的時候，正值中學學額嚴重不足，那時已改變為英文中學了。最近，再改為一間很具規模的幼稚園。這個山坡上，佔地最大的一所學校應該是英皇佐治五世學校，至今校名仍沒有改變，是一所知名的國際學校。記得中一那年，我們是借用該校的運動場舉行陸運會的。

學校午飯時間大約有一個多小時，唸中一期間，很多時候跟同學踢球，沒有到外面吃午飯。直到上課前十幾分鐘，渾身汗水的跑到食物部，一瓶汽水兩個麵包，吃完就上課。在當時，所謂食物部，其實就是禮堂，只不過平時充作食物部而已。今天母校的禮堂是唸中四時候才蓋的。每當午飯有多餘時間，口袋又有點錢的話，就跑出門外。校門開在學校圍牆的正中，圍牆全長接近二百米，每隔十米左右植有一株不知名的樹。在某棵樹固定的旁邊，午飯時間都停著一輛賣雪糕雪條的單車，風雨不改。其實他賣得更多的是冰橄欖、冰酸木瓜和冰油甘子，價錢每包一角；另外果汁雪條也是一角，其餘都在兩角或以上。我們通常都先交給他一角，在他手中的布袋抽出一個塑膠牌，看看是甚麼號碼，然後決定得到甚麼食品。我大多數都是抽到1號（1角），只有幾次抽到2號（2角）。聽同學說，有

人抽過 5 號的,可以兌換大杯雪糕或脆皮甜筒(5角)。
檔主很懂得跟我們溝通,有零碎的乾冰往往主動把它送給
我們玩。我是這時候才認識乾冰的,覺得它很神奇。

出外吃午飯都是三五成群,到馬頭圍道那邊附近橫街
的大牌檔。最經濟的是一碗粥,配一隻鹹肉糉或芽菜炒河,
這樣的搭配是三角;高級一點可選擇一碗义燒飯或一碟豬
雜炒河,這樣的消費是五角。我們很少到店舖裏頭用膳,
因為價錢比較貴,最便宜的牛腩飯也要八角。這區江浙人
比較多,所以上海館子也多。有一次,經不起一個上海仔
同學游説,跟他到上海館子吃了一個蟮餬客飯,覺得實在
做得不錯,而且吃得很飽,但二元的消費實在負擔不起。
終於有一次,在學校附近一處橫街小巷美善同里找到一間
滬式小館,價格雖然不算便宜,但麵食特別人碗,還有人
量的辣椒油供應,我們大多數每人一碗陽春麵,每碗五角;
有錢的時候,我會點一碗上海粗湯麵,每碗一元。雖然很
心疼,但吃得很過癮。大大的一碗,上面舖滿榨菜肉絲,
下面是煮成深啡色的上海粗麵條,浸滿熱辣辣香噴噴的濃
湯,再澆上大量辣椒油,那分粗獷狂野的感覺,與廣式的
麵食相比,有截然不同的滋味。三四個同學進去,一支約
100cc 的辣油,一下子就被我們灑個清光;聽説後來老闆
娘看見我們進來的時候,都急忙把大半的辣油收起。

下午四時左右放學,有時會留在學校踢球,有時會
三五成群到附近玩耍遊蕩;也試過遊車河,因為每天可以
免費乘車四次。不管怎樣,我總在六點以前回家,以免被

媽媽責罵。幸好在這時刻,我已經有一隻瑞士梅花牌手錶,掌握時間比較容易。這個手錶,是爸爸得知一位同事要換新手錶又不知道怎樣處置舊手錶時,以友誼價20元買來給我的。

中四期間,天光道路口近馬頭圍道的得利西餐廳由順德公飯店取代了,這家「順德公」裝修簡樸,午市主要做碟頭飯生意。客源主要有附近的建築裝修工人、過路的司機,更有不少是我校的學生。往後的兩年,我也是該店常客。中午能夠到飯店吃午飯,真的要感激父母,特別是母親。我們食口眾多,家中每月的開支實在不容易張羅,但她總是將教育開支放在第一位。我們幾兄弟姊妹上學在外面吃飯,母親每天都從冰箱取出昨晚吃剩的飯菜,加熱獨吃,把最好的留到晚上大家吃。

我光顧「順德公」這間飯店有兩個原因,一是口味合適,二是價錢負擔得起。飯店中八角錢的碟頭飯很少,只有牛腩飯和菜遠牛肉飯;一般都是一元二角。例如揚州炒飯、豉椒牛河、豉椒鮮魷飯、石斑腩飯、菜遠排骨飯、味菜鵝腸飯等。我吃過最貴的,是一元五角。例如火腩生蠔飯、紅燒伊麵、北菇鵝掌飯。這些碟頭飯的味道,至今只能從回憶中回味!

我就讀的第一所中學,是我讀過時間最短的一所學校,前後不到一星期。相反,所讀的第二間中學時間最長久,就是五年減去一星期。

珠海中學,是我就讀的第一所中學,屬於親臺灣的一

間右派私立中學。想不到若干年後，我投考台灣的大學讀書，入學試場也正好在這裏。當時同類型的學校還有「德明」和「大同」，兩校夾街相望。珠海中學位於窩打老道與亞皆老街交界，現在已改建成商住樓宇三十多年，名為「怡安閣」；至今這裏仍有不少親臺機構，如「中國文化協會」和「中山閱覽室」等。開學的第一天，在這裏認識了一位比我高大而且俊俏的上海仔「張揚輝」，我們都同住蘇屋村海棠樓。但過了兩天，就不再看見他上學。說起來也許是緣分，不久竟然又在住處的樓梯口碰到他。我問他為甚麼不上課，他說已轉到「鄧鏡波中學」，並告訴我那裏還有空位，叫我馬上報名入學。得到父母的答允及鼓勵，第二天來不及請假，便單人匹馬按地址找到「鄧鏡波中學」。進入校門，中間是一條人車共用的石屎路，左右兩邊分別各一個足球場。校園實在很大，我一時不知道該向哪裏走，找甚麼人；幸好得到一位穿白袍的中國籍神父接見我，接受了中英數簡單的考試之後，他吩咐我下午來看結果。考試後我並沒有回家，就在學校附近的「得利餐廳」吃了一個半中半西的午餐，這是我第一次獨自上館子的經驗（大牌檔及熟食檔除外）。父親那天早上曾遞給我五元，還說該用就要用。吃完午飯，周圍遊蕩一番，再回去看結果，幸運地被錄取了！

雖說被錄取覺得很高興，但新做的校服要重做，書簿有部分要再買，而且一個月內要交兩份的學費，這個開支真的不少，內心因此不免有點難過。當年賺錢並不容易，

父母的恩情，不知從何説起！想到這裏，真的要感謝父母。

當年的中小學校，可以分為官、津、補、私四類。私立學校的學額佔大多數，這些學校收學費牟利，因為沒有政府資助：「官校」顧名思義就是由政府開辦的學校，學校的教職員就是公務員，除了薪俸之外，他們還有很多福利和津貼；「津、補」學校是在某些條件下接受政府資助的學校，鄧鏡波中學即屬於補助中學，由天主教慈幼會主辦。慈幼會在香港開辦了四間中學，全都是男校，除了鄧鏡波中學之外，還有慈幼中英文中學、聖類斯英文中學和香港仔工業學校，到後來，還增開了第五間香港鄧鏡波中學。我讀的鄧鏡波中學當時分為三大部門，（一）工業部，以英文中學的課程為主，再加上金工和繪圖兩科，入讀的成績要求比較高，五年學制，可以參加英文中學會考；（二）中文部，就是普通的中文中學，五年學制，可以參加中文中學會考；（三）職業部，再分為印刷、製衣和皮鞋，三年學制，成績最好的可轉到中文部。學校原本還有高小課程（即小四、五、六年級），但那時只剩下小六年級，一年之後，小學課程完全停辦了。

當年學校還有寄宿生，人數該在一百以下。在校居住的神父和修士也不少，總數約有二十多人，其中義大利籍和中國籍的數目相若。中文部中一級共有三班，按身高分班，以我的高度，本來應該讀甲班，但因我遲來，丙班又多空缺，於是被編到中一丙班。班上有幾個看上去跟成年人沒有分別的同學，其中最高大的一個，名字忘記了，我

們都叫他做「所羅門王」，因為他來自所羅門群島，是當地的華僑。他過去在校寄宿，是由本校小學部升上來的。到下學期他返回所羅門群島時，已經十八歲，父母為他安排好婚事，結果回去結婚不再回來了。

班上大概四十人，一部分是通過會考分發進來的，而我是半途混進來。至於大多數人怎樣進來，就不得而知。想不到的，班上竟然有四人，包括我在內，都來自蘇屋村海棠樓。最不幸的是那位介紹我入讀的張揚輝，在短短一個月之後，因為與幾個同學到荔園海灣划艇，翻了艇，就淹死了，聽說他還是善泳者。另外兩位，很久沒有音訊了，今天縱使在街上相遇，也怕是相逢不相識！

入讀鄧鏡波的第一年，校長是義大利籍蘇冠明神父。當時學校兩個足球場、籃球和羽毛球場，都是沙地。絕大部分的同學作風很平民化，都穿白布鞋上學，尤其是低年班的同學，他們一有空就跑去踢球。由於有寄宿生和不少的神職人員，當時學校的廚房相當大，旁邊的儲物室，常常放上很多硬豬仔包（麵包的一種），聽說有需要的同學，可以申請領回家。

畢業至今整整半個世紀，不少老師已經永別我們了，有些是聽回來的，有部分卻親自見證。跑馬地天主教墳場新添的骨灰龕中，有若干數目是昔日母校的神父或修士的安息之所。仍然健在的，絕大部分目前都沒有聯繫，只有一位老師我跟他有著特殊的緣分，至今每年總有兩三次共餐。

因為是男校，一千多個同學都是男生，近百個教職人員和神職人員，甚至連校工雜役，清一色都是男的。這裏差不多成為「女性禁地」，只有星期日才有一些女教友來這裏望彌撒。我問過寄宿的同學，學校沒有女廁所，她們如廁怎麼辦？答案就是把最接近聖堂的一所男廁所，臨時改為女廁所。說到廁所，我就想起當時學校的一位「廁所修士」。為甚麼大家稱他做「廁所修士」呢？原來他來自義大利，個子矮小，身體紮實，蓄有羊咩鬚，身上總是套上厚厚的工作圍裙。學校當時有一個廁所，設有很大尿槽，可供幾十個同學一起使用。這位修士就是這裏的「所長」，他經常手執唸珠，半閉目的站在廁所裏。小息的時候，廁所往往有上百人排隊，秩序仍然井井有條，就是他用這樣的方法來管理這間廁所。我在校五年，每次在廁所見到他都站在同一地點，而且保持同一模樣，很少會在其他地方遇見他。在學校幾年的長時間裏，我見過他有幾次用手指指著小便不守規矩的同學，同時用我們不懂的義大利語大聲呼喝。也覺得他每次呼喝都非常奏效；其他時間，都見他在虔誠的唸《玫瑰經》。

校長室旁邊，有一幅很大的公布欄，除了張貼學校的布告之外，還貼了兩份周報。第一份是《公教報》，是香港天主教區出版的；另一份是《香港學生周報》。《學生周報》在七十年代已經結束了，但它過去的影響力很大，不少文化界人士，都公開承認在學時期，曾深受這分周報的啟發。公布板貼出來的《學生周報》，經常開天窗，報

上女性衣著稍為性感的照片，一定被剪去，穿泳衣的當然更不能通過；甚至很多年輕貌美的女明星照片，也一樣受到刪剪。當年天主教開設的中學，不下幾十間，全部分成男女校。男校當然由神父修士主理，女校則由修女主持，楚河漢界，分得清清楚楚，唯獨只有一間由美國教會開設的瑪利諾神父中學，是男女同校。當時我妹妹和一位表妹就在那裏的附小讀書。

我對教會和耶穌的認識，最早可能來自姑婆（前面曾提及她住九龍仔木屋區，爺爺的胞妹）。她是個舊頭腦的人，一直把我家認為就是她的娘家，因此每年總有幾次回來。記得有一次，她帶來了一些奶粉、舊衣服，衣服都很闊大，據說來自美歐地區。她還說這些物品是教會那裏派發的，大概這時候開始，我認識了教會和耶穌。

父母沒有因為他們不認識耶教而阻止我們接觸，但也沒有因應當時的潮流或某些好處而慫恿我們參與。姐姐當時在協同中學唸書，是基督教路德會主辦的，妹妹跟我都唸天主教學校，弟弟則在蘇屋村新開的一間官立小學讀書。教會在香港教育史上，擔當著相當重要的角色。

入讀天主教中學，是我接觸《聖經》的開始。學校每星期有兩節《聖經》課，由神父授課。《聖經》分為兩大部分，就是《新約》和《舊約》。還記得中一上學期《聖經》的主要內容是「耶穌基督的誕生」，馬利亞雖然與約瑟訂了婚，但她的懷孕是因為聖靈的緣故。神父在這方面很努力而且認真地為我們解說，對於無知的我來說，其實此時

才確切認識到，一切動物都必需經過雌雄交配，才能夠產生下一代。

學校上課的時間大約是 8:30，每天七點左右我到青山道排隊等巴士上學。每條路線的巴士都有一條人龍，一般都是幾十人，等候的時間通常都不會超過三十分鐘。排隊的超過半數都是中學生，記憶中中學生都穿制服，我校所穿的制服，已經模糊記不清楚了。但有些校服仍然印象深刻。不知道甚麼原因，都是女生的校服，如新法書院女生的藍白水手裝，十分時髦；與我上學同一路線的兩所女校，培道女中是白色旗袍，協恩女中是藍色旗袍（旗袍與長衫，或同或異，我分不清楚，也不願深究），一律都是黑鞋白襪。一甲子已過，校服依舊，說對她們有一種親切的感覺，實在有點唐突，或許這就是舊時相識。

那時候，學生的髮型也代表學校的管教是否嚴謹。說實話，女生的髮型我完全不懂，只能分辨長短；嚴謹的學校，女生的頭髮不可過長，男生也不准梳蛋撻頭或騎樓頭。為了避免麻煩，我一直都是陸軍裝。

至於上學的書包，各間學校都是沒有限制的，所謂「各適其式」，如同八仙過海，各顯神通。不過，我看見當時還有少數人使用民國時期的籐書包；帆布書包一般都有挽手或繫脖的。一些瀟灑的高年級學生乾脆不用書包，三幾本厚厚的書，有時用手拿着，有時夾在腋下，也有的用航空公司的手挽袋。當時泛美航空公司藍底白字的手挽袋，上面有一個地球形的簡單圖案，印上了「PAN AM」商標，

甚為時尚，為很多學生所喜愛，尤其女生。

　　讀中小學期間，我一向很少遲到。中二上學期開學沒有幾天，有一次，遇到巴士壞車，因此遲到了十多分鐘。下車後我半跑半走的回到校門，看見一位義大利籍神父站在校門口。這時我氣還未喘過氣來，也得止步向他行禮。意想不到的，是他並沒有責備我遲到，卻嚴厲的指責我沒把黑皮鞋擦好，要我回家擦亮皮鞋再上學。當時我二話不說，真的聽從他的指令，再乘車回家把皮鞋擦得閃閃發亮，才回校上課。這是一次很特別的遲到經驗。

　　當時學校組織了各種課外活動，最出名的自然要數足球隊。足球隊除了校隊之外，還有同學自行組織的小隊或班隊，並且定期有校內聯賽。此外，記得當時銀樂隊也是一個龐大的組織，參加童軍的人數也不少。作為一間教會學校，各種宗教課外活動當然不能缺少，包括念玫瑰經組、聖歌班、聖母會等。其實還有很多小規模的課外活動，例如我參加了打字班，為期一學年。打字班由一位中國籍修士主持，相當嚴謹，我學了一個多月之後，爸媽就為我買了一部相當不錯的打字機。經過一年多用功練習，我打字的速度已經達到了當時職業水平的基本要求。姐姐大概也在這時候開始學鋼琴，父母為她分期付款買了一部鋼琴。

　　一向久聞其名的九龍城寨和廟街，大概也是在這時期有初步的認識。城寨如今已經清拆將近三十年，想起來真可惜，清拆前一直沒有親臨過這個黃賭毒三不管的小地方。至於廟街，現今已被香港旅遊發展局列為十大景點之

一，我在赴台升學之前到過廟街，為的是到這裏買些澳門賭場用過的撲克牌（金邊或蜜蜂牌）。這些撲克牌，全新的每副要數元，這裏大多數只賣一元，最平的我買過八角。

由於學校規定要穿皮鞋上學，中午打球的機會減少了。在一個多小時吃飯的時間內，活躍的一群，自然要找節目打發多出來的時間。於是有人帶領乘 6C 巴士到紅磡一些包伙食的地方，吃四菜一湯的包餐，每位只付五角，白飯任吃。吃完飯還有空餘時間的話，就再走到黃埔船塢亂跑亂跳。想不到這裏今天竟然成為我的住處黃埔花園。土瓜灣離海邊不遠的地方有一個孤島，叫做海心島，島上有一間廟宇，一般人稱此為海心廟。水漲時要坐船才能到達，水退時步行即可。有些同學不知道怎樣知曉潮水漲退的規律，有時會趁午飯時間聯群結隊跑去海心廟走走。其實島上只有一間破舊的小廟宇，旁邊還有一間賣炒蜆的竹棚，通常我們都會在這裏吃一碟炒蜆，加上一瓶汽水，就是當日的午餐。七十年代初，這個海灣已經填平，並由馬會出資，建成今日的海心公園。

秋季期間，由一些有露營經驗的同學策劃，教歷史的李神父負責帶領，安排兩日一夜的「夜攀鳳凰山觀日出」戶外活動。徵得父母同意，我參加了。因為我只是追隨者不是策劃者，而且時間久遠，這次活動，腦中只留下朦朧的片段。記得我們十餘人先坐巴士到青山灣，再乘船到大澳，由大澳沿山路行至昂平。印象最深刻的是一個和尚，坐著山兜上山，這是我第一次認識山兜。那天到達的時候

大約是下午，紮營的地方就在「寶蓮禪寺」山門旁邊。到達不久，就有人紮營，有人煮飯。飯後李神父下命令8：00pm 就要停止一切活動，熄燈就寢，明早登山觀日出。

那晚夜夢中被人叫醒，我沒留意是幾點，猜想是早上一兩點吧。當時神智不十分清醒，只知道大隊出發登山了。天上雖然看到星星數點，但山路還是黑漆漆看不清楚的，我只是拉著前面同學的衫尾前進。不知道走了多久，終於到達目的地，內心以為最辛苦的時刻已經過去了，大家坐在山頂的石塊上等待日出。明顯我們早到了，因為這時天空還未發亮；坐了一會，我越來越覺得身體發冷。最要命的因為當時走了長途路，不但內衣全部濕透，連外衣也是半濕的狀態，當陣陣清涼的晨風吹來時，上下兩列牙齒禁不住打顫，還聽到咯咯的聲音。跟著，臉面上的肌肉也不斷劇烈的抽動著，一陣陣寒意打從身體深處發出。這樣的時刻特別漫長難過，好不容易一分一秒捱過了，終於海面上在水光的盡頭處露出彩霞，而且逐漸擴大，太陽就在這裏冉冉升起來。鳳凰山高度雖然只有九百多米，但周圍的山嶺以她為最高。後來我到過好幾個地方看日出，但總覺得鳳凰山觀日出是最好的地點。

第十三章

為學日益

十三、為學日益

　　鄧鏡波中一的課程，比以前小學時增加了好幾科。除了《聖經》之外，還有物理、化學、歷史及地理。隱約記得還有一科叫「博物」的，內容有如生物科。數學科這時一分為三，包括幾何、代數和算術。教幾何的是一位嚴肅的中年老師，開學沒有多久，就給同學讀了一首打油詩：「幾何！幾何！人生有幾何？學得幾何有何用？不學幾何又奈何？」也許老師用來搞氣氛吧，至今我仍未領悟到這首詩有甚麼玄機。當時絕大部分的同學，最喜歡上體育課；體育課一連兩節，不用排隊，更不用任何操練。一籮筐足球分發到兩個足球場上，任由大家組隊比賽或者射龍門。老師只在開頭五分鐘和最後五分鐘出現，其餘的時間，不知道他在哪裏。這位滿頭銀髮，高高瘦瘦的體育老師，他的上課方式，深受學生歡迎，聞說年青時他是出色的籃球健將。

　　對我來說，中文默書和英文默書特別難以應付。先說英文默書，它包括兩個範圍，第一是課本內某些段落，一般我都花很多時間，才能勉強應付；第二是所謂「unseen dictation」，由於自己膽怯，絕大多數都是兵敗如山倒。

至於中文默書，中一開始有文言文，多數都是背默。由於我懂得將勤補拙，一般都預早多天準備，還預先自默兩三次，過關是相當有把握的。有些同學說只要一晚，甚至一至兩小時的準備，就可以過關，我絕對沒有這種能力，只有羨嘆而已。

教中文的王老師，畢業於中山大學中文系，約四十來歲，稍為瘦削而個子不高，文質彬彬。每天上課都穿上整齊的西裝，架上金絲眼鏡，稀疏的頭髮用髮蠟梳得整齊貼服，黑板的粉筆字永遠都那麼工整，他是我遇到最像老師的老師。這年中文第一課是《岳飛的少年時代》：「岳飛，字鵬舉，相州湯陰人也。……」跟著是《愚公移山》，都是文言文，要背默。王老師的兒子當時在校內的英文工專部唸中一，忘記甚麼原因，我跟他頗多來往，曾到過他家兩三次。教博物的鄧老師，也來自中山大學，是一個典型的好好先生。

班主任是教英文的，由於我對英文的自卑心作祟，很多時連抬頭望他的勇氣也沒有。音樂和美術，都由陳老師授課，他跟我是鄰居，他住在蘇屋村杜鵑樓。教《聖經》的鄧神父，來自馬來西亞的馬六甲，差不多已屆退休年齡。至於化學老師的樣貌和姓名，早已忘記得一乾二淨，但關於他的兩件事，至今仍然記憶猶新。他說全球石油的儲存量，最多只能維持到往後的五十年，預計二十至三十年後，必有新的能源代替品；第二件事，從他口中得知鑽石是世界上最堅硬的東西，無知的我，聽了之後竟然想拿媽媽唯

一的小鑽戒實驗一下，以鐵鎚和鐵鉗敲打它。萬分幸運，由於我膽小，一直都沒膽量去做實驗，否則終身又多了一件遺憾的事。其餘的三幾位老師，印象都很模糊，雖不至於往事如煙，由於印象不是寄存在 iCloud，而在心底，故如雪泥鴻爪，亦如空中鳥跡。

當時教室的面積比較寬敞，否則班上不會有獨立座位。課室的左右兩邊都是活動窗戶，光線十分充足，空氣流通。課室只有電風扇，沒有安裝冷氣機。大多數同學都乘巴士上學，有兩三個同學坐渡船，因為他們住在港島。九龍區最遠的，是家住荃灣的。竟想不到，跟我住在同一座公屋的，有兩位同班同學，還沒有計算不幸遇溺的張同學。班上寄宿的同學只有兩三人，唸到中三的時候，學校全部宿位都取消了。

班長因患過小兒麻痺症，其中一條腿變了形，走路雖然不用拐杖，但總是一拐一拐的，大多數同學都叫他做「阿跛」，只有我和極小數同學叫他做「班長」。這並不是因為我特別有禮貌，而是他當時負責維持班上秩序，把不守秩序的同學名字記下來交給老師處理。當年班上有幾位同學特別高大，他是其中的一位，相信他的年紀也比我們稍長。他的上唇，已長滿了又濃又密的黑色茸毛，除了一條腿有問題之外，我覺得他外表俊俏，加上蛋撻頭喇叭褲，打扮入時，令人羨慕。我也不明白為甚麼學校可以通融他這樣打扮？唸到中三的時候，不知道他轉校抑或工作，再沒有他的消息了。至今我十分懷念他，因為他沒有弄權欺

負過我！

中二離開學校的同學，除了一兩個移民外國之外，其餘大部分都是投入社會工作，那時候除了工業開始興旺之外，各行業相互帶動，也開始需要較多的人手，找工作的難度比昔日減低。這時期，政府大量興建公屋，資助的中小學名額跳躍式的增加；在荷里活影片「蘇絲黃的世界」面世後，旅遊事業像注射了一支興奮針。不過，這時一般市民還沒有開始出外到其他地方旅行的習慣，唯一出外的就是回鄉探親。移民的情況也時有發生，記憶中大多是到歐、美、加、澳等地當廚師，或者是適婚年齡的女子嫁到歐美各國去。當時戲院正放映一部很賣座的國內電影「劉三姐」，以唱山歌為主，背影是桂林陽朔。今天桂林能與黃山，西湖等地同列國內旅遊一線的熱點，「劉三姐」這部電影應該立下大功勞。這時台灣的電影、書籍和歌曲，也頗受市民歡迎，接觸的人也日漸增多，

到了中三的時候，第二間大學「香港中文大學」成立了，這對我們讀中文中學的學生來說是一大鼓舞。以我理解，當時中文中學的學生，是沒有路徑可以進入香港大學的。當年的小學畢業生，畢業後分流到英中與中中，以我估計，人數大約是2:1吧！英中的學生是中中的兩倍。傳統教會及政府的中學，絕大部分都是英中，他們錄取成績最好的小學畢業生是順理成章的，但更多的私立中學，甚至學店，因應市場的需求，自然開辦英中課程。至於中文中學，大多數都有親台或親共的立場。我唸的是教會中學，

就沒有這種傾向，但在腦海中，當時大多數的中中都帶有點文化傳承的使命，並且反共意識也很明顯。左派的愛國學校也都是中文中學，但數量不多，這些學校每天升五星旗，好像經常參加工會的活動。以我的估計，當時最好和最差的中學生，大多都集中在英中；而中中就吸納了中間程度的學生。

這幾十年，香港的學制不斷在改變之中。中文中學本來是三年初中、三年高中，分為兩段。我讀中三的時候，知道學校將會改制，可以一口氣讀至中五，中間沒有分段，到最後參加一個中文中學會考。如果會考及格，其中英文科也及格的話，再讀一年預科，就可以報考四年制的中文大學。另外，英中也是讀五年，然後參加英中會考，成績及格，再讀兩年預科，就可以報考香港大學。當年香港大學的學制不同於中文大學，前者一般科系只讀三年。完成英中中六的預科生，也可以報考中文大學；相反，中文中學沒有中七課程，因此中文中學的學生沒有途徑進入香港大學。第一屆五年制的中中會考於 1965 年舉行，依此推算，我是參與 1966 年第二屆中中會考的考生。

由中三開始，這年級的課程大部分都納入會考科目的範圍。這一年，我們任課的老師大多數都換了人。班主任是一位矮小的年青教師，剛從台灣師範大學畢業，已在校任教了一年。他教我們化學科。中三的數學共有三科，代數、幾何及三角，其中一科好像也由他任教。每一科目最少都要買一本教科書，唯獨有兩科任教的老師講明不用買

教科書。生物科的老師，聞説是來自廣州中山大學的，他在黑板寫的講義和繪圖都非常清晰，而且字體整齊好看。歷史科的林老師，不知他來自哪裏，他是中三乙的班主任；林老師教的科目很多，除了歷史之外，還教國文和數學。他的教法是他説一句，下面的學生抄一句，遇有特殊的名字或比較深奧的字句時，才用黑板輔助。這兩位老師都很受學生歡迎，尤其是後者林老師，曾聽説他以前是學法律的。

我覺得中三時影響我最深的是教中文的王老師。他個子高高瘦瘦，是前一個中文科老師的師兄，都來自中山大學的中文系。我的中文科成績尤其是作文，分數一向只在及格的邊緣上，每篇作文的分數都是在 60-65 分的區間（60是及格分）。中一、中二不下交了幾十篇作文，記憶中成績從未有出現過 7 字頭的。想不到中三的上學期，大部分的作文都在七十分以上；還有，每次最高分的三至五本作文，都由王老師親自發還，餘下的才由班長派給同學。依稀記得那一年我從王老師手中接過的作文簿，比班長派給我的次數還多。

中三下學期的期末考，對班上大部分同學來説，是一個大關頭。原因是學校當時中三有兩班，但中四只有一班，換言之，升中四的淘汰率高達 50%。某一天，考試正在進行，我坐在走廊窗口的旁邊，突然聽到外面敲打窗門的聲音，往外一看，看見劉神父向我招手，示意叫我出去。我忘記了那天監考的老師是誰。劉神父當時問我為甚麼這樣

坐，試卷為甚麼要這樣放，讓後面的同學可以看到我的試卷。當時我不敢反駁，最後神父命令我把試卷拿出去，靠在走廊另一邊的窗台，站著繼續作答，直至考試完畢。

這次考試作弊事件，由於年代久遠，實在情況很多已記不清楚了。當時考甚麼科目，也全無印象，但肯定不是英文科。因為坐在我後面的「阿妹」（花名），他的強弱項跟我剛好相反，如果他真的偷看我的答案，那一定是數學科。那天考完試後，我沒有被叫到教務處去，甚至整個考試結束，直至派成績表時，都沒有告知我要受甚麼處罰。

本來這年是初中結束後再升讀高中，但由於我們這屆入學時已改為五年的新制中學，沒有初中、高中的分界，中三的成績表也沒有寫上升級或留級，只是一半同學的成績表上夾了一張交留位費的銀行入帳單，另一半的就沒有這張入帳單。我是屬於後者。

接到成績表的那刻，我知道沒有銀行入帳單，自然很感到失望，幸好得到幾位升級同學的安慰，他們細心的拿我的成績表詳細分析，一致都認為從成績方面來說，理應可以升中四；而在操行方面，除了最近考試事件之外，三年來我從未犯過甚麼過錯，所以他們一致認為，死因是考試事件無疑。我於是向班主任周老師查詢，但得到的只是含糊無法瞭解的回覆。

不久，暑假已經開始，正確的說，這也是我失學的開始，幸好還有舖頭可去。此情此景下，傳來一個類似笑話的傳聞：我得罪了兩位老師，班主任「矮仔周」和考試時

抓我的神父「矮劉」。這兩位肯定是全校最矮的教職員，
而我在班上也是最矮的幾個之一，但比他們兩人還都高出
一點。是耶？非耶？我想絕對是頑皮同學編出來的笑話。

當日要找一間學店，絕對容易，但要找一家非學店的
學校就相當不容易。正在躊躇著如何找一間學校的時候，
突然收到學校的消息，我可以回原校升讀中四。這當然讓
我雀躍萬分。後來才知道，這期間有兩批人曾到學校為我
求情和據理力爭。一批是母親和姐姐，她倆曾到學校向邱
心源校長（神父）求情；另一批據知是好幾個同級同學，
他們到學校找他們熟悉的神職人員，又求情又為我據理力
爭。

為我爭取得復學的人，我自當銘記於心。這時香港社
會發生一件頗為轟動的新聞，天后影星林黛自殺身亡。我
雖不是她的影迷，但最少也看過兩套她主影的電影，「江
山美人」和「不了情」。尤其是「不了情」的主題曲，是
第一首撼動我心靈的情歌。她的死我當時深感迷惑，因為
在我心目中她代表成功、美麗、幸運和名利，更有千萬影
迷的愛戴，哪一項不都是大家竭力追求的？她集合各項社
會優勢於一身，竟然自尋短見！這些困惑迫使我不斷追
問，甚麼是苦？甚麼是樂？一時之間，在學籍失而復得的
情況下，內心不免有點混亂感。

不少同學，自從這年暑假分別後，幾十年來都沒有再
相聚了。即使以後能在人海中再相遇，也是「縱使相逢應
不識」。這真是人生的無奈！這班同學相同的地方固然很

多，因為我們在同一所學校已經三年，又是同一個級別；
但不同之處也有不少，例如有些人能把當時的中西流行歌
曲，唱得瑯瑯上口；有人精於運動，尤以踢足球為甚；也
有擅長寫毛筆字的，精於中國象棋的，或能把古文唐詩宋
詞能背誦一大堆的。這些都是老師及家長樂於見到的。但
有的經常參與舞會，結交女朋友，甚至打扮入潮，蓄長髮、
梳騎樓裝等，卻都受到老師及家長大力反對。

有些同學具有領袖天賦，未曾經過訓練，就懂得組織
和策劃。印象最深刻的是中二升中三那年的暑假，兩三個
同學籌辦了一個「七天大嶼山環島之旅」，六個晚上在六
處不同的荒野紮營露宿，七天所走的差不多全是羊腸山
路。每天三餐，就地生火開飯。幸得天公造美，這次行程
大約十人參加，完全沒有一點意外發生。我是其中一個隨
行的參與者，覺得自己一直是一個平庸的學生，特別在課
外活動方面。這三年來，只在中三的時候代表過班上打班
際籃球賽。為甚麼那年有資格做代表？因為有興趣打籃球
的同學加起來就只有這幾個。

中四時，我們的課室安排在原寄宿生的溫習室。由這
學期開始，學校不再設寄宿學位了，這溫習室的面積約為
普通課室兩倍，而我們這班中四同學特別多，大約有 50
人。任教的老師過半更換了，班主任是新到任教中文科，
老成持重的鍾老師。

中四這一年，沒有外校加入的新同學，也沒有留級生，
只有一個由職業部畢業轉過來的同學。當年職業部的學生

畢業之後（三年制），就要投入社會工作。我想這位同學的學科成績特別優異，得到校方特別准許，才能夠轉過來。這位同學畢業之後，我一直沒有跟他聯絡，只知道他後來輾轉進入台大機械系。十多年前在電視上見過他三幾次，得知他在香港某大學任教，證明當日校方對他的提拔是明智的抉擇。

有一部分同學，雖然認識了兩三年，由於不編在一班，很少有近距離接觸的機會。現在全級同學都在同一個課室上課，縱使有三幾個同學不愛講話，也有不少的小圈子群組，但整體來說大家都是很和諧而且很團結的一群。五十個同學，在求學上的態度，有些表現得較為瀟灑，有些表現得較為緊張，不管哪一種態度，每人心中都負載著同一目標，就是兩年後參加會考——中文中學第二屆新制會考。

當年的中英文中學和今天的中英文中學，在劃分上有所不同。今天的中英文中學，所學課程完全一樣，不同的是分別採用中文或英文教材，並純粹用中文或英文授課。從另一角度看，大致可以說，今天成績最好的 20% 小學畢業生都選擇了英文中學，餘下的都編入中文中學。今天，中學一共讀六年，大學一般是四年。以我瞭解，現今小中大學的學制，中臺港三地相若。當年英文中學是 5+2，即中學 5 年，參加會考後，再讀兩年預科，港大一般學系都是三年制。當時新制的中文中學是 5+1，五年中學後參加中中會考，讀一年預科考中文大學（下稱「中大」），中

大一般學系是四年制。這幾十年來,香港的學制反反覆覆變更了多次。

　　一般學校中四級都分文、理兩組,可能我校中四級只有一班,才不分文理科,基本的學科,我們每科都要讀。數學課程加重了很多,因為每個同學都要學習甲數(附加數學)。以往幾年,數學科都由兩至三位老師任教(因為數學分好幾科)。但這一年甲乙數都由陳修老師任教,並且由他兼教物理科。每週上課的節數有十多節,他應該是我讀書以來,一週教我課節最多的老師。

　　陳修老師,當年大約30歲,身高六呎左右,但體形瘦削,一眼望過去給人有點孱弱的感覺。他喜歡穿西裝,走起路來脊骨挺直,頗覺得他風度翩翩。據聞求學時他是籃球健將,畢業於台大物理系。同學都覺得他精於數理,但對他的教學方法就有不同的看法。他從不批改習作、考試或測驗,每題的答案都規定要寫在右下角,以方便他批改。曾經幾次在上課的時間,要求我們讓他休息片刻,然後伏在教桌上小睡五至十分鐘。或許我跟他有緣,無論數學或物理,每一節課我都上得很過癮。由於他是從臺灣學成歸來的,因此我對臺灣的學制也多加留意。開始知道台灣上大學,分為甲、乙、丙、丁四組。我也在書局找到一系列臺灣甲組數的補充題目的小冊子,由陳明哲編寫,例如甚麼排列組合、或然率、二元二次圓錐曲線、軌跡等,我用了不少的零用錢,買了好幾本。說實話,裏面的習作我並沒有做過多少,最主要的原因,題目對我來說是太深。

也許出於敬仰老師的心理，在不知不覺中，就認定臺灣是學習數學的好地方，如同嵩山少林是學習上乘武功的聖地一樣。

現在回想起來，當時好像已經有一股輕輕的臺風潮流，在香港彌漫著，當然它並沒有當時披頭四那樣狂熱，也沒有今天日本旅遊和韓劇那樣熾盛。但我覺得臺風比較溫馨，並且是多方面的。如我在《今日世界》（當時一本普通的中文綜合雜誌）得知台灣的好去處，如野柳、陽明山、澄清湖……墾丁公園。臺灣的歌星，好像都擅長唱情歌，甚麼青山與林冲，紫薇和婉曲。實在太久遠了，最主要自己是門外漢，不知是從何得出的觀念，這些情歌都會妨礙我們的學業；雖然如此，直至如今，聽到如「綠島小夜曲」一類的舊曲，那麼熟悉，那種情懷，心中的蕩漾難以述說，縱使我是樂盲，我都會誠懇的告訴你，那是我們年代的歌曲。臺灣的電影這時也進入香港的市場，「養鴨人家」轟動港九，唐寶雲據聞因此片大紅大紫。瓊瑤的愛情小說，得到高中女生及一群工廠妹（女工）擁護，後來更由小說改編成電影，並且相當賣座。閱讀報紙的時候，也常常看到臺灣的少棒隊，開始揚威海外。

在鄧鏡波五年期間（1961-1966），經歷了兩次大型的校內建造工程。第一次是中二時開闢兩個足球場，在沙地上鋪上綠色的水坭；第二次是中四期間，在內操場興建一座大禮堂。第二次的工程，比第一次大得多，兩次都向家長募捐。還記得第一次的捐款，有一位同學的父親捐了

二百元，已經是全班捐款之冠。這位同學好像一位過客，中二上學期進來，下學期不到結束已經離開了。聽說他的父親是一位警官，我還記得他穿著的皮鞋特別光亮及結實。有同學告訴我，這是馬皮皮鞋，品質特別好：他穿著的校服，看起來也比其他同學勝一籌，特別光鮮。第二次捐款，校方加大了力度，呼籲每位學生家長，都要捐獻一張禮堂的座椅，價值40元。我將捐款的通知書交給父親，他看過之後很快便從錢包拿出一張百元鈔票，讓我交給學校。

當時我家食口眾多，父親的負擔實在不輕，又正好遇上他的好友兼老闆歐伯因海外生意夥伴拖欠貨款，他一家十多口，每月開支非常繁重，相信比我們還困難。雖然他的大女兒在聖心畢業後嫁到加拿大去，但二子剛從聖類斯預科畢業，要遠赴澳洲悉尼學醫。此時此刻，在公在私，我想父親都必須為歐伯的財困籌謀，加以援手，為何父親在捐款上如此豪爽呢？當時我不敢問父親，但深深的體會到父親的苦心，就是不忍心第二次看到自己的兒子被拒於校門。

新到任的班主任鍾老師，上課沒有幾天就告知大家，校方決定派我班參加全港校際常識問答比賽，由他負責訓練及帶領，每個同學都要找一些題目，互相詰難，作為訓練，造成一個小熱潮。鍾老師自然提出很多國學常識的小問題，並擬出若干謎語。記得其中一題是「長江之鱸」，猜班上某同學的名字。幾天之後，仍然沒有人猜中，於是

自揭謎底。他說「長江之鱸」即「細鱗」,「細鱗」與我的名字「世倫」諧音。因此近年老同學相見,識此事者仍然稱我為「長江之鱸」。

幾經挑選之後,班上選出四位眾望所歸的代表同學參加比賽。記得比賽採用淘汰制,一連過了兩三關之後,不清楚是到了八強抑或剩下四霸時,我們遇上勁敵「聖瑪利書院」。比賽那天,差不多全班同學都到聖瑪利為我隊打氣,戰況相當緊湊,互有領先。戰至搶答題「三姑六婆」是甚麼時,我隊陳君獨力一一答出,全場嘩聲四起,成為整場賽事的高潮,可惜最後我隊仍以些微點數落敗。至今回想起來,仍然覺得當時大家的心理質素很高,戰敗之後並沒有太大的失落感,更沒有互相埋怨和指責;或許很多同學已感覺到「塞翁失馬」,畢竟會考的期限並不很遙遠。

教化學科的趙老師,是剛從美國回流的中年學者,他應該是全校唯一擁有博士學位的老師,我們都稱他「趙博士」。他神情呆滯,說話低沉且緩慢;很多同學都覺得趙博士有輕微的精神問題。他為人友善,跟我們認識不久,就邀請多位同學到他家聊天。據去過的同學說,趙博士家在太子道的豪宅區,地方寬敞,裝修華麗,太太年青貌美,由此推想可能是富貴之家的公子哥兒。他所教的化學知識,大部分我已經忘記得一乾二淨,唯獨他所構思的「人造天堂」,仍然深刻的留在心裏。趙博士所說的人造天堂,就是將男性的尿道駁入輸精管,只要這手術研發成功,人類就能產生「人造天堂」的效應。何解?他的理論是男性

的精液甚少，發射只在剎那片刻，若尿道能駁通輸精管的話，用尿液替代精液，那麼快感要幾長時間就有幾長，這種效應他稱之為「人造天堂」，趙博士為此構想自豪。

經過了「校際常識問答比賽」一關之後，不久又有「學年旅行」。之後，同學和老師們又要放下大部分的課外活動，開始埋首於會考的課程範圍，以應付即將來臨的會考。

這次旅行「學年旅行」，比較平淡，目的地是「慈雲山觀音廟」，已記不起是怎樣選出來的。但有兩個印象一直留在心底裏：第一個就是慈雲山幾十年來的今昔變化。這次旅行是我第一次到慈雲山，當巴士經過機場之後，就陸續看到幾間簇新的校舍，記得名字的有李求恩紀念中學和伍華書院；向遠方看去，有很多棟七層大廈，那裏應該是當時的黃大仙徙置區。巴士再向山路駛進時，除了兩三個在施工的地盤外，車路兩邊都是未開發的叢林。六七十年代，是香港教育和公屋最急促發展的時刻，慈雲山從一處荒野叢林，短短十多年間，搖身一變成為十萬人居住的大型公共屋村，實在是政府的一大德政。

巴士抵達後，下車還要走一段山路，有陡路也有石階，對我們這班年輕人來說，難度不大。我們的班主任「鍾老師」（背後大家都稱他鍾老柴），手持雨傘作為手杖，前後簇擁著幾個同學，緩步而登，大概他在講述這廟宇的歷史。到埗後，意想不到廟宇如此蕭條冷落，既沒有廟祝，也沒有出家人。日久失修，看樣子平日嚴重缺乏人手打理。最記得山門牌樓上寫著的「慈雲勝地」，據說慈雲山因此

而得名。牌樓後面寫著「回頭是岸」。甚麼是「回頭是岸」？現在回過頭來看，這該是我生命中思考的第一個「公案」。這也是我上面所說的第二個留下的印象。

這時期發生的大事，記得的還有銀行擠提和東江之水越山來。

關於早年我身邊發生的經濟金融事件，沒有幾件留在腦海中。最遠的應該是我還未入讀小學的時候。記得當時人民幣大幅更改面值，最小面值由 100 元改為 1 分，最大面額一萬元改為一元；不但面額改變，連鈔面的圖案也更改了。沒有記錯的話，舊鈔原為孫中山頭像，新鈔則全部改為工農兵、拖拉車和飛機等圖案，同時鈔票面積也縮小了。另一則是由母親口述的，國共內戰期間，鈔票貶值很快，難以言喻，物價早晚不同，買米也要用麻包袋裝著鈔票去買。令人更難以明白的，當時大家都揀取新鈔，因此新鈔比等值的舊鈔值錢。媽更告訴我，當時有人將鈔票洗乾淨後再漿一下，晾曬後熨平熨光，這樣鈔票就比較值錢。

香港當日的金融事故，是先有某華資銀行客戶發生擠提，不久就像傳染病一樣，擠提迅速擴散，最終令廣東省信託銀行承受不了而倒閉；跟著，差不多所有的華資銀行都發生不同程度的擠提。聽說股市也發生股災，幸好當時一般市民並沒有參與股票買賣。一時之間，香港政府積極加入干預，又迅速從英國空運鈔票來港，不久兩大英資銀行也公開大力支持各華資銀行。等到滙豐銀行收購了恒生的控制權之後，銀行的擠提風波才得以平息。據聞這次擠

提的起因，是部分華資銀行對新興地產建築行業過度借貸而引發的。

在銀行擠提的同時，為了避免食水不足，香港政府和內地簽訂了長期的供水計劃，開始了東江水供港的第一步。據當年的報導，工程主要以人力開挖，非常巨大及艱辛，動用人力數以萬計，左報經常以頭版報導或介紹工程狀況，同時也拍下電影「東江之水越山來」加以宣傳。這對解決香港食水無疑是最佳的方法。但不得不承認，在這時候我對共產黨已經沒有好感，即使這麼重大的事情，我也有點採取不關心的態度，所知的情況自然就有限了。

中學會考的範圍，有近半落在中四這一年課程裏。由於中五一年的授課時間有限，老師只能用上學期來教書，較短的下學期則用來給學生鞏固所學和溫習內容。以我看，整班同學對當時的課程感到有兩個難關，兩個都能克服的話，就是上上大吉；兩個都不能過關的話，就有苦自己知。哪兩關？就是英文科和數學科。難道當年中文中學的中文科不重要嗎？並不，記得當年中文科要考的文言古文約六十篇，我們當時有一股強烈的觀念，這些課文只要全部背好及默寫好，中文科會考合及就如同買了保險一樣。

前面說過，一篇五六百字的古文，我通常都要準備一星期，心中很佩服有些同學一兩小時就可應付。這時其他各科的測驗也頻密了，出貓（作弊）的情況也是最常見的時刻，所謂各顯神通。以我估計，大概超過半數同學都會

走捷徑，當然也包括我在內。說到出貓，其實也講級數的，當時坐在我後面的 F 君，他就是佼佼者，並自稱騎師，他將資料甚至課本放在屁股下，借屁股的移動及大腿的開合，就能完成任務，並且運用自如。我覺得他成功之道除了身手敏捷之外，更主要是他有信心，並以此為榮。他身材矮小，想起他，就叫我聯想起梁山泊 108 個好漢中的鼓上蚤時遷。

有鼓上蚤時遷身手的 F 君，家住油蔴地廟街。說起來奇怪，F 君是一位資深的教友，據聞還經常當輔祭。以前的三年由於彼此不同班，我們只是點頭之交，自從座位上跟他成為鄰居後，才知道他擅長搞氣氛，又常常跟我講述廟街的見聞。我除了羨慕他見多識廣之外，更覺得他夠膽量。因為我們那個年代，一舉一動還是諸多顧忌，很多事情都不敢直接說出來。他講述廟街哪些人是鴇母，她們如何跟尋芳者兜搭，甚至議價；還有麻將館天九館的規矩，哪裏有大檔甚至煙館，當時的警察如何「收規」，……等等，他都知曉。但到底有多少是真實？有多少是虛假？就不得而知。但肯定的是，我從他的口中，對榕樹頭廟街一帶，認識多了。

當時廟街對我來說，其神秘性僅次於九龍城寨，心目中一直視為三教九流之地，從來未曾到過。說到九龍城寨，實在有點遺憾，因為在九十年代拆卸前，我仍然沒有去過，只在九十年代中期，改建成公園之後，才帶著妻兒子女一遊。廟街就不同，赴台升學前，得知台灣的大學生喜歡打

橋牌,就經常到廟街買澳門賭場用過的美國撲克牌;又在七十年代,常到彌敦道香港圍棋社下圍棋,八十年代到法住學會聽佛學課,晚飯很多時就在廟街吃柴魚花生豬骨粥,配上芽菜炒米粉,蘿蔔糕等解決。天冷時,通常是一煲鳳爪排骨/臘味/肉餅之類的煲仔飯;更豪的話,兩碗白米飯,來一小煲炆羊腩,加一碟生菜,大快朵頤。近十多年來,有來自海外或國內的朋友,很多時我都會招呼他們到廟街吃晚飯兼作半日遊,香港旅發局後來也將廟街列入香港十大旅遊景點之一。

我到過兩個住在徙置大廈同學的家,才知道那裏的公共廁所很骯髒,而且臭味難聞,他們煮飯還要佔用門前的行人通道。當時一般家庭都是父母外面打工,沒有兄弟姐妹在家的時候,才敢招呼同學回家。我也很少招呼同學回家,當你跟任何一位同學熟絡之後,你就會發覺每位都有他獨自的故事。

現在回顧一下,班上的同學,在香港出生和在大陸出生的,哪一類人比較多?我的判斷是五五開。跟我當時最熟落而且住在附近的,都是內地出生的同學,「蘇屋四怪」這個花名,正是這時同學贈與的。內地出生的同學,除了廣東地區之外,大部分都是江浙地區的,他們會說北方話,所以國語(普通話)都比較好。

當時舖頭周圍很多零散的攤檔,每一個攤檔,都是一個家庭的生活來源。九媽又名「爛口婆」,年約 50 歲,獨自經營菜攤;九叔駝背彎腰,身體屏弱,是長期的吸毒

者，很難估算他的年齡。他們還有三個不太長進的兒子：大九，細九和孻（音拉，排最後之意）九。一家五口的生活開支，全部由九媽賣菜獨力承擔。九媽從不怨天尤人，頻撲終日，當時我把九媽看成是女中豪傑。另一攤檔是在樓梯口的「順記蛋檔」，賣的全是蛋類。當然以雞蛋種類最多，價錢圍繞在一元四隻到六隻之間。攤檔的鹹蛋多來自湖北，售賣之前都將蛋殼外面一半的黑炭灰刮去；皮蛋是江浙運過來的。我估算這個樓梯店面大約 30 平方呎，開店時當然要佔用人行通道，用電線接上一個 100W 的電燈泡，掛起來給客人或替客人照著挑蛋；沒有顧客的時候，這盞燈總是關上的。挑皮蛋不用燈光照，而是用左手姆指和食指扣著皮蛋的上下端，再用右手的食指或中指在皮蛋中間彈一下，如果感到震動的話，表示這是糖心皮蛋，屬上品貨色；如果不感到震動，表示蛋黃已經結成硬塊，就是次品。有時還有盒裝或散裝的鵪鶉蛋售賣。遇到破裂或變壞的雞蛋，順記會用報紙摺成紙斗，裝成一斗一斗的低價出售。這裏不單是順記做生意的地方，也是他們長子做功課的地方。攤檔的旁邊還有兩呎的空位，放了兩張小木櫈，高的一張用來做書桌，小孩坐在矮的一張寫字讀書。一家幾口的飯菜就靠順嫂在人行通道的旁邊煮出來，飯煮好之後，在用作書桌的那張高櫈子上面鋪一塊木板，便是飯桌。一家幾口，每人一張板櫈，就地開飯。順嫂給我留下的印象，是典型的三從四德的婦女。

面對中四的期終試，由於大家都看到中四只有一班，

因此估計學校不會再淘汰學生，於是用最輕鬆的態度來應付。但從另一方面看，期終考試距離會考不到一年時間，是最後努力的機會，有如賽馬最後 100 米的衝刺。當時大家都抱有相同的概念，會考成績，關係將來的前途很大，同時考試的成績更不能令父母失望。我當時採取甚麼態度呢？我本來很想用功，平時也貌似用功，但大部分時間都在渾渾噩噩過日子，無法集中精神在課業上。說句公道的話，就是「心有餘而定力不足」。

最後，中四升中五學校真的為我們開了直通車，更難得的是沒有同學因家庭需要而提早投入工作。當時每月學費四十多元，縱使得到學校或政府資助，名額有限，而且金額也不多；以我估計，每位同學上學平均每月要花費 100 元左右，若投入工作，以當時行情看，每月大約可以得到 200 元，來回的數字相差頗遠。對當時基層家庭來說，這已是一個不小的金額。我們的父母輩，經歷了漫長顛沛流離的歲月，總希望下一代好好讀書，出人頭地。「書中自有黃金屋，書中自有顏如玉。」這句話在當年很流行。

後註：得諍友 CC 指正，校際常識比賽他是代表之一，聖瑪利那一役，我校是勝方，只是一星期後，被嶺南中學淘汰了，特此更正。

第十四章

鯉躍龍門

十四、鯉躍龍門

　　鄧鏡波中四學期期終試考完之後，便是四五十天的暑假。學校沒有給我們安排補課，記憶中坊間也沒有甚麼補習社。當時私人補習才剛開始發展，在一般大報的分類小廣告中，已有不少這類補習廣告刊登出來，特別是《華僑日報）一類較多教育消息的報章。暑假我第一件事便是買新書，當時的書局分為左右派兩種，大多數都是屬於右派親臺的書局。我所光顧的幾家如世界書局、集成書局和齡記書局等，都屬於親臺派。在記憶中，赴臺前我一直未曾踏足過左派的書店。可以肯定，這兩類書店，售賣的書籍種類有很大分別。

　　買回來的新書，第一本要看的就是《國文》，因為知道有幾篇選文比較長，很希望在暑假中把它們背熟。這些選文包括《大學》、《中庸》、《論語》和《孟子》，全部選自《四書》。《大學》、《中庸》全錄，《論語》和《孟子》是節錄的，如果全錄，篇章太長，實在令我們吃不消。現在回想起來，這四課書大概一萬多字，對我來說是相當沉重的功課。當年我背書都習慣了大聲朗讀，非一百幾十遍肯定背不下來。我通常選擇蘇屋村近山麓處甚麼牡丹

樓、金松樓的附近地方大聲誦讀背書。那裏的樓宇依山而建，又有長長扶手的梯級，各樓宇的底層單位多是空置的，每個空置單位只起了三幅牆壁，後牆是用水泥磚砌成的通風窗花牆，左右兩邊還有一兩張長石櫈，環境幽靜，空氣流通，光線充足，很適合我在這裏背書。整個暑假，我來這裏很多次，但收穫好嗎？還是同樣的答案：功是用了，就是心不能定下來。順帶一提，就在這裏樓上，當時正住著後來的天王巨星許冠文四兄弟（文，武，英，傑）。以年齡來說，我跟他們是同輩，但我在他們之中，不是最長，也不是最小。

榆六叔是歐伯的侄兒，一直在新誠信任職，由於新誠信業務萎縮，榆六叔後來改到東生任職。兩三年之後，他們一家幾口搬到筲箕灣新近落成的公共屋邨明華大廈。他的大兒子源哥，比我大一至兩歲吧，在政府辦的英文中學唸書，自小讀書成績就非常優異，特別是英文。由於時間久遠，已記不清楚當年是我主動請他替我補習英文，還是由長輩穿針引線的。但補習往來的交通實在太花時間了，首先要坐巴士到尖沙咀，乘小輪過海，走到舊匯豐銀行附近再乘電車到筲箕灣。記得當時尖沙咀碼頭處還有一排排紅色的人力車。整個過程最費時間的是乘電車，通常都超過一小時。結果我去了三幾次就不去了。到了八月，姐姐介紹她同校的學長跟我上了幾次物理和數學課。他是在台大讀書的，正值放暑假回港。

農曆七月，有兩個節日，我一直都弄不清楚。尤其是

第一個七夕節日，又有人稱七姐節、七巧節，甚至乞巧節，名稱多多，我一時都搞不清它的含意。及至聽了牛郎織女的故事，加上讀了秦觀的《鵲橋仙》，對七夕的印象才開始清晰明朗；尤其是其中的名句「兩情若是久長時，又豈在朝朝暮暮」。我想你對句中含意的理解，跟你是否經歷滄桑有著緊密的關係。

七月另一個大節日是盂蘭節，香港人在此節日都有燒紙衣的習慣，但都不及李鄭屋一帶的「潮僑盂蘭節」搞得有聲有色。每年農曆六月底七月初，潮僑同鄉便會派出四五個負責人到各商戶請求贊助，雖然打的是潮僑旗幟，但廣府的商舖都樂意支持。店戶贊助之後，他們會把贊助金額貼在店戶門口的當眼處，表示帳目分明。廣府店商的贊助一般以幾十元為多，潮僑商舖的贊助都數以百計甚至上千元。很多商戶還在店門口掛上兩個大紅燈籠，寫上「值理」甚至「大值理」字樣。我家住處對面的「保安道遊樂場」，每年這時候起碼封閉一個月，給潮僑搭棚做神功戲。七月十四日將近的日子，主辦人還會在那裏向長者派送食米和禮品包，入口處一定有一個巨大的紙紮鬼王在鎮守，並擺放了幾個給人燒紙衣用的大爐。

廣府人通常把這個節日叫做燒衣或鬼節，過節卻沒有潮汕人那麼隆重；一般用芽菜、豆腐，水果則有龍眼，肉類一定不用雞，為甚麼呢？據說因為雞爪銳利，容易把紙衣抓破，所以改用鴨子。一些家境稍為寬裕的人家，燒紙衣之外，還會在路邊撒下十餘個一角或五仙硬幣，這時會

引來很多道友或小孩，躲在隱蔽處，撒錢之後，第一時間跑出來，檢走地上的硬幣。

暑假過後，我又要重回學校上課。整體來說，這一年的改變比較少，課室仍舊是去年那一間；最重要是班上的同學，一個也沒有多，一個也沒有少。變動最大的是兩位任教主科的老師改變了。第一位是教英文的周老師改為劉神父，他受到班上大部分同學熱烈的歡迎；另一位是中四影響我最深，教數學和物理的陳修老師，不知道甚麼原因，已轉到麗澤中學任教，接任數學的是新上任的伍老師，和另一位教物理的陳老師。陳老師同時在英文部教高年級的數理科，也是台大物理系畢業的。

我們是中文中學五年制的第二屆考生，全港人數約有六至八千人。報考科目每人最多十科，每科成績分為七個級別（A-G級）。A屬於優異，B和C屬於良好，D和E為及格，F和G就是不及格。印象中各科整體的及格率約為65%，這只是一個參考指標。聽說及格的分數定為40分，各級別的比例在評分後由委員會議加以調整，這就是當年流行的用語「拉曲線」。

考試後每個考生除了得到一張考試成績表之外，符合教育署規定條件的考生，還會得到一張會考及格証書。記得中文中學及格的條件大致如下：中文科必須及格，（英文中學基本與中文中學相同，中文科必須及格改為英文科必須及格，英中考生當時約有一萬五千人；英中和中中的課程，各有不同。）及格科目最少要五科，除了中文科之

外，必須包括文理各一科，通常會考生的及格率是 65%。中五時學校為我們開設了以下十科：中文（幾年之後再分為語文和文學兩科）、英文、乙數、甲數、歷史（其後再分中史和西史）、聖經、地理、生物、物理和化學。上述十科，已經囊括了中中絕大部分主要的科目，餘下的都是比較冷門的科目，例如美術和音樂等。由於學校規定每一堂課都必須上，無形中每位同學都要修讀十科。現在看起來，這對於擴闊我們的視野，是利大於弊的。

會考及格，代表一個中階學歷；憑這個學歷，可以投考很多公務員的職級，或大機構的文書職位。英中的出路一般比中中稍勝，當時始終是重英輕中的時代。但記得有兩類行業是例外的，會吸收較多的中中會考及格考生，那就是醫護行業。醫護訓練機構（護士訓練學校），都附設在大型醫院裏。如果沒有記錯的話，進入護士學校，除了不用交學費之外，還有生活津貼發放。當年社會上幾乎看不見男護士，所以我校沒有同學申請入讀。另一個就是教育行業，師範學院也錄取較多中中的學生，尤其是女生，聽說當時女生佔了 70%。中五學年開課沒有多久，學校就為有志投考的同學辦理入學申請。

由於中小學校這時急劇增加，教師人手必須相應增加，第三間師範學院這時也成立了。師範學院的學制讀兩年，一小部分讀三年。入學者只須通過口試，待會考放榜後，如果得到會考及格証書，便可以入讀。二年制學生畢業後大多數任教小學，當日小學都只是半日制的。如果要

在中學任教的話，只能教中三級或以下的課程。以我所知，柏立基師範學院那時候還設有一年的臨時學制，原因是當年老師嚴重不足。鄧鏡波同學申請進入師範的只有幾個人；我沒有申請，那時我已經決定將來要讀的科目一定是數學或物理。

整體來說，六十年代香港的生活，比五十年代有著明顯的改善。不但工作機會大了，工資也同時提高了。以往我們的職工全部都住在舖頭，這時候他們開始有能力在外面租房子住，甚至組織新家庭。舅父任頭櫃的南生號，在舖頭留宿的只剩下寥寥幾人。這裏有一個幾百呎的閣樓，除了牀舖之外，還有一張書桌。經考慮多時，我覺得這裏讀書環境比家裏好，徵得父母和舅舅同意之後，從中五那年開始，我搬到這裏住。由南生步行回家，不到十分鐘。

和我同住閣樓的，還有兩個年紀相若的伙記，他倆是表兄弟，都來自元朗。年紀較大的，我叫他「棠哥」；年紀較小的，我叫他「阿文」。他們的主要職務是單車送貨，兼做雜務。棠哥喜歡與人交往和聊天，廚藝也有一定水準，在特別的日子都會自告奮勇，為大家煮一些特別菜式。他和我的家人合作，前後也該有三十年的時間。阿文則比較木訥，身體健碩，氣力又好，在南生逗留了兩年左右，改行加入貨車運輸行業。

雖然是中文中學，但學校和家長，甚至同學，對英文科的學習都絕不敢鬆懈，這是時勢造成的。因為英文學不好，找工作就很吃虧，尤其是找政府工作，稍高的職位英

文不好，就無法投考。公務員的職位不同，工資差距很大。當中，高級公務員的工資可以跟歐美看齊，甚至超過他們。低下層公務員的工資雖然差很多，不過仍然比私人機構的好。當時另有一些我認識的適齡婦女，為了賺錢，不惜遠赴星馬等地為華僑當傭人，但為數不多。英文科對升學也有影響，即使報考中文大學，最低要求也要會考及格而且包括英文科。學校當年派劉神父教我們英文，很明顯就是要加強我班的英文程度。據說劉神父留學英國多年，加上他教學熱誠，很受班上同學歡迎。

英文科一直困擾着我，除了學不得其法之外，還有一些其他原因，暫時且不提及。英文科當時除了有讀本之外，還有三本原著（故事書）要讀，我曾發奮備課查生字，但一頁書通常要查十幾二十個生字，覺得很痛苦，也令我感到洩氣。這樣學習，又怎能有良好的進步呢！反觀坐在我旁邊的 L 君，他竟然把看那些故事書當作樂事，真令我佩服。原因是他的英文程度比我高出好幾級，從中一開始，他每晚都到聖方濟讀英專夜校。按道理他那時已有 F5（英中五）的程度，然而數學科卻又是他的剋星。夜英專當時很流行，是為日間工作的年輕人而設的，只讀英文一科，夠程度就可以參加英中會考的英文科。

新到任教數學的伍老師，受歡迎的程度只是一般，甚至有時受同學們輕微的抗拒。這是否因為和同學想念陳修老師有關呢？我無法判斷。我曾向伍老師提問過一個數學問題，負數乘負數為甚麼等於正數（$(-) \times (-) = (+)$）？

他立即滿面通紅，回答說負乘負就是正，何須解釋？意思是定義的問題。班上當時引起過不少同學的爭論，甚至有同學懷疑我向伍老師挑戰。其實我沒有這個意思，當時我真的不能解決這個問題，所以才問伍老師。後來我讀了一些數論之後，才知道這個問題已被解決了。

當時也有一些同學，私下找陳修老師，請求為他們補習數學。結果得到陳老師答允，而且聲明不收任何酬勞，每逢星期六下午到他任教的麗澤中學上課。事成之後，有同學問我有沒有興趣參加，我立即答應了，而且感到很鼓舞。這個數學補習班直至會考前夕才結束。為甚麼當時大家不找陳修老師兼補物理呢？我想是大家都覺得接任的陳老師教得很好。新到的老師，還有地理科的顏老師，他被同學稱為顏夫子和顏上尉。顧名思義，他曾經是一位軍人，課堂中曾多次提及他的軍旅生涯，我估計他是幕僚出身。

顏老師的課，我一直沒有用心聽，下課也沒有溫習，因為地理科沒有中、英兩科那麼迫切。種種因緣下，我似乎經常疏忽了這一科。事實上，我當時具有濃厚興趣的只有數學和物理，餘下的只有歷史和生物兩科。我喜歡這兩科，並不是出於興趣或基礎問題，關鍵是這兩位老師被我接納了，而且三年內學校也沒有換過這兩科的老師。

中五這一年，應該是大家拼搏的一年。表面上我肯定用功了，但到底有多少成效呢？實在答不出來，尤其是英文科。記得當時還動用了先進的器材，磁帶錄音機，目的就是提高英文程度。這部錄音機並不是我家的。隱約記得

它好像是某個同學的，但也好像是幾位同學合夥買回來的，我出資 50 元。記憶中，這種錄音機操作很不方便，一邊是一盤捲滿錄音帶的卷盤，另一邊是一個空卷盤，使用時要將錄音帶駁接好再轉到空的卷盤中，雖然只是這樣簡單的操作，但對我來說已經令我不耐煩。有時在運行中，錄音帶發生紊亂，絞在一起，心情就變得焦燥如焚。用這樣的態度學習，心境不安，收效自然有限了。

五年的中學課程，說得寬鬆一點，教過我們的老師有幾十位之多。如果從中選出一位最受歡迎的，我想應該是教英文的劉神父。中五這一學年，大家學習英文都用功了。在這過程中，班上未領洗的同學，開始對領洗的意願急速上升。還有幾位熱心的同學，準備在畢業前恭請劉神父為他們施洗，並呼籲未領洗的同學一同參加。其中的一位，是和我同住海棠樓的諍友 CC 君。在我心目中，他是一位無神論者。我想，這是劉神父發揮了很大的魅力，而我，由於英文程度一直落後，上劉神父的課時，常有跟不上的感覺，坐在最前排的我，只有懷著愧疚之心，很多時連抬頭看他的勇氣都沒有，但還是深深敬佩他的學問和為人。

這時香港政府也在不斷的招募警察。當日投考警察，最低的學歷要求是小學畢業，有很多來自內地的應徵者，連 26 個英文字母都不認識；而投考督察，最低的學歷要求是中學會考及格，良好英文程度是重要的條件。當時警隊的警官，絕大部分都是來自祖家的英國人。督察（又稱幫辦，是最低層的警官）及以上職位的警官，據說當時是

用英語來溝通的。警察通過考試，如果英文程度達到小學六年級的水平，在制服左右肩膊上的警察編號就用紅色識別，俗稱「紅膊頭」，額外另加生活津貼。

「聾舅公」的兒子，我的表哥（按理是表叔），大約就在這時，考上了消防處的實習幫辦，訓練完畢之後，晉升為消防幫辦。這類職位，當時大半數是從英倫三島招聘過來的，只有小部分餘額在香港招募。表哥自少天資聰穎，但他表示不太喜歡唸書，在讀英中預科的時候，知道消防處招聘幫辦，未徵得父母同意，就自行報名，結果考取了。他驕傲的告訴我們，致勝之道有兩個，第一是能用流利的英語跟那些紅鬚綠眼的主考官無隔膜的溝通；第二是在體力測試的過程中，表現特別出色。

暑假期間曾替我上過幾堂英文的那位「源哥」，也在這時候，放棄預科的學業，考進啟德機場工作，接受訓練成為「飛行導航員」。以我理解，就是擔當與飛機師溝通，並指導飛機升降航線的工作。試想，如果英語不好，怎能擔當這種職位。在我們親友中，源哥讀書的成績，一直是表表者，考入港大應該沒有問題。他放棄升學而急於工作，唯一的理由就是在他家裏下面還有三個妹妹正在讀書，於是只好提早投入工作。他這種職業，工資和前景都非常不錯。

就在這時候，有同學問我是否考慮加入受洗的行列。開始時我覺得有點突然，但慢慢又覺得這一問，並非沒有道理。可能我的 DNA 含有胡思亂想的因子，自懂事以來，

就喜歡東想西想；年紀越大，積壓的問題更多。青春期之後，更多了情慾如何處理的問題。距離會考日近，對一戰定生死的惶恐，極權社會與自由社會的迷惑，加上心靈上不斷追問，這個宇宙有主宰還是沒有主宰？一時之間，心情頗為混亂。

就受洗與不受洗這個大問題，我似乎思索過一段不短的日子。說真的，這段日子，內心一直在交戰狀態中。在理性方面，受洗的機緣仍未成熟，但感性方面，我是祈盼受洗的。這有來自感恩，也有來自群體的心理。最後我選擇了受洗。感謝父母完全沒有阻撓，更感受到他倆無言的祝福。當時的很多細節已經記不清楚了，零碎記得的，是我請了坐在旁邊的L君，作為我的代父，我還挑選了John（約翰）作為聖名。大約這年復活節前後，在太子道西的聖德肋撒大教堂由劉曉明神父為我等一眾同學施洗。

中五下學期上課的日子非常有限，因為除了學校的畢業試之外，還有更重要的校外公開試：中中會考。甚麼時候開始考畢業試？正確的日子記不起來了，印象加上推算，應該是復活節假期後開始。同學們都把它視為一次總複習，也即是會考前的預賽。留在腦海中的，畢業試的過程差不多一片空白，只隱約記得校方有一德政，縱使畢業試失手，若在會考取得及格証書的話，校方也會自動給你補發畢業証書。相反，畢業試過關，會考失手，校方就沒有這個權力，教育署也不會為你簽發會考及格證書。

整體來說，當時社會生活的素質提高了。由於市民對

這塊土地慢慢熟悉和關心起來，各種要求自然也熱切，有時甚至發出不滿的聲音，而這種聲音也越來越大。也許這就是近日所謂本土意識萌芽的開始。另一方面，五六十年代，一批又一批，一浪又一浪的青壯勞動者從內地湧入香港，其初心是逃離共產黨的統治，自然產生一股抗共力量。然而，香港與大陸的關係又這麼密切，無法切割；而無論在金錢和人力方面，在政治抗爭中，代表台灣的力量和代表大陸的力量是無法抗衡的。在不斷「此消彼長」之下，達至平衡乃至逐漸超越，最後一方獨大，另一方黯然消失，整個過程我是其中的一個見證者。

以我的認識，香港的本土抗爭行動可以用天星碼頭加價斗零（五仙）作為揭幕。當時抗爭的代表人物是一位名叫蘇守忠的青年人，和一位英國女傳道員葉錫恩女士。詳情無法細說，用我的話來說，就是他們對社會當時的不公，發出巨大的咆哮，並得到眾多市民的支持。不過，事件很快平息了。這次抗爭事件發生在我的畢業試和會考之間，我沒有花太多精神加以注意和關心。說實在，那時期的社會，確實有很多警察和公職人員收受黑錢，以一句當時的順口溜，概括當時貪腐的現象，就是「有水放水，無水散水。」這句話是對當時消防人員收規的典型描述。此外，病人入住公立醫院，如果不先向那些負責清理工作的阿嬸給予小費，你就不會得到應有的服務。更嚴重的，社會貧富這時也極為懸殊。

這時刻更大的社會混亂在深圳河以北發生，那裏到處

都是火頭，也是中共稱之為「文化大革命」的開端。在我香港的生活圈子裏，還沒有感到人們互相批鬥的氣氛；但只要打開收音機，每天都接收到大陸電台的政治宣傳廣播。聽了總令人覺得奇奇怪怪，甚至不能瞭解。廣播員的語調，跟現今北朝鮮的廣播風格很相似，整天都喊著打倒甚麼牛鬼蛇神，又說甚麼反動派、甚麼擁護毛主席；歌曲總是播著「大海航行靠舵手」，其他都是圍繞歌頌毛澤東的。真不曉得大陸搞甚麼政治運動，正如俗語說的「不知葫蘆里賣甚麼藥」。

學校停課的前一天，我們都收到會考准考證。我報考十科，大約應考 20 場，絕大多數的考場都分派到培正中學，只有兩三場在九龍塘牛津道。這樣的分配對我非常有利，交通既方便，試場也是我認識的學校。每天考一至兩場，偶然也遇上停考兩三天的樣子，因此考試對我來說並不很繁忙。考一科試卷時，都安排在早上進行；連續考兩卷的，多在中途休息片刻，然後再考。每一卷約考 90 至 120 分鐘，整個考試斷斷續續連續三個星期左右。

母親為了更好的照顧我，著我會考期間返回蘇屋村住。記得第一科是考歷史科（此科後來分為中史和西史兩科），安排在星期一考。當時我們有個觀點，歷史科是典型硬啃的科目，我們對林老師的講義已經很有信心，我也在試前三天，開始背誦歷史筆記。人就是這樣，有充裕時間的時候，就不懂得專心一意，總是左思右想，想找捷徑。我忽然想起備考前服用提神劑咖啡。在此之前，我從沒有

喝過咖啡，而中國茶喝得太多了，不覺得它對提神能起甚麼作用。於是乎很想喝些咖啡。記得那是一個星期五的下午，我在家找了一隻最大的玻璃杯，到杜鵑樓的杜鵑餐廳，用三角錢買了一杯熱咖啡。也許沖咖啡的師傅以為我拿回去跟家人分享，這杯咖啡給的分量特別多、該應有平常的一倍半左右。我回家喝一口，覺得苦澀非常，但為了考好這個試，便硬著頭皮，將這一大杯咖啡喝個精光。這是第一次考試喝咖啡的經驗。

意想不到的，這杯咖啡，威力竟然這麼巨大。過了不久，已覺得昏頭轉向，整個人恍恍惚惚，又覺得昏昏沉沉似的。也許以渾渾噩噩來形容，才比較適合，否則找不出適當語句形容當時的狀態。本以為這樣的情況不會維持多久，可能加上心理作用，這種狀態竟然維持了兩天多，連晚上睡覺也覺輾轉反側。這次真的如廣東話所說「偷雞唔到蝕把米」。

開考前一天是星期日，那時候我正好是新領洗的天主教徒，星期天都必須到教堂望彌撒。學校的新教堂仍未興建，校園原有的小教堂座位不多，附近也沒有天主教堂，因此星期天來望彌撒的，很多都是附近的教友。為了減少擠擁，神父也沒有鼓勵我們星期天回學校望彌撒。剛好我家附近，有一間和蘇屋村差不多同一時間落成的天主教「聖老楞佐堂」，位於蘇屋村巴士總站廣利道的起點，對面就是李鄭屋村，教堂旁邊是剛建成的崇正中學。這時期，每個星期天早上我都會到這裏望彌撒，辦告解和領聖體。

崇正中學由崇正總會主辦，崇正總會是一個客家人的組織，當時我認定她是親台的右派組織。據聞鼎鼎大名的張發奎、薛岳、胡文虎等人都是這裏的會員。崇正中學是一所私立中學，佔地面積比較小，然而卻是這個小區內的第一所中學。當時佛教大雄中學和長沙灣天主教中學還未興建，距離這裏最近的，要數元洲街的德貞女子中學，和長沙灣道的九龍工業中學（官校，只收男生）。

當時培正中學和今天一樣，位於窩打老道和培正道的交界處。幾十年來，培正校園的面積沒有擴大，但校園內的建築物多了很多。當年我在這裏參加會考的大禮堂，以及旁邊的球場，如今已建成多棟多層的教學大樓了。會考開始的第一天，為了避免交通阻滯，我很早就到達考場了。由於時間尚早，我在附近找地方吃早餐，最後在梭亞道找到一家僭建的小食店。該店售賣的是一般大牌檔的免治牛肉粥、艇仔粥、腸粉和油條等。我進去的時候，已經有很多學生在裏面吃早餐了。相信這間小食店，客源有過半來自培正中小學。

這一天考的科目是歷史科，分兩張卷考，一張是中國史，另一張是中國以外的世界史，全部都是長題目，沒有填充和選擇題，我們稱之為「作文」。我考得怎樣，實不敢置評；雖然寫了很多字，可能全部都屬於垃圾。接著考的是我最有信心的科目——乙數，幾何與三角一張卷，算術與代數為另一張卷。意想不到，竟然大出意料之外，考得一塌糊塗，尤其是幾何與三角那一張卷。稍為安慰的

是考完之後，大家都說這兩份卷，題目非常深奧。接下來的兩科是物理和生物，我自己覺得考得還算滿意；尤其是物理科，信心爆棚，自以為全卷都懂得回答，只會有 careless mistake。是耶？非耶？放榜自有公論，這一卷挽回了我之前失去的自信心，確屬事實。

另一個試場位於牛津道的英華書院，考的科目大概是英文科。英文科的卷數應該最多，大約三份左右。這一區是九龍區低密度豪宅區，也是名校區，那天我從界限街沿何東道走，繞過瑪利諾修院學校直往牛津道。在香港，校舍建築得美侖美奐的中學不下數十間，但總覺得像歐洲古堡的瑪利諾應該獨佔鰲頭。當時英華書院附近還有一家很大的私立英中「模範」，鼎盛時期有三千多學生，除了「模範」之外，我想不到還有哪一間中學學生超過三千人。自從免費教育實施之後，不少私立學校逐漸凋零，當中包括「模範」。著名的喇沙中小學，也在這附近。

在會考期間，我認識了一位新朋友，是南生棠哥的胞弟。他也是應屆會考生，家住元朗，有若干科目，編排在九龍的試場應考。當日的交通沒有現今這麼方便，因此他需要在南生暫住幾天。棠哥吩咐我照顧他，實在是客氣的話。我所能幫得上忙的，大概只能告訴他，坐甚麼巴士路線到達應考的學校。他來過市區沒有多少次，正如我到過元朗只有一兩次。在閒談中，他告訴我，他有一位住元朗的鄰居，小學會考派到港島銅鑼灣區官中名校「皇仁」，每天早上五點前就要離開家門，但沒有告訴我他甚麼時候

回到家裏。

　　最後考的一科是地理。除了英文科之外，其他九科之中，我最提不起興趣的就是地理科。課程由兩大板塊構成，自然地理和區域地理。記得區域地理範圍很大，近的有朝鮮、日本、東南半島……，遠的有美國、歐洲……等等，唯獨沒有中國大陸和台灣。當時沒有人提出問題，相信問了也沒有答案。我一直不肯挪出時間和心情，去溫習這個科目。可能是上天憐憫我，並給予我一個很好的溫習機會。考試當日有一個並不猛烈的颱風，在香港周圍徘徊數天，教育署因此將考試日期順延了幾次。但不知道甚麼緣故，我總是提不起勁溫習，相反，卻希望會考盡快結束。現在回想起來，這種既不發奮，又不敢放棄的心情，並不好受。

　　會考完畢後，最焦急的大概是等待兩個月後放榜。記憶中絕大部分的同學，都準備升學，包括我自己在內。除了少數將會入讀師範學校和某些專科學校外，其他要升學的，都必須先報讀新制中六預科，然後參加中文大學的入學考試。報考中文大學的最低門檻，是中中會考及格，包括英文科在內。所以申請入讀官、津、補中文預科班的，都必須具備上述的條件。可惜我們的學校，當日還未開辦中六預科。這些準備升大學的同學，都盼望會考得佳績，可以入讀心儀學校的預科班。

　　班上有沒有舉辦謝師宴，真的記不起來，腦海中完全沒有這個印象。但答謝陳修老師為我們（約十人）免費補習數學的那次聚餐，雖然酒微菜薄，當時很多的情景，至

今仍然歷歷在目，揮之不去。這次聚餐，可以算是一次小型的謝師宴。

這頓晚飯，安排在彌敦道平安大廈的「泉章居」酒家。在我的記憶中，「泉章居」是香港飲食業聯營的始祖，經營東江客家菜為主，輔以「抵食夾大件」的綽頭作為招徠。當時一般人消費能力不很高，這裏能給予客人經濟實惠的感覺，故享有不錯的口碑。那天點的都是這裏的經典招牌菜，包括：東江鹽焗雞、梅菜扣肉、炒爽豬肚尖、客家煎釀豆腐、菜遠炒牛肉。

散席後，我私下跟老師聊了幾句。很傷感的告訴老師，考試之後到現在，我仍然懷著愧疚心情，原因是乙數的表現極為失望，恐怕連及格都成問題。老師聽了，不加思索的回答：「如果你都不及格，誰及格？不要怕！」這簡單的回答究竟是一般的安慰？還是透過他的感受而作出的判斷？我當然沒有能力判斷，但這句話不但當時震撼我，還清晰的在腦中留到今天。

對老師的憶念，不單是他的學問和教學方法。他的教學方法曾引起班上同學爭議，這方面我不適合作任何評論。測驗或考試時規定我們將答案寫在試卷右下角，這是他的指定動作，其他地方則用作算草。測驗考試後他都會解題，有時會講出個別同學不同的做法，我記得有三兩次，是拿我的算草解題的。這種教學方法，對我來說起著很大的鼓舞。也許這是自己美麗的誤會吧！

我很少聽歌，更不懂唱歌，肯定不是一位樂迷。但不

能否定的，在我的人生旅途中，在心靈的深處，留下了若干首歌曲。有粵語的、有國語的，也有英語的。這些歌詞蘊含著多方面的情懷。説也奇怪，入選的準則，我並不清晰知道。也許這是生命的秘密，我稱之為「情懷」。其中一首，是當日很熱的美國民歌 Five Hundred Miles。若沒有這首民歌，相信畢業晚會的情景我會忘記得一乾二淨。

會考剛結束，有幾個熱心的同學向學校申請在新落成的大禮堂，舉行畢業慶祝晚會。校方很快答應了。這個晚會由籌備到演出，只有一旬左右，不可謂不快速。其中一個節目，是幾個同學背著電結他，邊彈奏邊演唱這首 Five Hundred Miles，結果獲得台下熱烈的掌聲。據我得到的資料，他們從頭到尾只有一星期練歌夾 band。由於電結他價錢不菲，更有部分是向有心人借回來的。印象特別深刻的是 T 君，他跟我五年同班，是小學會考派進來的，當年是全班個子最小的一個，但畢業時，肯定有 1 米 80。晚會的其他節目，印象非常朦朧，甚至一片空白。或許有一天，我們這群老同學相聚時，你一片我一塊的，可以將當晚的情景砌拼出來。

重聽 Five hundred miles，感慨無限，和 T 君自此分別之後，再也沒有聚首，有同學知道他已經移居美國多年。同期畢業的同學約 50 人，全班同窗至少兩年，這分情緣實在難能可貴。至今仍然經常見面或互通消息的，約有半數。現在互聯網發達，失散的同學，總有機會重逢相聚。

整體來説班上同學是團結的，但有些活動並不是每人

都會參加。例如有些人夾 band；有些人找別校的女生開舞
會。這些活動我不單沒有參加過，連通知也沒有收過。因
為彼此知道對方的性格不同，不被邀請並不代表被孤立。
在這段閒暇的日子裏，最多同學拿來消遣的，首推中國象
棋。兩人一起的時候，只要彼此有意，就會有人從褲袋裏，
拿出一副象棋，攤開紙棋盤，對奕起來。如果沒有適合的
地方，就蹲在地上也不計較。班上的象棋高手雲集，不知
道甚麼原因，我對中國象棋始終不感興趣。就在這個時候，
我學會了兩種新玩意，一中一西。

　　西式的玩意是橋牌，一種摩登玩意。聽說當時大學生
也很流行，我不知道是否想追上潮流，很快就被這玩意吸
引住，並到書局買了橋牌的書看，學習那些甚麼自然制、
精準制等技術。中式的玩意是麻將牌，大多都在 S 君家裏
玩。在他家裏他不但招呼我們打麻將，連他媽媽也經常煮
些精美的家常小菜，款待我們這群不速之客。説到這裏，
最近收到 S 君消息，他將於 10 月從加拿大來港探親，到
時我們又可能會在麻將檯上切磋較量一番了。

　　等放榜兩個多月的日子裏，父母差不多給予我完全的
自主，他倆每天卻都在不斷為我們的開支營營役役。這分
恩情，並不曾因時間而淡忘，反而感覺越來越濃烈。

　　由於大家都受到經濟條件的限制，在我的同學和親友
中，沒有人利用暑假到世界各地旅遊或遊學。香港人超過
一天外遊的旅行，是在七十年代才逐漸興起的。對我們這
群受半洋化教育的年青人來說，深圳河以北遼闊的神州大

地，本來是磨練體魄，找尋歷史的最佳場所。那裏消費特
便宜，物質簡單，深信很多同輩都會期盼接受這些磨練與
體驗。因為我們所讀的經典如是說，西方傳過來的《聖經》
也如是說。奈何兩地不特欠缺互動，還互相阻隔著，很多
人稱彼岸為「鐵幕」。也許當時我們沒有大智慧和大勇氣，
處處表現得無所適從。

這期間，特別很多同學組織露營活動。我參加過其中
的兩次，地點都是西貢區。很多人說香港是彈丸之地，但
當時很多地區我也沒有到過，西貢就是其中的一個地區。
它位於新界東部，當地人以漁農業為主，人口相對的稀疏，
這裏到九龍市區的交通不太方便，相反，到新界和各離島
的街渡就比較多。那年我們分別在西貢北部和南部紮營，
兩地有截然不同的感覺。為甚麼選擇這地方，而不選擇別
的地方？我想這跟領導者的個性和認識有密切的關係。

第一次的西貢露營由 K 君策劃和帶領，由於露營的時
間有好幾天，因此營地也轉換了好幾次，但都在西貢的北
面。例如高流灣和蛋家灣等地。這些地方房屋疏落，也分
不出哪家是耕種，哪家是捕魚的。當地人的衣着、談吐、
舉止，和市區的有明顯不同，他們看起來好像時光倒退了
一百幾十年一樣。我光顧過這裏的小士多，裏面都是黑沉
沉的沒有電燈，原因是當時這裏還沒有電力供應。不過，
我們卻可以喝到冰凍的汽水，這是甚麼原因呢？老闆告訴
我們，他們的雪櫃用煤油爐來發電，是從英國運來的。當
中的能量如何轉換，至今我仍然懵然不知。

露營期間，我和同學曾到西貢墟購買糧食。墟內都是窄窄的街道，街道兩邊是排列緊密的小商舖。留下最深刻印象的，就是看見一位穿着道袍，一邊背着葫蘆，另一邊背着藥箱，自稱來自羅浮山的道士，他正在沿街售賣他的百草藥油。有一天，我們的活動是僱用一艘小艇出海，記得划船的婦人年紀並不很老，但已經滿面風霜。她跟我們講她自己的故事，絕大部分內容我已經忘記得一乾二淨，只記得她叫「石亞嬌」，是塔門人。有同學問她到過九龍沒有？她回答說沒有，最遠只去過西貢墟。這次航程我們分別在塔門和棺材角上岸，其他的情況就沒有太多的印象。塔門的碼頭當時建得有點規模，據說單是在這裏採鮑魚的已經有二三十戶人家。當年島上已經設有小學，按道理人口應該不少。棺材角沒有碼頭，石亞嬌把艇隻泊在適合的地方，就讓大家上岸。這裏有很多大巖石，形狀似棺材，因而得其名。

另一次的西貢露營，策劃和領隊者是 L 君，紮營的地點是龍蝦灣，一個可以游泳的沙灘。我們到達之前，已經有些人紮營在這裏。到處都聽到收音機或當時流行的卡式錄音機播出的中西流行歌曲。海灘上泳客不少，較多的是年青男女。有幾部雪糕單車停在那裏售賣雪糕、冰條和汽水，個別還售賣其他的零食。整個現場有點像嘉年華的氣氛。記不清楚我們在這裏過了兩個還是三個晚上。大家每晚都大談放榜後的去向，甚至高談自己的理想和抱負，直到深夜。有一個早上，大家一同訪問落成不久的湛山寺。

當日我對佛教抱有極端的看法，主要源自坊間的庸俗，但這裏的景象，卻像超凡入聖，高不可攀一樣。一時真的搞不清楚佛教是甚麼東西，並完全不知道這是出於自己的思想局限，不得其門而入。

在等待會考放榜的日子，還有兩件事一直留在心底。「阿業」是我班上兩位同學的好友，年紀比我們大幾歲。因著他們的關係，我和阿業亦算得是好朋友。他六十年代初來香港，是個知青，曾投身當時的新興行業，裝配原子粒收音機。不知道甚麼原因，阿業這時擁有一批原子粒收音機，於是他的兩位好友，慫恿我和他們一起在街上銷售這些庫存的收音機，每賣出一部就可以得到一些回扣。我們在街上一共擺賣了好幾天，銷售的成績卻不太理想，售出的數目都不超過十部。我相信這不是價錢問題，因為每部只售二十多元。銷售不理想，我想原因就是質量問題和我們的銷售技巧。另一件事就是在這期間，我到集成書局分多次買了幾本台灣出版的書籍，如《三民主義初階》、《總理與總統》、《北伐的勝利》等。一方面是為了準備明年投考台灣的大學，另一方面也想揭開中國現代史的神秘面紗。

終於 8 月 13 日星期六的放榜日期到了，那天還未天亮，我便跑到報攤買了一份《星島日報》，迫不及待就地打開看。結果鬆了一口氣，我榜上有名，更驚訝的是排在全班最前面的第一人。（排名不分先後，純粹是誤解。）

從報紙上知道自己會考及格，對我來說，這只是過了

第一關，接下來起碼還要再過兩關。等到下午回學校領取了會考成表之後，後續的事情就自有分曉了。

還有哪兩關？首先第一關就是要知道英文科及不及格。為甚麼不關心中文科呢？因為中文科如果不及格的話，一定榜上無名。可是英文科不及格的話，無論升學或就業都有很大的阻礙。第二關就是要知道所考各科的成績。當日各科的成績分成七個級別，包括，A、B、C、D、E、F、G。A是優異，B、C是良好，D、E是及格，F、G是不及格。100% 考生的總人數，並非平均分配在這七個級別上，各級的分配數額差異很大。在我的記憶中，A是極為少量的，而D、E、F所佔最多數。當時有個流行術語用來形容會考成績，叫做「光頭」，意即僅僅達到會考最低及格的要求，用打橋牌的「justmade」最容易去理解「光頭」的含意。但在意境上又相去甚遠。也許我曾參與過舊制會考，也是個曾沉迷打橋牌的過來人，最能感受到「光頭」和「justmade」既同且異的感覺。由於表達能力所限，妙處實難與大家細說。

這次放榜，家人沒有過分的關注，對我來說減少了很大的壓力。「會考」只有姐姐去年參加過，父母和兩位初到香港的哥哥，都沒有這種經歷。或許從今天的角度來看，當日做父母的欠缺了對子女的鼓勵和讚美。此刻不是評論誰是誰非的時候，只能簡單的稱之為「潮流」。每念到父親無言的信任，母親多番的訓勉，心中湧現的感慨，既不是苦也稱不上是樂，大概是我們所說的「追憶」。相信我

們這輩讀過書的人，縱使達不到「揚名聲，顯父母」，也想盡力爭取最好的成績，以回答父母的恩情。

　　報紙上我班及格的名單，人數共有四十多人。記得班上的總人數還不到 50，以這樣看，全班的及格率相當高。至於不及格的有幾人，我實在記不起來，記得名字的只有兩個，其中一人在中四的時候已經告訴我，他要放棄學業。另一人文質彬彬，沉默用功，真不理解他失手的原因。至於住在我家附近的「蘇屋四怪」其他三怪，都順理成章都過了第一關。還記得他們早在放榜前夕，就和我約好一起回校領取成績表。

　　提到「蘇屋四怪」，不期然令我想起三位中一時曾經同班的同學，腦裏馬上浮現出他們昔日的情景。我們四人同住海棠樓，這肯定是難得的機緣。第一位張君，是他介紹我到這裏就讀的，但不到兩個月，他和朋友在荔園的外海因翻艇不幸溺斃。據聞他是個擅泳者。第二位是同樓的梁君，中一之後全無踪跡，在蘇屋村再也沒有見過他。第三位阿拾，是我最熟悉的一位。曾有一段時間，我們形影不離，這時候他已經轉校多時，因此他要在下一年度才能參加會考。還記得，我們那時一年裏總會見面兩三次。在最後一次見面時，他告訴我，他跑 100m 的成績在全港經常排名 4 至 6 名之間，很有機會代表香港出賽 4X100m 接力。自此之後，我跟阿拾的交往，越來越疏遠，最後彼此全無音訊。

　　至於「蘇屋四怪」這個稱號，是中四時某「口痕友」

為我等四人冠以此號的。不知道甚麼原因，這個平平無奇的稱號，竟然一炮而紅，甚至沿用至今。當中有人可能覺得有點過分，為了事後補償，於是改為「蘇屋四傑」。一字之差，相去幾何！我們四人當然都住在蘇屋村，S君住荷花樓，T君住茶花樓，CC和我則住海棠樓。此外，我們還有相同之處，就是都曾經在大陸唸初小。S來自南京，T來自潮汕，CC來自上海普陀一帶。他們三人都是高個子，唯獨我既肥又矮。除了S君比較斯文有禮之外，我們三人都是無禮好辯之徒。T君鍾情文史科，其餘三人喜愛數理。如今中學畢業超過50年了，我們還時有相聚，舉杯暢飲，更多是往往爭論到面紅耳熱，天南地北無所不談，然而彼此亦有互相提攜之處。今天縱使分散在海內外，四人的聯繫也從未中斷過，這也或許拜「蘇屋四怪」這個名號所賜。

領成績當天，四怪在甚麼地方集合，實在記不起來。但有一事由我出主意的，還記得很清楚。我要求大家將口袋所有的錢都拿出來，扣除了當天所需的車費之後，其餘全部交給我，由我全權發落，大吃一頓。他們也真爽快，全無異議。我帶著收得的錢，找了一家合意的酒家或飯店，準備把它花光。我選了一家有閣樓的客家菜館，點菜時倍加小心，因為超出限度的話，就不夠錢結帳；剩下過多的話，又會讓他們覺得我太吝嗇，我也不好意思向眾人交待。記得那天點了四道菜，印象最深刻的是那道「三鮮牛脊髓」，因為光是這道菜就超過三元；最後，我還叫了一瓶

大啤酒，並預留每人吃三碗白飯的款項。這樣大吃大喝和同學盡情消費，人生還是頭一次。

回到學校，因為還在暑假期間，除了兩個球場有同學在踢球之外，其他地方都看不見人，頗覺得冷清清。唯一能看到的是校長室旁邊的公佈板上，貼滿了英國（英格蘭）首次奪得世界杯的報導。

那天記不起等了多久，最後在課室或禮堂，從教務主任或班主住的手中接過了會考證書和成績表。翻開成績表一看，英文科幸運的過了關，考獲 E 級。有一科不及格，是地理科，只有 F 級，我並不覺得驚訝。考得最好的兩科分別是乙數和物理，都是 B 級。乙數考取 B 級是意料之外的，因為我覺得當日考得很差。較好的還有歷史科，考得 C 級。其餘都是 D、E 級，而且 E 級比 D 級較多。

據我所知，歷史科是全班考得最好的科目，共有十多人得到優良成績。英文科雖沒有聽到有人考得佳績，但不及格的也只有兩三人。對中中來說，實屬難能可貴。生物科大家都覺得考得不錯，但整體成績並不理想。原以為生物科我會考得比較好的成績，結果只有 E 級。不少的同學告訴我，他的生物科成績不及格。

會考的成績確定了，要逆轉差不多也是不可能的。不僅我，相信大部分的同學，在學校的成績表現，和在會考獲得的成績，大致都是脗合的。同學之間沒有拿著成績表互相比蛟，也許基於禮貌和心理原因，彼此對自己的成績大多數都是半公開和半隱蔽的態度。以我的理解，同學之

間的成績，差距肯定是有的，但總括而言，尚接近平均。當年是第二屆中中會考，整體來說，已經辦得不錯。坊間傳聞，每科都由一位現任老師出題、若屬事實，那麼我就覺得有欠公允了。對於這個傳聞，我認為有一定的可信程度，因為當年各科的試卷，和上一年比較，風格和深淺程度，差異實在很大。以數學為例，在我後來教書的年代，題目的分配大概是相當明確的，深淺的程度，也有跡可尋，但在我參加會考的那年，卻是羚羊掛角，無跡可尋。千萬不要以為這是難易的問題，只是風格差異而已。打個比喻，我們當日享用的好像是「私房菜」，後來品嘗的是享譽國際的大型飲食集團的出品。

那天離開學校的時候，留在腦海中，只記得有人提出，星期一早上要到瑪利諾神父中學報讀中六，這間學校至今同學都稱之為「瑪記」。這所學校我是比較熟悉的，因為我的七妹在那裏的英文部就讀，好友阿拾也正在那裏讀中四。該校位於九龍仔大坑西，是一間由美國天主教主辦的中英文男女學校（附有小學），是當時全港唯一一所天主教的男女中學。香港天主教區主辦的中學，一共有數十家，全部都是男女分校的。由於當年我校仍未開辦中六（大約一年之後才開辦），我們要讀中六的話，就要另覓學校。一年制中六這種學制，我相信以後都不會再出現。為甚麼？這種學制，九月初入學，師生還未互相熟悉，明年初便要停課考結業試，繼而參加大學入學試。一年的學制，大部分時間都花在考試和彼此認識的過程上，正式上課學

習的時間全部不到一個學期。

　　我也交待不清楚、當時為甚麼沒有想過投身工作。這當然是在父母全力支持下才能積極找學校讀中六。我選擇讀書的範圍很狹窄,只是數學和物理。這個選擇早在中四就決定了,其中只曾有短短的一刻才考慮過生物科,目的是想窺探生命的源頭。最後,還是由於自己思想的局限,主觀的認為宇宙的「絕對真實」,是隱藏在數理世界之中。

　　或許由於性格加上機緣,當年我心目中完全沒有甚麼偶像。就以父親為例吧,我尊敬他,但太熟悉了,太接近了,稱之為偶像有點不妥吧!少數我尊敬的長輩和師長亦然。說也奇怪,歌星和影星,加上球星或運動之星,我從沒起過很大的嚮往之心,至今亦然。至於政治人物,例如孫中山、蔣介石、毛澤東、周恩來等,我對他們也是認識不深,難生仰慕之心。至於大賢大聖的孔子、釋迦、耶穌,由於人生閱歷淺薄,雖然產生過敬重的心態,但未至於起了五體投地敬佩的情懷。如果當時一定要我說出心中偶像,很大機會我會說牛頓和愛因斯坦,甚至是剛得到諾貝爾獎不久的楊振寧和李政道。

　　在我當年眼中,有名氣的中文中學並不多。在九龍甚至全香港範圍內,我大概會首推培正中學,港島則推金文泰官立中學。當年沒有聽過有同學到培正報名,很可能培正不招外校生。我打算下星期二到金文泰官中碰碰運氣。

　　到了星期一,一早到了「瑪記」。到達時竟然看到還有同學比我早到,而且陸續有來。真的想不到,超過半班

的同學都來申請入讀中六。這裏開設了兩班中六，文、理各一，學額大約一共 80 人。會考成績差不多是錄取的唯一因素，我也忘了有沒有面試這一關，只記得很快便知道是否獲得錄取。結果我落選了。班上入選的同學，文、理組合共 10 人左右，他們的會考成績應該考得不錯。

落選之後，我才開始擔心，因為明天投考金文泰官中的機會更加渺茫。於是決定星期三再報考一間開辦不久的補助中學——李求恩紀念中學（在體制上，培正、波記、瑪記屬同一類中學）。這次投考「瑪記」落選，最主要的原因，是我的英文科成績只有 E 級。這説來也是公允的，因為投考中文大學的中中考生，有 50% 英文科是不及格的；相反，英中的考生亦有 50% 中文不及格。而中文大學入學的要求，中英文科都必須及格，況且我的中文科成績也只有 E 級。

星期二來到北角炮台山金文泰官中，接見我的是一位女教師，年紀跟我的母親相若。我跟她談話時，發現她説話帶有父母的鄉音，便有一種無形的親切感，於是緊張的情緒，在不知不覺中變得暢所欲言，但我仍然不敢問她的故鄉是甚麼地方。在交談中她告訴我，她也姓潘，並得知中六的數學科由她任教。面試完畢，臨走時她認真的問了一句：「這裏的學額很珍貴，若被錄取，你會放棄嗎？」我堅定的回答説：「不會。」她這才叫我回去等消息。我知道以我的成績，跟本輪不到我入讀金文泰。

後來從各方面得知這位潘老師更多的資料。她全名潘

海虹，南番順人士，説不定幾代之前，我們都是一家人。她是這裏的資深數學教師，丈夫是當年香港著名的數學教授周紹棠，夫婦二人畢業於中山大學數學系。我們後來中六所用的那本《集與邏輯》，就是周教授的大作。人真的奇怪，十分鐘左右的面試（也可以説是交流），竟然可以讓我留下這麼深刻的記憶。

　　星期三早上，我又到新蒲崗李求恩紀念中學報名。經過簡單的報名手續，我被錄取了。有了一個政府補助中六的學籍墊底，心情這才稍為放鬆一下。記得當天回家時，我還到過巴富街官中（即今天何文田官中）叩門，但被拒絕了。

　　這一天，突然收到一個消息，有些同學準備星期六（或許有一兩天的誤差）遠征元朗，報讀元朗公立中學（即元朗官中）的中六課程。起初我是有點猶豫的，因為路途太遠，走讀在當時並不可能。在元朗就讀的話，我一定要租房子居住。打算到元朗報名的同學，和我同住海棠樓的諍友 CC 君也在其中，因此我也參加了這次遠征行動，結果幾個報考的同學都被錄取了。

第十五章

元朗機緣

十五、元朗機緣

　　我認識元朗這個地名，很大機會來自過去我對「米舖」的認識。舊式的米舖，今天已經很難在香港找得到。童年時候，米舖林立，就像今天的超市那樣興旺。到了七八十年代，超市興起，米舖才逐漸被超市取代，銀行這時也隨著經濟發展而漸漸多起來。當時曾經流行過這樣的兩句：銀行多過米舖；投注站多過米舖。也許從這兩句話，你會想像得到五六十年代時，米舖林立的景象。

　　米舖為甚麼會與元朗扯上關係呢？昔日的米舖，顧名思義，就是只賣白米的店舖，店前往往放了很多大木桶，裝滿了不同種類的白米，白米上還插有竹或木製的標籤，上面寫上白米的品種和價格。印象中當時最便宜的每斤約三角，但都是「米碌（碎米）」；最貴的大約七角。優質的高價米大多都寫著「元朗絲苗」或「元朗齊眉」。我是這樣通過米舖售賣的白米開始認識元朗的。時至今日，齊眉是絲苗中的一種，還是不同的品類，我仍然不得而知。

　　腦海中曾經留下一幕，是當年有一位中年婦人，到我們店裏央求父親幫她打電話，找尋在元朗工作的哥哥，通知他母親病危。在父親協助這位女士的過程中，我知道當

時打電話到新界，並不方便，除了要加撥一個地區字頭之外，還要另付額外的電話費，有如打長途電話到外地一樣。今天，全香港的電話號碼已經統一不再分區了，但我沒有注意到甚麼時候全港的電話開始統一號碼。

記得我第一年來港，在三年級上學期的社會教科書裏，就有介紹元朗和青山的環節。元朗是香港最大的平原，與東部的大埔上水等地，是全港農產品的主要來源地。書中有一張插圖，是青山寺的山門，刻有「回頭是岸」四個大字。老師跟我們講了有關青山寺很多的故事，其中包括超過一千年的「杯渡禪師」。不知道甚麼原因，「回頭是岸」的意思，老師沒有跟我們講，卻向我們解釋，以前青山稱為屯門，是因為唐朝已經在那裏駐兵。

慢慢從父輩口中得知，新界（元朗和大埔）當日是臥虎藏龍之地，很多昔日國民政府的要員和鄉鎮的大天二（古惑仔），當時都隱居在新界。他們大多以務農為主，真的可謂大丈夫，能屈能伸。以我所知，其中以大埔李福林將軍經營的「康樂園」果園最為出名。康樂園尤以橙、荔枝、龍眼的品種特別優良，多數供應港區高級辦館銷售。元朗墟有幾家老餅家，而大同、恒香、榮華等老餅店的老婆餅，更長久行銷港九各地。到了年底，元朗的臘腸、臘肉，都比大陸貨貴若干個價位。我對元朗的認識，都是由這些生活碎片和舊事傳聞點滴砌成的。

新界很多地名，我到現在仍然未能完全弄清楚。如元朗、八鄉、十八鄉等地名，我覺得它們很多時候好像你包

含我，但又像我包含你。例如昔日的八鄉四寶，分別為青山魷鰍、流浮山生蠔、元朗絲苗、天水圍烏頭，依照上面的說法，元朗是屬於八鄉；但很多時候，元朗這個名稱，又統攝上述各個地區。唯一合理的解釋是，元朗有時是指大範圍的元朗，有時是指市中心大馬路及附近的小元朗。

　　我到香港以來，由於空間距離對我來說太遠，一直未有機會踏足元朗，我只到過它外圍一帶的青山。第一次到元朗是中學畢業旅行，目的地是元朗南生圍，時間是剛考完畢業試，距離會考的日子非常接近。由市區到元朗只有兩條巴士線，一條是沿著青山公路，荃灣，深井、青山到達元朗，另一條由荃灣、川龍、石崗、錦田進入元朗。兩線的車程都超過一小時。當日我們的旅行採用第二條路線。記得當天還有幾個同學逞強，在錦田下車，然後步行到目的地。南生圍這裏周圍都是魚塘，魚塘旁邊滿種有如垂柳的樹木（不知其名），風光如畫，難怪這是拍攝電影取景的地點。有兩三位同學，帶了不知從哪裏弄回來的海鷗牌相機，拍下不少黑白的回憶。我們到過元朗的中心──元朗大馬路，這裏週邊的布局，不像市區其他的街道，反而有點像我家鄉容奇鎮的大馬路。當然這裏比較寬闊，市面也比較興旺。

　　可能大家已經感到離別在即，一場硬仗又擺在眼前，那一天大家都有盡興而回的心態。我們後來還去了天水圍，眼前一望無際的耕地，當時我心中突然湧出一個疑問，如果這裏興建高樓大廈，將可容納多少人口？那天解散

後，我還記得，幾個較為熟落的同學，包括諍友 CC，大家捨不得離開，最後走到荔園門外的泥地上坐下聊天。那時正值展開大規模的填海工程，美孚接駁葵涌、葵興的高速公路也在施工中，我們開懷大訴心中情懷，說到激昂之處，大有「涵蓋乾坤」的氣魄；悲觀之際，又感到前路茫茫，大有「為賦新詞強說愁」的哀傷。回頭一算，此情此景，不覺已超過 50 個年頭了。

到元中報名升學的同學，有幾個得到錄取，CC 和另一位同學後來改為選擇師範學院，剩下的兩三人當中，也因各自的理由放棄元中，結果只有我一人打算到元朗升學。由於開學的日子快到了，也不曉得哪裏來的勇氣，我最後還是堅持獨自留下來，入讀元中。

得到當地人的指點，我在博愛醫院後面不遠處的小商新村，找到了住所。當時那房屋還很新簇，相信剛建成不久。一進村口的是一座牌樓，牌樓後面有一條幾十米的直路，左右兩面是小巷子，一百多間兩層的小村屋排列在五六條小街的兩邊。我猜每間地基面積大約 250 平方呎；樓下有一間小廚房，但沒有廁所，村裏另有公廁設在村盡頭的右隅。我租了其中一棟小村屋，還記得月租 80 元，聽說這樓房售價大約 8000 元。

說也奇怪，搬過來的時候，被鋪、衣服、書籍等物品，現在一點印象也沒有，但從鋪頭大量採購帶來的食品，卻印象猶新。包括一大批東莞孔雀米粉、珠江橋牌豆豉鯪魚、回鍋肉、台灣蘭字辣蘿蔔等。我搬進去沒有幾天就要開學

了，在開學前一天的星期日早上，我在村口的豬肉攤（只有這一攤子）買了幾兩豬肉，加上帶來的煲湯料，如蓮子、茨實、百合、蜜棗等，煮了一大鍋豬肉湯，準備這樣可以吃上兩天，每餐只要加一些米粉，再佐以辣椒蘿蔔。

分不清是早餐或是午餐，在我享用第一碗豬肉湯米粉的時候，有人敲門。開門一看，真想不到，竟然是舖頭的尹沛叔。他家住洪水橋，離元朗不算很遠。我一面請他進來，一面心有戚戚然，擔心家中發生甚麼大事。尹沛叔坐下之後，得知是父親托他過來，因為家裏收到金文泰的入學通知，著我慎重考慮是否接納。我也不清楚當時是怎樣作出抉擇的，很快便回覆了尹沛叔，請他轉告父親大人，我決定留在這裏。

尹沛叔走後，也不知是甚麼原因，內心有很多零碎事情，不斷的湧現心頭。這時候我才體會到，自己的心境並不能完全由自己控制；胡思亂想的時候，自己竟然束手無策，無法終止。

當時我在想甚麼？既然是胡思亂想，自然是忽東忽西，凌亂而且漫無目的。不切實際的問題不斷向自己提出，例如這封入學通知書如果早一星期收到，不是甚麼問題都解決了嗎！但自己又反駁自己，這提問是不理性的，因為自己深知成績未達正取生的標準。在胡思亂想的時候，有兩個人的影像，不斷的在惱海中浮現出來。

第一位是我父親，他沒有向我下達甚麼指令，只是盡他最大的努力，托尹沛叔用最快捷的方法將入學通知書送

到我的手上。當日元朗小商新村對市區的人來說，它的隱蔽和隔涉，很難用文字交待清楚。我在尹沛叔面前毅然決定留下，一半是真情，一半是造作。造作的原因，是因為我當時的態度，尹沛叔必如實告知父親。如果我表現得猶豫不決的話，將會為父親添加不少掛慮！真實一方面，我也希望藉此清靜而獨立的環境，能有機會成就自己的學業。但當時，哪又有能力體會到，外境的寧靜，和心境的寧靜，是截然不同的兩回事。第二位是金文泰中學的潘海虹老師。當日面試之後，內心產生兩股逆向的感覺：一面是深覺成績未達錄取的標準；另一面是潘老師的諄諄垂詢。我當時已深深感覺到她有心提拔我，故有被錄取的預感。最後，理智始終戰勝了感覺，我沒有信心一直等下去。

「小商新村」，以我估計，是當地小商販組織向政府爭取回來的福利房。顧名思義，這些業主，都是一些攤販甚至小資本商户，裏頭一百多個單位房屋，表面看似沒有空置，但重門深鎖的為數不少。在這裏看見最多的是五十開外的阿姨和阿婆，看管著還未入學的幼童；壯年的男女，很少看到，大概都在外面全力照料自己的小生意。從小商新村走到坳頭元朗中學大約十分鐘的路程，走到元朗市中心大馬路大約需要 20 分鐘。

煮了一大鍋豬肉湯，原是為了可以讓自己在上學之外，其餘時間無論溫習也好，養精蓄銳也好，都能留在住所，餓的時候，弄點豬肉湯米粉來吃。但那時又怎能按捺得住自己的凡情習氣呢？看看手錶，還未到五點，竟然又

生出了各種各樣的藉口，心裏有念頭想利用這個空檔，到大馬路走走，讓自己多認識元朗市區一點。

出了小商新村牌坊，經過二三百米崎嶇的沙泥路，看到左右兩邊都是菜田，一部分已經荒廢了。到達位於公路（青山公路，元朗至錦田段）旁邊的博愛醫院之後，沿公路向西走，目的地是要到元朗大馬路。公路的左面，是一望無際荒廢了的稻田，田地上還留下收割後突出在田土上一塊一塊的禾稻草頭。我想這些田地廢耕只有一兩年。為甚麼會有這麼多農田廢耕呢？我當時感覺到的原因，是香港工業開始發展，勞工工資這時不斷漲升，正急需大量勞動力。行行不覺已到了當日元朗的地標「雞地」，那天大概不是墟期，時間又接近黃昏時候，這裏只是一片空地，顯得特別冷清。以我理解，以前的雞地就在今日元朗西鐵站或其附近。從雞地沿著公路繼續向南走不遠，就是元朗大馬路。

那天先經過的是一些有歷史性的老店，它們雖不至於破舊殘缺，由於多年不曾維修，望進店內，大多是黑沉沉的，顧客也非常疏落。這立即勾起我的回憶，故鄉容奇鎮的大馬路也是這樣。意想不到的，以出售老婆餅遠近馳名的恆香老餅店，也不過這個樣子。這裏的店舖，全不起眼，除了幾家中式餅店外，還有一些門面掛上幾束不同品種的臘腸、臘肉，臘鴨腿等的臘味店；另外有三兩家的貨架上擺放了二三十瓶自己品牌的蠔油，還有一些豉油（醬油）和辣椒醬。我馬上又聯想到中上環很多內街不起眼的店

舖，甚至一些樓上舖。當時很多人籠統稱這類店舖為「金山莊」。這些商舖都不著重門市的零售，主要生意是大宗貨品批發到海外華埠。美國的三藩市，是華埠的表表者，故這些行銷海外的商舖，都籠統的稱為「金山莊」。這是我的解讀。當時內地越封閉，這些商號的生意就越加興旺。這些不起眼的商舖，有些生意額很大，用「禾桿冚珍珠」這句俗語來形容，是貼切不過的。

　　越往南走，看見行人越多。到了大棠路與大馬路交滙處，有眾多擺地的攤檔，也有推小車的小販。最吸引我的是有兩三部木頭車，上面裝有一面大鏡框，鏡面中間用紅漆寫上「崩大碗」三個大字，上頭還有「XX堂」字樣。隱約記得，「許留山」這三個字也是從某輛木頭車上第一次認識到的。木頭車上面，安放了一個打開了蓋子的大瓦鍋，旁邊擺滿各種青綠的山草藥，大概這就是崩大碗吧！好奇心驅使下，我花了一角錢去光顧。攤主人左手拿著公雞碗，右手提著那大湯勺，舀了一大碗給我。勺子是半個椰子殼，用鐵絲把它牢牢的綑在一條長竹條上。喝完這碗清涼而且帶草青苦澀味的崩大碗，我差不多可以猜出它的做法：大概將生草藥磨碎榨汁，稀釋之後加入大量冰塊，便大功告成。

　　可能是星期日的緣故，大棠路的光華戲院門前早已擠滿了等看電影的人群。進入戲院大堂，我看見很多人排隊買票。那天放映甚麼影片，我已經完全沒有印象。我當時曾有剎那的衝動，很想趁熱鬧排隊買張戲票看看電影，但

那衝動很快便止住了。後來就在附近左穿右插，也記不起是甚麼街道，只記得有一家要收費的遊樂場，很像荔園的模式，但比荔園小得多。在我的印象中，元朗靠近大馬路的一帶，是整個元朗市區的心臟地帶，是最興旺的地區。那裏除了各式店舖林立之外，食肆也特別多；也有一兩間整棟幾層高的大酒樓，名字都記不起來了。部分食肆的門口擺放了大木盆，裏頭有十袋八袋用塑料袋裝得脹滿的流浮山生蠔，每桶（袋）售價 5 元。

往大馬路另一邊的內街走，記得到過同樂戲院。以我所知，此時應該是香港電影院的巔峰時期，因為當時工資已經進入上升的軌道中，而可供人們消遣的娛樂節目相當有限。一年之後，無線電視成立，搶走了很多電影客人，卻又遇上因暴動而引起的經濟動蕩。行行重行行，突然被一幢樓宇外牆的巨型廣告吸引住，廣告是白底黑字漆在樓宇一邊牆身上的「陳麗荷」三個大字，足足有三四層樓高，大字旁邊還有多行小字，列出了跌打骨醫的各個範疇。我就地駐足，凝望多時。說來也是緣份，幾十年來的摯友陳君，當時正巧寄居這裏，陳麗荷就是他的姑媽。那時，我和陳君還是互不認識的。

天色漸黑，肚子也餓了，正好經過一家手打牛丸米粉店。店內擺放的兩張桌子，已經坐了十個八個客人。觀看一番之後，我也找個位置坐下來，叫了一碗三角錢的牛丸米粉。坐下來之前，我已經掌握到該食店價格的規律。最便宜的兩毫一碗，只有一顆牛丸，米粉不多；最貴的五角，

牛丸四顆，米粉的份量很多。我的一碗在沒有送到之前，我已清楚明白將會有兩顆牛丸，中量米粉，上面還有些天津冬菜，並灑上適量的香茜和葱花。享受完這碗美食之後，也是該回程的時刻了，因為明早還要開學。

元朗公立中學位於元朗坳頭的山坡上，與博愛醫院相距約數百米，對立於青山公路的兩旁。元中是一間官立中學，為甚麼又稱為「公立」呢？據知在建校舍時，鄉紳鼎力捐獻，對校務又時加協助，故捨「官立」而改用「公立」。但學校的編制，與其他官中沒有分別，只是元中規模較小。這裏的學生，約是「波記」的三分一，面積也大約是三分一。當日整個校園周圍沒有圍欄，進入學校之前，左手面是一個籃球場。課室建在學校入口大堂的左右兩旁，課室旁邊的走廊，連接到學校各部門。校舍全部都是一層高，紅色金字屋頂，淺黃色牆壁，顯得幽雅而寧靜。山坡下是元朗官立小學（元小），歷史比元中悠久，元小校門前面，是一個半草地半泥地的足球場。

最近特意舊地重游，屈指一算，離開元中畢業已整整50個年頭了。重臨其地，完全沒有一點熟悉的感覺。昔日留在心中的景像：元中、元小、散落附近的幾所村屋和旁邊的青山公路，基本上都不是舊時模樣；其餘只看到山坡、樹木和青草。如今所見，新增的建築物實在太多了，身在坳頭山坡上，竟然看不見母校的所在位置。幸好事前老同學相告，校舍尚在，已改為另類的寄宿學校。憑著腦海中的資料，幾經推敲，在幾座建築物的夾縫中，還能認出她

的一小部分，勉強找到元中昔日的所在。可惜原來的校舍周邊建了圍欄，無法接近懷緬；博愛醫院也在原址經過重建，規模比前時大得多了。到了小商新村附近，看到一條雙線行車的「小商路」，替代昔日的田畦。經過入村的小牌樓，雖不至全無變化，但變化之小，卻令我有點驚訝。原來的小單位住房變得破舊了，大部分的房屋都裝了冷氣機，小巷的雜物也多了，部分小巷還擺放著洗衣機。最大的改變是公廁的擴大和改善。小巷往來的人多了，還有很多南亞裔的兒童在那裏追逐玩耍。

元中學校雖小，但分為中英文部。當年英文部由 F1 至 F5，各級設一班。中文部中一至中六，各級也只有一班。全校只有十一班。可以說，當時我讀的這一班，是全校最高的班級。可能是交通不太方便的緣故吧，我們全班只有三十幾人，正常的話，還可以增加幾個學額。當時的學費每月 28 元，絕大多數同學都得到全免或半費，所以學費的負擔很輕鬆。我來自市區，班主任說父親的收入相對比較高，對我只能略為減收，學費每月 20 元。據我所知，這裏大部分老師都是學位教師（通常都是港大畢業的），他們的薪金是波記老師的兩倍以上。在當時港英政府管治的情況下，一小部分年紀較大、畢業於內地某幾所大學的老師，工資當然不能跟本地學位教師看齊，但他們都屬於公務員，仍可享受著很多政府的福利和津貼。由於學校資源比較充裕，我覺得這裏的理、化、生實驗室設備都很完善。校務處的職員以至搞清潔的校工，在人員編制上都相

應充裕。我參加的攝影沖曬課外活動，一切器材和化學品都由校方免費提供。

當時的校長是劉選民，除了記得他的名字之外，對他已全無記憶了。班主任是三十開外的黃景添老師，他畢業於香港大學中文系，教我們中文課，印象最深刻的是他解釋課文，遇到某些難解的地方，就在黑板上寫一些英文，然後對我們說：純用中文他不懂如何解釋，這些英文最能說明他的解釋。由於我的英文根基太差，所以他的英文解釋總不能觸動我的心靈深處。據說他後來升任沙田官中校長。教英文的是剛從港大歷史系畢業的趙老師（女）。當時，由於有學歷而英文又不錯的，都是大機構和政府羅致的人才；港大英文系畢業的，因此很少跑到學校當老師。教數理的是梁老師，年紀比較大，估計他來自中山大學。我選讀的七科中，有三科都由他授課（高數、數學、物理）。當然，由於自己基礎的緣故，那年得益非常有限。剩下的其他兩科，我都視作等閒科目，這就是化學和生物。當年報考中大，最多七科，入學資格要五科，包括中英兩科。

班中同學，約三分二是原校中五升上來的。除了一位由英文部 F5 會考轉過來的女同學、兩位因病復學的學長之外，其餘的當然都來自外校。除我之外，有一位真光女中家住元朗的同學，還有稍遲入學家住荃灣，來自潮州公會中學的梁同學，其他都來自新界區三所比較大的中學：大埔王肇枝中學、上水鳳溪中學和洪水橋柏雨中學。

想不到開學幾天，我就跟大家混熟了，同學們都叫我做「肥倫」，我覺得這個稱謂是過去花名之中最切合我的簡稱。以前在學校，我曾有過兩個花名：（一）肥油——小學四至六年班，我在五邑工商總會讀上午班。四年級上學期的時候，差不多每天下午，十個八個同班的同學都會集合在李鄭屋球場踢球，當時香港足球興盛，亞洲之寶何祥友的花名叫「肥油」。由於我是小胖子，球技又不好，就被同學取笑叫「肥油」。足足三年，與球王同一花名，實在榮幸之至。（二）潘豬——踏入中學，歐西流行歌極其風行，當時貓王皮禮士利是天王中的天王，緊隨其後的是 Pat Boone 白潘。有一天，班上一位才子把 Pat Boone 英文讀音稍稍改為 Pig Poon，中文自然翻譯成「潘豬」。跟我交往最密的諍友 CC，當時他的花名是「XX狗」，我因此成為「潘豬」。我叫「潘豬」之後，於是我們兩人被稱為豬朋狗友。說也奇怪，最近十多年舊同學常有見面，但這個花名再沒有聽到了。

過去每年到聾舅公拜年認識的張姓表弟妹，這幾年都沒有見面了；年初二拜年，我也沒有再去，因為舅公妗婆搬到觀塘只有幾百呎的私人樓宇。姊姊和爸媽還是一定去的。想不到，表妹後來也在元中讀中四，更想不到的，是爸媽為了讓六弟更專心讀書，拜託在何福堂任教的表叔（前面提及華昌隆辦館的經理），替他轉校到何福堂中學寄宿，費用相對昂貴。記憶中有若干鄉紳的子弟也在這裏寄宿就讀，張姓的小表弟也在這裏，就讀半日制的津貼小

學。

　　開學後的第一個星期日主日，一早到元朗崇德英文書院的聖堂望彌撒。也忘記了大家有沒有事前約好，幾位波記的老同學中午到元朗來探訪，當然少不了諍友CC。對遠方來的同學，真的沒有甚麼好招待。古人還有「夜雨剪春韭，新炊間黃粱」，我這裏只有大量的東莞孔雀米粉，於是利用屋主留下的那個最大鑊鍋，煮兩三包600克的乾米粉，加上兩三罐梅林牌回鍋肉，飯桌上擺上兩瓶新開瓶的台灣「蘭」字牌的辣椒蘿蔔，已是我款待能力的上限了。今天或許有人會問，為甚麼不吃即食麵（方便麵）？告訴你當日的行情吧，出前一丁市面雖然有售，猜想是100–120克左右（跟現在的相若），售價五角；而孔雀米粉600克，零售價才六角，並且我儲存的食物之中，沒有即食麵。

　　午餐後大家閒聊，有人帶來兩副從廟街買回本來的金邊撲克牌，一藍一紅。四人組隊學習打橋牌，另兩三人擺開棋紙，下中國象棋。有聚就有散，天黑晚飯之前，同學告別了。我那孤獨的心境，哪有勇氣跟大家訴說？

　　同學走後，發現有人帶來幾本《明報月刊》，猜想是CC帶來的。日後他每次到來，都會帶上兩三本。這本雜誌曾陪伴我多個孤獨的晚上，也是我認識近百年中國的知識來源。

　　以前的課室，全部都只有一個門口；但這裏（元中）的課室，隱約記得，在課室的一邊牆，前後都開了門口。

由於校舍是單層建築，樓底特別高。屋頂用木樑和瓦片搭蓋成「金字」形。室內主樑的中央懸掛著一把長柄電風扇。課室的窗口大而且多，課室周圍都是花草樹木。當日學校旁邊的公路，汽車流量並不多，加上班上只有三十餘人，課室除了空氣清新外，還有一種寬鬆的感覺。不知道是否這個原因，很多雀鳥也常常飛進我們的課室。牠們通常盤旋數匝之後，又從窗戶飛出去。有一次，剛好是下午的小息時間，一隻小相思飛進課室，在室內上空繞飛多圈之後，似乎找不到出路，越飛越快。有同學不知道是湊熱鬧還是想幫它飛出去，用板刷向上方拋擲。結果相思雀小鳥飛得更快，似乎失去方向。跟著加入的同學越來越多，他們紛紛將自己的課本也向上拋擲，想協助牠飛出去。當時我是旁觀者，沒有加入行動。萬萬想不到，這隻小相思最後不是被拋上去的書本打中，也不是撞向牆壁，而是在飛到課室上空的中央時，竟然像「自由落體」一樣，突然墜落在地面上，並發出聲響（不是叫聲）。這隻小相思就這樣，即時沒有生命跡象了。

班上的同學，男女生的比例，大約是 3 比 1。坐在我前面的是兩位原校升上來的女生，一高一矮。知道我是來自市區的同學，經常主動跟我聊天。我來自男校，除了一向木訥之外，最主要是沒有機會跟自己年齡相若的異性（除卻家中的姊妹）談話聊天。由於她們的主動，減少了我很多尷尬的場面。並不是說她倆的成績不好，而是發覺她倆升學的心態，沒有一般同學那麼強烈，也許跟年代和

家境有關。在開課的初期，總覺得她們每人每天都帶上一至兩本厚厚的瓊瑤小說：如六個夢、煙雨濛濛、幾度夕陽紅……等等。當日我還懵然不知瓊瑤和我們是同一年代，年歲相差只有十年八載，我還怪責自己，這麼出名的文學作家，自己竟然沒有半點的認識。

跟我一起坐的是休學大半年的 Lk，此君身高 180cm 左右，不肥不瘦，外貌俊朗，一望便知是打籃球的材料。沒兩三天我便跟他熟絡了。不說不知，他是由於肺病而至學業滯後一年，病發前是籃球校隊的成員。課餘時候，我多次和他打籃球。他告訴我，無論技術和體力，跟病發前仍有一段距離，但他當時單手就可以跟我比賽。因病復課的還有 Lp，他原本是舊制的高中生，休學時間必在二年或以上。他曾展示過頭顱骨的開刀疤痕給我看，說是腦部手術留下來的遺跡，並告訴我現在仍不敢做劇烈運動。我發覺他神情比較呆滯，反應也有點遲鈍。當年頭顱開刀是重大而危險的手術。

班上同學的居住地點，分散在新界的東部和西部。元朗位於新界西部，過半的同學住在元朗各個地區。人數最多的應數屏山唐人新村。當年我來往市區和元朗，路經屏山無數次，至今還沒有踏足屏山的機緣。新界西部最遠的，就是家住荃灣的兩三位同學。至於住在新界東部的，最遠是來自大埔墟。約有一半同學父母的職業，我都知道。最多的是經營各種行業的小商，例如在墟市開設店舖；各類小型的加工廠，例如麵食製品工場；也有經營飲食的茶居。

約有三幾家是務農的。當年出海捕魚的人數不少，但我從未遇到漁民子弟的同學。我想這段日子，香港漁民生活是相當艱苦的。

不敢說元中沒有小食部，但想來想去，在腦海中都找不到它的蹤影。反之波記的小食部，常常人頭湧湧：午餐、早餐、冬天熱騰騰的麥精維他奶、同學排長龍的印象，留下深刻鮮明的記憶。我在這裏的早餐，有三種模式：第一是自己動手去煮，大多數煮乾麵餅或米粉，或者是昨晚吃剩的飯菜；第二是在博愛醫院公路旁邊那家半士多半住宅的小店，買兩角錢豬腸粉，沒有別的選擇，因為這附近再沒有其他的店舖；第三是空著肚子去上課。午飯時間，有足夠時間回家吃飯的沒有幾人。大多數都是用飯壺帶飯菜回校吃，特別是女同學，沒有一個外出用膳的。剩下的就是聯群結隊，乘坐一站巴士到元朗大馬路的飯店用膳，我有時也屬於其中一分子。說起坐巴士，這裏和市區不同，沒有學生月票，只有學生乘車半價優惠証。由坳頭到大馬路，票價一角，我們只需五仙。在市區，是沒有五仙車票的。元朗碟頭飯的價格跟市區相若，大多數都在一元至一元五角之間。我曾吃過最貴的火腿生蠔飯，每碟一元八角。晚飯大多數是自己在家煮，吃得最多的，是臘腸焗飯。

由於我們都是高年級的學生，來自老師的功課壓力並不大，加上剛開課不久，學習上有點鬆散的情況。但自己千里迢迢跑到這裏讀中六，總要給自己和父母一個交代。我也深知自己的死穴在甚麼地方。英文科除了讀本之外，

還有兩三本經典原著（original）。我曾經嘗試每晚花很長的時間，硬著頭皮查生字。經過一段日子後，越查越心煩，越查越痛苦，到最後還是覺得沒有效果。其實我幾年來這些學習英文的經歷，可以寫成一篇學英文的反面教材。其餘較繁重的科目就是高數，單單微積分這個範圍，要在幾個月內對它有點正確的基本認識，對大多數的同學來說，都是一項挑戰。

其實當時可以說正處在中國歷史的大時代，但無線電視還未成立，我的住所也沒有收音機，當天的報紙也不容易看到。心裏對國是雖有說不盡的情懷和錯綜複雜的感覺，但父輩和老師們又絕少跟我們談及當時的政局。他們對我們都有一個共同的寄望，就是全心全意的投入學業。由於我一直與左派團體沒有接觸，表面上雖然覺得日常生活和社會氣氛跟以往分別不大，實則當時民間很多人開始儲備大量的糧油和雜貨，以防香港出現動亂。這時，左派團體開始不斷發起對抗港英政府的運動，遠方又傳來上山下鄉、串聯北上、還有甚麼打倒一切牛鬼蛇神的口號，今天你批鬥我，明天我批鬥你，很多很多這類的事情，一下子實在無法弄清箇中玄機！

多少個孤獨的夜晚，功課又沒迫切性，不期然拿起CC帶來的《明報月刊》。其中大部分的文章對我來說，都是非常艱澀的，都是些國共鬥爭的現代史料。艱難的原因是欠缺這方面的基礎認識。我也不知道哪裏來的動力，希望將這些歷史的碎片，一點一滴的拼砌起來。至今還有

很多很多的點滴留在心中：三家村、燕山夜話、海瑞罷官、吳晗、鄧拓……乃至蔣夢麟《西潮》等。我花得最多時間去看的，是當時仍在香港生活，中共始創元老之一的張國燾先生，應《明報月刊》所寫的長篇《我的回憶》。

「金庸」是香港人引以為傲的作家，因為他的武俠小說瘋魔了全球華人。我完全贊同「金庸」是港人引以為榮的人物。在我心目中，他應被稱為「近百年來最有良知的中國人」。不是因著他的武俠小說，而是在中國最苦難的時刻，不惜冒生命危險，用良知展示過去所發生過的歷史片段。也許，沒有這種大義凜然的胸襟，是寫不出這種劃時代的巨作的。

元中的同學實在很友善，不到兩個星期，我已經完全融入這個班級了。由於開課不久，活躍的同學都想放學後搞些活動，但又考慮到大家的負擔能力，於是有人提出放學後到咖啡灣游泳，這對我們來說是最低的消費。咖啡灣這個地方我以前就知道，但從沒去過。它位於青山公路約十九咪處，附近還有港人熟悉的容龍別墅。游泳活動，本來我是不會參加的，因為初到香港，父親曾經訓示過，有兩件事是不能做的，其中一件是不能在馬路上騎單車。但幾年之後，我就覺得父親早已廢除了這條禁忌，因為我曾經在馬路上用單車送貨，父親也沒有阻止；另一件事就是游水。但在同學慫恿之下，我也開始破戒了；不過，參與之餘，心中還是為自己想好種種辯解的理由。

到咖啡灣學游泳，我婉拒了好幾次。想不到來自大埔

的 Mc，鍥而不捨的游說我，這個年紀還不學游水，更待何時？並苦口婆心的向我保證，一個月內他負責教會我游水。當我說沒有游泳褲時，坐在後排的 Lt 又挺身而出，為我免費提供合適的游泳褲。最後他們的熱情感動了我。說真的，自己當時也想多參加一些集體活動，減少那孤單的生活。加上我知道容龍別墅就在泳灘附近，說不定還有機會到那裏逛逛。

這樣的游水去了好幾次，最後由於天氣轉冷而停止。結果游水還是學不會，容龍別墅也沒有去過。其實我在家鄉陳村時也常常跟鄰居到附近的涌邊游水，深深吸一口氣之後，半游半潛的在水中浮動幾米就到達彼岸。但總有兩個難題不能克服，就是不懂得換氣，而且總覺得身體是向下沉，無法浮起來。記憶中這裏的景致跟淺水灣、銀礦灣等的著名海灘無法相比。容龍別墅當時對我來說有一種神秘感，這種神秘感應該來自報紙的報導，說這裏既是酒店，又是高檔的餐廳，是情侶談情的好去處；加上一兩部電影的渲染，這地方給我很多幻想，成為一個神秘而且浪漫的地方。

在功課閒暇的日子，放學後曾經有幾次，有人提議到我的住處小商新村走走。我當然感到高興，而且表現得願意熱誠招待。但深感「巧婦難為無米之炊」，既沒有茶水供應，坐的圓摺櫈也不夠分配。說也奇怪，大多彼此都是談笑風生，且有賓至如歸的感覺。也許當時的年輕人，容易感到滿足和快樂。

　　一位到過小商新村兩三次，家住上水的 Fk，突然問我能否和他一起同住。我當然一口答應，實是喜出望外。但好景不常，僅僅兩星期，他留宿過三四個晚上，但都是我正要入睡甚至已睡著的時候回來的。他後來告訴我這裏不適合他，並問我應該付多少租金給我。其實租金是次要的問題，找一個同伴才重要。當日我決定單人留在這裏讀中六，實在輕估了孤寂的問題。後來從同學口中得知，Fk 與我同住的原因，是因為一位和他一起在上水鳳溪畢業的女同學家住元朗，會考之後已出來工作。他為了在元朗陪伴這位要好的女同學，而當時新界的交通又沒有今天那麼方便，深夜時分回上水並不容易。這都是聽來的傳聞，至於 Fk 不在我處住宿的真實原因，我並沒有直接向他詢問過。

　　有一次，小息時在教室外的走廊遇見讀中四的表妹，她對我說，等一會到她的教室，她有東西交給我。我回到自己的教室，盤算着甚麼時候到表妹的教室。我想，剛才遇到她的時候，她大概要上洗手間。想不到就在這時表妹雙手捧著一罐「阿華田」，從教室門口很快的走進來，將阿華田放在我的書桌上，低下頭的說：「媽媽說天氣開始涼快，叫你早上沖一杯熱阿華田喝了才上學。媽媽又說星期六日你不回家的話，就到我們家裏，讓她煲些湯水給你喝。」似說更像背誦，說完後，頭也不抬的直跑向課室門外。我發現她兩頰通紅，當時班上同學的目光都集中望向我，還發出了一陣維時不短的哇叫聲。表妹一向乖巧靈敏，樣子甜美，聽說學業也屬名列前茅。她到班中刹那的探訪，

實為這個木訥的表哥增添了一份光彩。

　　表妹的家，很多年前去過一次。1960 年初青松觀的弟子，在青山麒麟圍覓地興建永久的青松觀，開幕期間我跟隨父親到來吃齋，並順路探訪表叔表嬸一家。他們的家就在青山公路旁 21 咪半的清涼法苑旁邊。據我瞭解，地方是屬於清涼法苑的，而房子是表叔找人蓋的。除表叔一家之外，還有另外的一兩家。以我猜想，清涼法苑是清修之地，附近人煙稀少，所以找三幾戶老實人家在這裏建屋居住，好讓彼此有個照應。最近這幾年常到青松觀，因為父母、祖母和外婆都在這裏安放了牌位。清涼法苑很久沒有再去了，表叔一家搬離這裏也多時了。重九前後，到青松觀上香時，曾順路探訪清涼法苑，雖然找到目的地，但感到面目全非，連我熟悉的青山公路，也不是本來的樣貌。

　　到過表叔表嬸家總有兩三次吧！每次表叔都不在家。逗留最長的一次，表嬸留我住宿一晚。還記得第二天星期一早上，在青山公路和表妹一起乘巴士上學，我要早一個站下車，回到小商新村換校服和帶書包。每次到表叔家來，都得到表嬸和表弟妹熱誠的招呼。到這裏有一種湯水必然要給我喝的，就是「龍脷葉豬䐉煲南北杏蜜棗」。據表嬸說這個湯在秋冬季節最滋潤，可以防止咳嗽。每次都給我喝三四碗，這是她的盛情；作為她的客人兼晚輩，推卻實在不恭敬。表弟告訴我，這裏附近有很多龍脷葉，並帶我到屋外找尋。果然在大樹底下，看到很多長著綠葉的矮小灌木，綠色葉片上長了很多白色斑紋，這就是龍脷葉。

記得每次到來，表嬸都是多番催問表弟妹有沒有數學的問題。表弟一直沒有向我提問過，表妹也只是向我問一些簡單的物理問題。

上學期大概過了一半左右，鄰居的一位獨居客家婆婆主動找我，說她的上層房屋空著，可以平價租給我，並且可以為我準備每天午餐和晚餐。如果這樣，我在經濟上可以節省不少。不過，我當時顧慮的是衛生問題。以年齡來說，她屬於我的祖母輩，那個年代，由於成長背景不同，衛生的概念可以有很大的差異。她在廚房旁邊養了一籠五六隻的雞，房屋下層又嗅到一股令人不太舒服的氣味。由於她盛意拳拳，加上可以節省開支，我終於搬居了。

以往一人獨居的時候，小便都在廚房就地解決。這時和別人共住，大小便就都要到公廁去，自然到公廁的次數就大大增加了。這時候，我留意到在往來公廁的路上，經常遇到一個身材健碩，國字口面，跟我年齡相若，看來也是元中的同學，彼此都有點頭打招呼。有一次，在廁所回程中，我還記得很清楚，他手中拿著那本薄薄的中五代數書（慈幼溫昭琥數學老師編寫的），似乎站着等我經過，並已預先翻到某頁特定的某一題，希望我為他解釋。幸好這本書的題目我都做過，對我來說，並不太難。後來他自報姓名，並告知我他是同校的中五生。我猜他利用向我請教數學的機會，借此和我結交。認識這位朋友一直是我的榮幸，（他就是現仍在元朗掛牌的陳子沛醫生，陳麗荷醫師的姪兒。）日後我用 Cp 來稱呼他。

在中六這大半年的日子中，除了回過家裏幾次之外，其餘的日子，差不多都是白天在元中上課，晚上獨自留在小商新村。間有其他的活動，都離不開這條青山公路的範圍。向南的最遠就是前時提到的咖啡灣，東面最遠的去處，就是錦田。

舖頭南生棠哥的胞弟（下稱棠弟），會考期間和我同在南生住過幾天。我到小商新村之後，他曾來探訪過幾次。他告訴我不打算再升學了，但合適的工作還沒有找到，現在只是做些臨時工。他多次問我有甚麼事需要幫忙，並熱心的邀請我到錦田的救世軍敘會。我因此大概去了兩三次，後來他因為工作時間和地點改變了，再沒有來找我。記憶中棠弟是洪水橋柏雨中學的應屆畢業生，現在想起來，班上三四位來自柏雨中學的，該是他同校同屆的同學。這幾位柏雨同學中，大多都沒有聯絡了，唯獨 Th，這幾十年來亦師亦友的保持聯絡。特別是近十多年來，我讀點古書，經常得到 Th 的指點，他是一位中文學者。

當時班上分為文理兩組，人數分佈大約是 2:3，讀理科的稍為多一點。以我所知，文理科只是一個概括的分類，並沒有一個嚴格的規定。彼此共修的科目有中英數三科；生物、地理等科目有人看作文科，也有人看成理科。至於歷史都看成純文科；而高數、物理和化學都看成純理科。中、英、數這三科佔總堂數一大半，都是在課室一齊上課，其他的科目都分開課室上課。例如我上的物理、化學、生物都是在實驗室上課的。回顧當時，中文大學的學額競爭

相當劇烈，但元中的學習氣氛顯得有點鬆懈。至於學校的測驗和考試，在腦海中沒有留下較深刻的印象。

不久前在公廁附近相遇並討論數學的 Cp，日後無論在學校還是小商新村相遇，彼此除了打招呼之外，都會停下來聊幾句。有一天又在小商相遇，Cp 邀我到他的住所參觀，我欣然的接受了，並立即前往。一路上他向我講述他的故事，並告訴我住所是他姑媽骨醫陳麗荷女醫師的，平常作為儲物之用。來到住所的下層，放滿了閒置的雜物；最吸引我注意的是一張有靠背的椅子，上面放了一袋原裝麻包袋中國白米。當時香港很多市民已經開始儲糧，深圳河以北，文化大革命已經展開，香港暴動抗爭運動，也零星的爆發著。他帶我上樓上參觀，擺設簡單而整齊，有書桌及牀鋪。Cp 和姑媽一家生活在醫館裏，姑媽忙碌的時候要他當助理，很多時候他身上會發出一股跌打藥的氣味；只在空閒時候，他才會到這裏溫習讀書。Cp 對我一直以學弟謙稱，當時誠意的對我說：「倫哥，搬來住吧！我已經得到姑媽的答應。」

Cp 除了不收任何費用，還處處給我方便，因此不到兩三天，我就決定第二次搬遷，搬到 Cp 的住所去。Cp 不在這裏留宿，只有星期六、日和假日，才來這裏溫習，準備會考。我不想用太多的話去稱讚他，但實在覺得他集合很多優點於一身。Cp 很喜歡到附近草叢樹蔭下溫書，也常常邀請我一起去。我發現他很多時候在背英文字典。以前也聽過背字典的故事，但親眼看到的還是第一次。記得

他曾經認真的對我說：「倫哥，你要學好英文，因為你將來的數學博士論文，都是要用英文寫的。」如此婉轉的規勸，實在令我感動，到今天仍沒有忘記。其他朋友類似的規勸，記得的也有兩次，一次是隱晦的，另一次是當頭棒喝的。和我一起坐的 Lk，多次稱我為明日台大數學系的學生，這話可以是褒，也可以含有貶意。我當時的解讀是，你再不加強英文的成績，你只能到台灣升學，這是溫和的勸告；此外，還有波記的 Lc，他是中三時從外校轉進來的，我深覺此君聰明而且自負，畢業後再沒有見過他，據知他在職場上非常成功。某次我們兩人單對單打籃球時，他語重深長的對我棒喝，大意是：你不學好英文，縱使你的數學再好，也是沒有出路的。三人的規勸，風格各異，我一直放在心裏，感激不盡，但總沒有着力學英文的辦法。

　　這段日子，我回家的次數並不多，清楚記得的僅有三兩次。但按道理來說，當時每個月最少也要回家一次，不然的話哪裏來的生活費？銀行服務在這段期間雖然逐漸推廣，但銀行的使用率仍然偏低，尤其在新界。例如，我在波記時，每月的學費都交到銀行，但在元中時就要交到學校去。當時在銀行轉帳或支票交收還沒有普及。記得舖頭當時設有交數簿，貨款都是用現金交收的；收款員到舖頭收款，都在交數簿上清楚寫明交給哪商戶、甚麼日期和金額，還要貼上一角伍仙的印花。收款人就在交數簿上面簽收。記憶中，當時我擁有兩個銀行存摺，但都被母親鎖在她的抽屜中，因為這些都是讀書時期的儲蓄戶口，通常

只有存款而沒有支出。我們一切的開支費用，全部都由母親支付，父親從來不過問。雖然家裏已經安裝了電話，但我在元朗很難找到電話打回家去，更不會有書信往還的習慣。我當時用甚麼方法和家裏聯絡呢？整個月的生活費用是否全部放在口袋裏？這些生活上細節，現在問起自己，怎樣回憶都沒有一個清楚的答覆。

記不起是甚麼日子，一班元中的同學，少則五六人，多則不超過七八人，圍在我家的大圓飯桌上吃午飯，全部都是男同學，腦裏只記得大家都穿著冬季校服。是學校在市區舉行運動會？還是學校老師到教育署辦理某些事項而停課？趁着特殊的假日，於是聯群結隊來到市區探訪我家？一時實在記不起來。我也想不起我是如何跟母親聯絡的。為甚麼這頓飯作為兒子的我，牢牢刻在心裏呢？我的感覺是母親款待這班同學的心情如同我一樣，完全沒有不耐煩的感覺；加上母親的心思靈活，在有限的資源下，泡製了這頓讓這夥大男孩吃得滿意兼充實的午飯，讓大家留下美好的回憶。作為兒子的我，實在不知用甚麼話回應。菜式我只記得一道，其他的只是小配角。這味菜我稱它為「碎件蒸橡皮雞」。前面我曾經提到六十年代大陸運來的其中一種雞，是放養在山頭讓牠們自行覓食的，售價特別便宜。我給牠取名「橡皮雞」。我說母親心思靈活，也非誇大。她把雞切成小碎件，配上大量的蒸雞材料——金針菜、雲耳、香信（薄冬菰）、紅棗、荷塘葱菜（鹹菜）等，蒸了兩大碟。最有創意的是把蒸雞的時間故意加長，由十

分鐘倍加至二十分鐘以上。過時往往是廣東廚師的大忌，但這個蒸過時的「碎件蒸橡皮雞」，卻發揮得淋漓盡致。賣相雖不完美，因為過時了，但滿滿的雞汁灑上芫荽蔥花，雞香撲鼻。雞皮的脂肪，雞肉的鮮味，都融入到配料和雞汁之中，成為這道菜的主角，雞件反成配角。吃飯中途我發現同學都吃得起勁，深怕白飯不夠分配。可是媽媽早已預料，準備了兩鍋白飯，飯桌上也準備了幾個湯匙，給同學舀雞汁澆飯用。飯後，鄰座位的 Lk 還陪同我回波記辦理一些事項。

經過三幾個月的時間，生活開始習慣了，這時天氣也漸漸轉冷了。細看校曆表，上課學習又到了末段衝刺的時刻。因為往後就是聖誕節和寒假農曆新年，農曆新年之後就是結業試，跟著而來的，就是中文大學的入學試。

新制中文中學，我們是第二屆。這一年離開中文大學（當時由崇基、新亞、聯合組成）的成立也不過是三四年的光景。不知道是甚麼原因，中文大學各科的入學試題，老師從來沒有給我們操練過，坊間也看不到這類的練習。沒有試題操練，我們也減少了很多操練的壓力。但對成績一般的同學來說，這是一個很大的考驗。作個比如，有操練和沒有操練的考試就如同英文的 seen dictation 和 unseen dictation 一樣，假若我的英文程度良好，我一定選擇 unseen dictation；反之，我英文程度不好的話，我一定選擇 seen dictation。

當時投考中文大學的程序，必須在入學試取得及格，

然後才可以向各學院的院系申請入學。及格的條件是入學試的中英文科都及格，另外加上其他三科及格科目，考生最多可以報考七科。我那年報考了七科，除中英兩科之外，要在其他五科裏頭考得三科及格，我是非常有信心的，成敗的關鍵就在中英兩科上。很快，自己就說服了自己，中文科也有強烈過關的信念。為甚麼？因為中文科只有兩大範圍，作文（包括應用文）和讀本。作文方面只要穩打穩紮，儘量不要離題，不說假大空的狂言，求個及格分數應該是不難的。至於讀本就更有把握了，因為中六課程只有八課書，狂啃這八課書，要獲取及格分數一定沒有問題。唯獨英文一科，我還是一籌莫展，在學校的測驗和考試，都是浮沉在及格和不及格之間。最讓我氣餒的就是用功了和沒有用功，都沒有較明顯的區別。

元朗的聖誕氣氛比市區平淡得多，相信是教友不多的緣故。在過節前買了幾張平價的聖誕卡，寄給幾位敬重的老師，和兩三個久未見面的同學，包括阿拾。在這感恩和歡樂的節日裏，有時也從收音機聽到聖誕歌曲 Silent night，holy night! 但更多傳來的是粵語的、國語的或英文歌曲，分不清楚是流行歌曲還是情歌？還是靡靡之音？我實在不懂，也不敢去分辨。我縱使五音不全，從未完整的唱過一首歌，往往也被這些歌曲深深的震撼著。

這些流行歌曲，佔 80% 是談情說愛的並沒有誇大；來自古今中外，也來自四方八面。祇欠缺了當時神州大地的，取而代之的卻是革命歌曲，不斷的湧入香港。由於處境立

場不同，心中對這些歌曲產生的共鳴就相當薄弱。反之，正值生命力旺盛，當日流行的情歌，在不知不覺中，在我心靈的深處留下了不可磨滅的烙印。今天也許你有冠冕堂皇的理由去解釋烙印的成因，但在人生不同的處境下，你會覺得前時的解釋有缺失，甚至認為全部都是謬誤，也許這就是人生的大秘密。

最古老的情歌我不是聽來的，更不是唱過的，而是讀過的、背過的甚至默寫過的。在中六這一年的八課課文裏頭，有一課是《詩經》選讀。課文的句子，雖然絕大部分都忘記了，唯獨其中幾句，例如「關關雎鳩，在河之洲。窈窕淑女，君子好逑。」又例如「窈窕淑女，寤寐求之。求之不得，輾轉反側。」不知道甚麼原因，到如今還能琅琅上口的背出來。我反而覺得這些句子熱情豪放，甚至超過很多當日流行的情歌。如《相思河畔》「自從相思河畔見了你，就像那春風吹進心窩裏……無限的痛苦埋在心窩裏……不要把我忘記。」相比之下，後者顯得比較含蓄和溫婉。

聖誕節過後接著是超過十天的農曆年寒假。考大學的日子越來越接近了，理應埋首於課本之中，尤其是英文科。但總找不到着力的方法，自己只有心神散亂。除了新年歌曲之外，聽到最多的都是當時的流行曲，我稱之為現代的《詩經》。例如本地創作的《薔薇之戀》、《不了情》、來自台灣的《綠島小夜曲》、歐美傳過來的 Smoke Gets in Your Eyes、Love Is Blue 等。這些歌曲，都會令自己感

到空虛孤單，甚至如《詩經》所說的輾轉反側。這種心境也不知道找誰開解和探討，很多時候更羞於啟齒。主日彌撒的告解，內容大多是情慾上的胡思亂想。補贖的方法也只是多唸幾篇《天主經》或《聖母經》而已。我想當日要向老師長輩探討這個問題，大多都會給你同一個標準答案：「發乎情，止乎禮。」中國文化往往喜歡把問題簡單化。但這句話從寬鬆的角度看，平常人的日常生活，不是都達到這個標準嗎？但嚴格看，我又覺得這只有至聖先師所說的「從心所欲而不踰矩」的境界，才可以等齊。啊！孔夫子也要等到七十歲才可以達到這種境界，凡夫俗子的我，要哪年哪月才能夠成就呢？

這時離開跟父親新年出去「揾利是」的日子已經有多年了，歐伯舅公等由於家境變遷，不適合太多人一起去，因此我已經好幾年沒有跟父母一起去向他們拜年了。這年的新年，六弟和我專誠招呼家住青山的張姓表弟，到家中小住兩三天。這是禮尚往來，因為這期間六弟和我經常到他們家中打擾。每個晚上，我們都為表弟安排節目。第一個晚上先到荔園，對我來說這沒有甚麼新意，因為我去過荔園很多次。這晚荔園發生了一件終生難忘的事，其餘的都忘得一乾二淨。事緣我們在觀看園中的老虎時，一大群人正在圍觀，可能大家覺得老虎只在鐵籠裏繞圈踱步，不見老虎有甚麼動靜，於是有人用種種方法挑惹老虎，希望牠發怒。但經過一段時間，仍然看不見老虎發怒。動物園的獸籠是背靠一幅長長的磚牆築成的，前三面是鐵絲網，

背面是磚牆，老虎住的獸籠特別大。在觀眾喧嘩之間，突然老虎停下來，頭向磚牆，屁股向着觀眾，高高豎起尾巴。當時很多人開始走避，我們三表兄弟卻不知道發生甚麼事。一時之間，好像有一枝強力的水槍，向我們的面部射水過來。原來是老虎發怒，向圍觀的人群射尿，由於大家已經避開，我們三人不幸都被射中，只好急忙到廁所清洗。幸好我戴了眼鏡，不然的話，我的眼睛都會被射中。第二晚我們看電影。在我家附近，不用乘車的電影院，只有新舞台和仙樂戲院兩家。新舞台放映的都是粵語片，平常多是上了年紀的觀眾觀看。仙樂上演的是國語片，那晚我們三人選看了仙樂放映的一部台灣電影。原著是瓊瑤編寫的「幾度夕陽紅」，但內容完全忘記了，只記得主角是楊群和江青。那江青不是四人幫的那個江青，只是同名，她是台灣的舞蹈藝員；此外，隱約記得片中還有甄珍。

記得那年會考在四月底五月初舉行，而高考（中文大學入學試）則在三月中舉行。所以農曆年假期復課後，差不多就要考結業試。可能是經歷過去年的會考，心理上就覺得這次高考可以駕輕就熟了。事實上兩者相同的地方也很多，只不過高考的科目減少，而每張試題大約由兩小時增長到三小時左右。大部分的情景已隨時光消失了，唯獨報考的過程仍然歷歷在目，因為心中一直收藏著一個觸動我的小故事：高考報名的期限已到，全班的報名表格連同每人 50 元的報名費，已交到班主任黃 Sir 手中，只是欠缺了 Th 的一份。黃 Sir 以常理猜測，完成了中六課程，又符

合報名資格而不報考，唯一的理由就是拿不出 50 元的報名費。黃 Sir 告訴 Th 報名費可以由他代繳，並催促盡快交回報名表格。但黃 Sir 的好意馬上被 Th 婉拒了，原因是他只屬意台灣大學的中文系。更令我驚訝的，Th 在班上竟然是一位理科生。

近百多年來，香港實在是一處很獨特的小地方。她的潮流和文化，除受到左派和右派的衝擊之外，更深受古今中外思想的牽引。當日大部分市民的生活，仍以傳統倫理為主軸；但由於現實條件變化很大，傳統留下來的生活習慣，往往顯得處處格格不入，甚至不合情理。五四前後，很多人曾喊出「吃人的禮教」；當時神州大地，又展開了驚天地，動鬼神的「文化大革命」，凡是老舊的傳統，即使是古跡，一切都要破除。但大家都忘記了，破除之後以甚麼為根？以甚麼為本？體力充沛的時候，在無際的天空中任意翱翔，實是賞心樂事！但總有鳥倦知還的時刻，那時突然想起，哪裏是歸處？不知道是否當日潮流充斥勢利眼光，當時社會上都是重英輕中。在中文中學裏，也有點重理科輕文科的感覺，這也許是理科出路較多的緣故吧。Th 的抉擇，黃 Sir 和很多同學都感到意外。

其實入學不久，我就被 Th 的硬筆蠅頭小楷吸引著。起初還以為是哪位女同學的手筆，字跡實在工整。開學不久，很快和 Th 混熟了，才知道這是他的書跡，同時也發現他的日常生活一如他的字體，認真而且恭敬。Th 家住洪水橋，我曾到訪過一到兩次。此後雖然分隔在台灣的南

北部就讀，彼此仍保持著書信往還，幾十年的交情，直到如今。洪水橋，是昔日由青山公路入元朗市區必經之地，位於屯門和元朗市中心之間，也是當日典型的新界農耕之地。七八十年代，我從某些渠道得知，有「紅軍之父」稱號的龔楚將軍，在此隱居了一段頗長的日子。Th家並非務農，而是經營家庭式的茶居，環境簡單而且樸實。經營的方式是經濟實惠，價廉物美；正如當時流行的口號「抵食夾大件」，不然的話以這裏的條件，是沒有辦法長期營運下去的。我想這是當時小地方謀求生存的方式，也因此造就了彼此相互對待的態度——人情味。記得到訪的那天，世伯正在處理明天早上的一款點心：「山竹牛肉」。桌上擺放了很多食材，絞碎的牛肉、去皮切碎的馬蹄粒、使牛肉凝固和腍滑之用的生粉（太白粉），浸好的腐竹……；此外，還用一把厘等小秤去秤量各種調味料，如糖、鹽、鬆肉粉等。我沒有問世伯他要準備多少種點心，也沒有問他有多少人幫手，更沒有問每晚幾點完工，早上甚麼時候又要起牀開工。總覺得那代人的工作態度，特別是家庭式的小生意，都是認真和刻苦耐勞的。

中六的中文作文，已經不再用毛筆書寫了，故此在這一年裏，我們差不多只用一種筆——原子筆（圓珠筆）。我注意到多數人都用木桿的斑馬牌原子筆。在鄉間讀書的頭兩年，我用的筆只是一種筆——鉛筆。大哥和三哥，特別是大哥，恤衫口袋一定插着一枝英雄牌鋼筆，用的也是英雄牌墨水。如果手上再拿著一本硬皮日記簿的話，這便

是五十年代國內最流行的知識青年的形象。來到香港，初期約有半數人穿著唐裝衣服，小部分衣服左上邊口袋，都插有一對鋼筆，通常都是墨水筆和原子筆，牌子多數都是派克或犀飛利。這樣的裝扮，起碼顯示他不是出賣勞力的低下層。我在香港讀書十年，越低年級使用鉛筆越多；而原子筆的使用量恰與鉛筆互調。當時，也只有小學才有毛筆書法的練習，其餘用毛筆的時候就是中文作文課。學校一般都准許學生用鋼筆做功課，但我總覺得還是原子筆比較方便。至於其他同學，很少看見他們用鋼筆寫作業。

結業試連同高考，大概一個多月完結。我的高考在九龍塘牛津道的英華男校舉行。考場對我非常有利，因為交通方便，而且去年參加會考時我在這裏考過試。我沒有查問同班同學的考場地點，相信全部考場少於十個，因為考生差一點才到二千五百人，英中考生又佔了一定的分量。在這段考試期間，一本薄薄的小書，常常陪伴在我身邊，這就是《四位對數表 Four Figure Table》。現在年青的朋友可能不知道這是甚麼書，實際它的功能等同於今天數學考試用的計算機。當然，《四位對數表》很難和今天的計算機比較，因為計算機比前者更快捷、更精準，而且功能也更多。

報考台灣大專院校期限前，我已經把表格填好遞交。我選擇的志願是甲組（當時分為甲、乙、丙、丁組），院校和學系各選其二。所選院校分別是國立台灣大學和省立成功大學（1971年升格為國立），兩個學系是數學和物理。

要考的科目分別是：中文、英文、甲數、物理、化學和《三民主義》。

　　高考完畢後，我刻意留在小商多住幾天，為的是元朗天后誕快到，希望有機會一睹巡遊盛況。過去我對天后的認識很少，主要原因是家鄉位置離海較遠，沒有鄉親出海捕魚。因此，在家鄉從未見過天后廟，也未曾聽過天后娘娘和天后誕。留在小商不走，另一個原因是想利用空閒時間，好好準備赴台升學即將應考的《三民主義》。這時，有一段日子已看不見 Cp 露面，心裏覺得奇怪，但按時間推算，今年的會考也即將來臨，Cp 不出現，恐怕他在準備會考期間，住在市區叔父的家裏。

　　天后誕那天，還未到中午，我獨自走到元朗大馬路去。巡遊還沒開始，四方八面的人群，早已聚集在大馬路兩旁的人行道上。記憶中，到了中午，巡遊活動從難地展開。帶頭的是舞獅和舞龍隊伍，並有打鑼敲鼓吹簫的；跟着是一個接一個的壯男，扛著各種顏色的巨大旗幟，旗幟隨春風吹蕩，有如海上的波浪，一排又一排的衝向前又湧向後。此刻感受到這真的就是「旗海」。旗幟的形態，我只能用花枝招展來形容，因為無論顏色、形狀以至圖案和旗幟上的相關文字，真的令人眼花繚亂，目不暇給。留在腦海中最深刻的，就是「花炮會」。由我當日完全不知道花炮會是甚麼組織，到今天似懂不懂的印象，我想主要是由於一直未有機會接觸這樣的組織。跟著就是各種扮相的飄色，扮演的人物有古有今，好像都是從天空中飄過來一樣。飄

色的表演既像戲劇，又像魔術，人物飄在空中，不禁令我不斷思索每個飄色著力點在那裏。飄色之中，又夾雜着眾多花車。天后和諸神像的出巡，都是簪花掛紅，打扮得美侖美奐。我想這該是元朗一年之中最熱鬧，最有節日氣氛的日子。這兩三個小時的巡遊觀賞，除了令我眼界大開之外，細想一下，我讀書的年代，從沒有上過所謂的通識課，然而這不就是活生生的一節通識課嗎？

天后誕之後一兩天，我收拾好留在小商的細軟，搬回蘇屋村去。回到家裏，覺得比以前清靜，白天很多時只有媽媽一個人在家。最欣慰的，莫過於看到母親這時的身體是她幾年以來最健康的時刻。同時，兩位哥哥也安全到達香港和我們團聚了，年邁而體弱多病的外婆也走了，遠在家鄉讓母親牽腸掛肚的事，一下子都塵埃落定下來。我想這是治療母親身體毛病的靈丹妙藥。這時，四姐也開始半工半讀，白天上班，晚上在私立大專上學；七妹就讀於馬利諾神父全日制的英文中學，六弟在青山何福堂中學寄宿，各人都有自己的定位。至於兩位剛到達的哥哥，也找到工作，沒有在家中留宿。三哥雖然是一個知青，但內地的所有學歷都得不到承認，他不懂英語，又沒有特殊勢力的照顧和扶持，只好心安理得的在父親管理的冠生當一名普通伙記。至於大哥的工作，考慮的範圍可以擴大一點。由於他在內地當過赤腳醫生，母親和部分的親友都祈盼他能夠繼續從事醫療工作，甚至改用中醫方式在香港行醫。當時香港的中醫是沒有管制的，唯獨嚴禁處方西藥。在這

段籌謀期間，大哥曾經到過工廠工作，也曾利用南生的閣樓，用中藥行醫，給人治病。

這期間，家中出現了一位近日的常客，往日的稀客，我叫她做「菊姑姐」。按照稱呼，她應該是父親的姊妹輩，但我知道她不是姓潘的。過去，姑婆每次到我家來都說「返屋企」，幾經思索，我才瞭解其中道理。父親是姑婆哥哥的親兒子，也是她在港潘姓最親近的人。姑婆日常與兒媳及孫兒們生活，是黃姓夫家的人，她在香港沒有娘家，所以把我們這裏當作娘家。菊姑姐是第二個把這裏稱為娘家的人。我經過一番尋思，才有點頭緒：原來菊姑姐是姑婆的陪嫁妹仔（婢女），由於二人感情很好，於是她也跟著姑婆把我們這裏當作她的娘家，因此我們在稱呼上把她視為父親的姊妹。

菊姑姐的年紀，介乎姑婆和母親之間，我只知道她有一個三十多歲的兒子在香港，至於她的丈夫，就一無所知。這時候菊姑姐已經退休，住在荃灣芙蓉山某處的齋堂，吃著長素，過著類似帶髮修行的生活。她頻頻到來，目的似乎在鼓勵甚至有意協助大哥從事行醫的工作。當時的芙蓉山，有若干齋堂，住了不少退休婦女，尤其是年邁無家的媽姐。她們年老多病，齋堂附近的醫療服務又嚴重不足，生了病找醫生很不方便。在媽媽和她談話之間，得知菊姑姐除了獻策幫助哥哥行醫之外，她似乎還在積極為大哥做媒人。因為在她們心目中，大哥的年歲早已達適婚年齡。她們兩個人的話題，縱使我有截然不同的看法，也不敢輕

易向她們提出。

　　六十年代，對中下層的市民來說，尤其是男性，結婚絕不是一件容易的事。當時適婚男士的人數肯定遠遠超過適婚女士，因為偷渡來香港的，絕大多數都是男性，女性則寥寥無幾。當時有沒有跨境的婚姻？答案當然是有的，但沒有今天那麼普遍。以我觀察，跨境婚姻有兩種，簡單分為兩類。女的大多是樣貌娟好的適婚女子，她們都嫁到美加和歐澳等地的華僑；男的大多回鄉娶妻，都是家鄉有父母而且在港從事低下層工作的男士，他們經濟能力有限。信表哥是媽媽堂姊的兒子，獨自一人在香港，生病時曾來過我家作短暫的休養。我看著他的奮鬥，先是當跟車擔任送貨工人，然後學開車，再籌錢買一部小型舊貨車，當司機兼送貨員。最後除了還清買車的債項之外，還儲了足夠金錢回鄉結婚。一起偷渡到香港的夫妻，在記憶中沒有遇見過；可是一起偷渡來香港的情侶，最後能夠成家立室，生兒育女的，我認識的就有兩三對，其中以南生的雄哥和雄嫂最熟悉。據我所知，他們組成一個小家庭，也相當不容易。南生股東之一的祥伯與祥嫂的結合，也實在得來不易，在眾友人努力撮合下，最後才能成功；其中媽媽應該是大力幫忙的一份子。祥伯一直不肯在我們面前講述他過往的經歷。在我的印象中，祥伯內心深處，似乎一直埋藏著一段極不願意提起的往事。

　　在等待高考放榜將近兩個月的日子裏，我大多數都到冠生，掛名是幫手，實際卻如俚語所說的：行行企企，食

飯幾味。當時的生意平淡，但人手相對充裕，三哥也在這裏任職。香港的六七暴動此刻已經開始了一段時間，尚幸它的範圍並未遍及每一角落。暴動的成因，涉及層面深且廣，在這裏實不容易深入探討，當然我有自己的看法。有人稱它為反英抗暴，也有人稱之為港式的文化大革命。這期間我跟 CC 聯絡最多，也是我們對當時時局爭論最劇烈的時候。就在這時刻，我知道更多他過往的故事，他更起過跟我一起到台灣讀數學的想法。

反正閒來無事，在高考放榜前幾天，獨自返回小商新村。美其名為台灣聯考溫習，實則內心流離浪蕩，特別是對高考患得患失，也許這是一種逃避的心態。一直苦等來到了，那天一早就到大馬路買了一份《華僑日報》，結果名落孫山。說實話，是意料中事？還是意外中事？我自己也答不出來。但心中又湧現出一個全然的確定：這次落敗，肯定是英文科過不了關。當刻我沒有太大的難過，因為台灣對港澳收生比較寬鬆，又沒有英文科必須及格的限制。選擇數理並非囿限於大學畢業後，謀求高薪厚職而已，而是知道彼岸的學府，數理人材輩出，早有嚮往的心意。當時年少氣盛的我，夢想數理的領域，還有無盡的空間，任由我遨遊和探索。但現實總歸現實，我又怎能放得下俗世的眼光呢？我知道父母一定不會怪責我，但內心對父母的歉意令我感到很大的愧疚；其次是在師長、同學和親友面前，有點抬不起頭來。

回到小商新村，收拾最後留在這裏的殘餘物品，正在

想哪些要帶走，哪些要丟掉的時候，Cp 突然出現。彼此打過招呼之後，雖不至默然無語，大家可都帶著點哀傷的眼神凝望對方。Cp 用左手搭著我的肩膊，拍了幾遍，右手向我遞出一袋物品，說：「倫哥，剛買回來的义燒飯，趁熱！吃吧！」义燒飯的味道當然忘得一乾二淨，但此情此境，對我來說，一定是永遠難忘的。

回到蘇屋村，得知諍友 CC 榜上有名。他本來是報讀元中發起人之一，後來改了進師範學院。但不到一個月，又覺得不合適，再轉到協同中學（波記班上還有數人在那裏讀中六）。這次高考有多少同學及格，沒有確實的數字，因為高考放榜不以校名為單位公布及格的名單，而是按考生編號的次序。在記憶中波記和元中同學的表現，跟全部考生的整體表現相若。翻查資料顯示，那屆應考的略少於二千五百人，及格考生略超過一千人，及格率為 44%。以我估計，英中考生約佔 1/5-1/3。至於這一千名及格的考生，有多少將被正式錄取，我再沒有留意了。

高考放榜後不到一個星期，又是台灣各大學聯招的時間。記得當年報考的人數破了歷年紀錄，共有二千二百人。我的考場編在亞皆老街的珠海書院，另一試場是附近的大同中學。考期忘記了是兩天抑或三天。因為沒有考試的範圍，所以都採用自由發揮的方式答題，打天才波。最意想不到的是中文科的題目是甚麼「潛龍勿用」，根本不知葫蘆裏賣甚麼藥；幸好尚有類似「積善之家 必有餘慶」之類的題目可以選擇。因為字面還讀得懂，於是選了第二題就

大鳴大放的亂吹一陣。

跟著就是等待台灣聯招的放榜。

放榜那一年是 1967，我認為，除了二戰時日軍佔據香港的時間之外，這一年的暴動事件很大機會是香港開埠以來最動盪和混亂的一年。

進入五月份，社會騷亂的頻率和強度都相應地頻密和加劇。當中有真的也有假的土製炸彈（市民稱為土製波蘿），隨時在街道上看到。尚幸擺炸彈的勇士，良心尚未完全泯滅，大多數在炸彈上都貼上「同胞勿近」的警告標籤。報上新聞，屢見無辜被炸死和炸傷的市民；另一方面，警察則疲於奔命。參與抗爭的，大多數來自左派公會和學校，其中夾雜着一少撮熱血激進的青少年。至於沒有參與的絕大多數市民，都顯得暮氣沉沉，甚至憂愁過日。我嘗試舉出記憶較清楚且重大的事故，重溫當日的景況。

在香港舉行的台灣聯招考試剛結束沒幾天，沙頭角中英邊界發生了嚴重武力衝突事故。數百名廣東民兵越過沙頭角英界，向駐守那裏的香港警察進行挑釁。其後港方英軍介入，釀成互有傷亡的事件。據我所知，港方警察死傷的人比較多。這麼重大的事故，中英雙方都低調處理，媒體似乎也持克制態度報導。因此，至今對事件留有印象的老香港，相信為數不多，但當時卻令知悉事件的人十分惶恐不安，甚至想到共產黨將要收回香港。另一事故，對年過六十的香港人來説，卻深入人心，只要你提起，大多數人都會記得或知道，那就是香港商業電台廣播員林彬，早

上上班時被人淋汽油，活活燒死在自己的汽車內。林彬是當時商台最紅的男播音員，暴動期間，他每天都在電台節目批評暴徒草菅人命的所作所為，由於內容客觀，義正辭嚴，理直氣壯，深得聽眾支持。一時低靡的人心，都受到他的聲音鼓舞，成為市民面對暴力威嚇的力量泉源，暴徒的囂張氣焰和狂妄行為，也因而受到遏阻。在林彬這股力挽狂瀾的氣勢漸盛的時候，一天早上，林彬和堂弟如常乘私家車回商台上班之際，路上被兩名假扮修路工人的暴徒攔截車輛，打開車門，向兩人身上淋潑大量汽油，然後點火，將兩人活活燒死。雖然港英政府低調處理事件，但市民無不感到震驚、憤怒而予以譴責，繼而無語、哀傷和悲愁。商台和香港政府，一時間合共提供十五萬元花紅，緝拿兇徒歸案，獎金之鉅，打破了香港有史以來的紀錄，但兇徒一直未能抓到。據聞，暴徒事後經澳門潛回福建，至於是否有勢力人士介入，協助潛逃，就不得而知。事後為保安全，林彬的妻兒被送到台灣避居。這些重大事故，加上一年來治安的動盪，自然引起人們對香港前途的擔心。

　　暴亂肯定是人禍，但連續數月不下雨，那就該是天災了。由於天旱關係，那七月份開始，政府宣布制水措施升到最高級別，每四天供水一次，每次四小時。那時東江供水計劃已經實施了一段時間，是否因國內文化大革命和香港暴動而導致東江水停供呢？以我了解，並不可能。大概的原因可能是當時簽訂的用量估計不足，加上嚴重乾旱，早在五月時已經用光供水量，而香港最大的兩個水庫，船

灣和萬宜水庫仍未落成。香港這一年，既有人禍，又遇上天災，可以說是流年不利。至於我，更不用說，因為高考的失敗，對我的心情造成頗大的打擊。

這一年七八月，既有重重揮不去的愁緒，也有遙遙無際的夢想，二者交織出一種無法形容的心境。加上自己的性格木訥，於是給外人鬱鬱寡歡的感覺。同學來電邀約，大多數都婉拒了。唯獨 kl 的邀請，我還感到有興趣。他告訴我在他家裏的貨倉，有兩三綑厚膠袋捲筒，總量數百磅，成本以廢料價錢買回來，相當便宜，只要付出成本給家裏，便可以挪用，叫我到他處商量，是否可以改造為儲水用的膠袋。由於當時開始四天供水一次，市面上的膠桶、膠盆等一切能儲水的器皿，通通缺貨。如果能把這些膠袋材料改為儲水工具，一定奇貨可居。我不知道 kl 家裏做甚麼工業，他既然有這樣的想法，便馬上乘巴士趕到他在大角咀的家。看過那些膠筒之後，覺得質地相當好，相信是從歐美進口的廢料，很適合用來製造儲水用的大膠袋。但馬上又想到一個極難解決的問題，就是截開膠筒之後，怎樣把膠筒封底呢？我們很快又作出判斷，這麼厚和大的膠袋，如果承受數百磅水的重量，這種封底啤機我們一定找不到。但兩頭通空，又怎能賣給顧客盛水呢？經過一番探討後，我和 kl 最後決定，剪出約兩米的膠筒，在開口處摺疊起來（增加厚度），然後打上若干個銅雞眼孔在膠筒的開口處，兩邊的開口處都如此製作。然後告訴客人，將繩子穿在雞眼上，繩子的另一端固定在適當的地方，就可以

變成一個 U 形的儲水膠袋。決定好之後，再多找兩三個同學，翌日早上在青山道和祥發街的交界處擺攤出售。

第二天，大家都很準時，八時多一點，各路人馬已經到齊。為了吸引顧客購買，膠袋的長短可以由客人自己決定，收費就按長度計算。由兩位同學負責打雞眼，我主要兜售，Kl 負責收錢和找續。起初，詢問的人多，買的人少。九點過後，買的人越來越多，常常還有兩三個在等我們打雞眼孔。平常要是警察經過，做小販的一定趕快躲起來，不然的話，貨物會沒收，甚至還要繳交罰款。那天很多警察經過，我們都沒有躲避。他們知道我們售賣的都是儲水用的膠袋，只是看看就走了。警察們也許在特殊的時刻，用特殊的方法去處理。其他的同學，不知道從哪裏得到消息，十一點之後，紛紛走來探班，然後加入幫忙。十二點多，全部的膠筒售罄了。到來探班的同學正想離開之際，我作了一個大膽的決定，吩咐所有同學留步，收檔後一起到附近的「佛山公」大吃一頓。

我們浩浩蕩蕩，湧上「佛山公」的閣樓。選了最大的一張桌子，但也擠不下全部的同學，最後只好把所有的椅子換成圓板小摺櫈，你靠著我，我靠著你的，圍了一大桌。以往凡是吃吃喝喝的聚會，大多是由我出主意，這次加上 Kl 對我的信任，點菜的任務當然就由我一人包辦。可能我要借此消消心裏長久的悶氣，所點菜式不單量多，而且還有幾款是價錢昂貴的。結果賣水袋賺回來的，竟然吃去一大半。最後，大家吃得飽飽的，深信彼此都留下了美好的

回憶。但美中不足的，我們一直不放心賣出去的膠水袋，是否能夠真的如想像中那樣穩妥。因為我們始終沒有做過測試。

「佛山公」是舖頭客戶之一，我曾經送過貨到那裏，但和他們的伙記並不認識，更談不上交情。中四、中五的時候，經常和班上同學到天光道的「順德公」吃午飯。說到佛山和順德，我的思緒特別多，因為這都是我的故鄉。在我心目中，這兩個地方，原本的關係就像兄弟一樣；但在今天最新地政編制中，又像父子，因為順德後來歸入了佛山地區。我借用香港和元朗這兩個地方，更容易說明。一百多年前，新界還未租借給英國政府之前，香港和元朗分屬兩個地區。自從租借之後，元朗就歸屬香港，成為香港的轄區之一。民國時期和解放之後，不到百年光景，故鄉的地區，整整合合不下十次，致令今天尋根實不容易。每念至此，唏噓不已。

佛山簡稱「禪城」或「禪」。在鄉間的時候，我一直沒有機會到過，只是聽大人說佛山離我們的住處比廣州還近。也聽聞那裏的祖廟很壯觀，陶瓷塑像很精美；遐邇聞名的佛山盲公餅我曾經吃過，但味道卻忘記了。很想吃的豬絜蹄總沒有機會吃到。更因為這裏出了一個黃飛鴻，佛山的知名度直追廣州。當時我所接觸的生活圈子，說得文雅一點就是嶺南文化；說得通俗一點，就是廣府式生活。當然免不了摻雜一些其他地區的生活習慣，如上海、潮汕、五邑等地。以我理解，廣府式生活以廣州、佛山、和南番

順等地為核心，年份以上世紀二、三十年代為代表。據我
聽回來的，特別是從祖母那裏聽到的，正是民國年代，家
鄉及附近一帶曾經繁榮過。但四十年代經抗戰之後，百業
蕭條，一直萎縮不振。父親那一輩都是在那個年代成長和
磨練的，後來他們把累積所得的經驗帶來香港。當時香港
的生活習慣，受民國時期廣式生活的影響至深至遠，特別
是廣府的飲食業。很多點心和小菜，都像從廣州翻版引進
來。

　　諍友 CC 獲中大新亞書院數學系錄取，很快就要到農
圃道新亞書院上暑期班的英文課，因為當時中大的校舍還
未開始動工。有一天，Cp 從元朗出來找我，徵詢我是否
同意由他請求有關人士，代我查詢我這次的聯招成績，我
欣然接受他的好意。

　　香港很多統計數據，都是在六十年代中期才開始的。
例如恒生指數，從 1964 年的 100 點開始，下跌至 1967 年
暴動期間約 50 點；住宅平均樓價從每呎五、六十元也下
調至 40 元左右。這些都是有紀錄以來的最低點。由於當
時時局緊張，一部分有能力的家庭，開始選擇定居海外，
正如諺語所謂「良禽擇木而棲」。這是香港抗戰勝利之後，
第一次出現的移民潮。當時港島的豪宅，更有出現賤價拋
售的情況。為了找尋較詳盡的資料，我最近到中央圖書館
查看過縮微資料（舊報紙的膠卷攝影）。由於眼睛退化，
資料又陳舊，大多數的資料都只能看到大標題。後來才知
道，用 ipad 在互聯網上搜索，比翻查舊報紙的縮微資料來

得更方便。正所謂「有心栽花花不發，無心插柳柳成蔭。」在翻看當日報紙的廣告時，恰似穿越時光隧道，回到已消逝的歲月中，勾起我往事的重重回憶。我查看的都是 1967 年的主流大報《華僑》、《星島》和《工商》。

電影院線廣告篇幅在當年報紙上，在分類廣告中獨佔鰲頭。看電影雖不是當時唯一的娛樂節目，但肯定是最熱門的選擇。報紙差不多成為電影資訊的重要媒介。佔報紙廣告篇幅第二位的，如果不經過查看，我也不容易猜到，竟然是中學招生的廣告。登招生廣告的大多數是私立中學，這些廣告一般面積比較大，刊登的時間也比較長。至於官、津、補等一類中學，則以通告形式刊登招生廣告，這些廣告面積通常比較小，刊登的日期只有兩三天。前者希望能招收足夠的學生，後者則希望收到好成績的學生。再數下去的，應該是菸酒類廣告。今天，很多牌子的菸酒在市面上已經看不見。昔日流行的牌子的香菸，很多都被新進的牌子取代了。酒類的廣告，所見大部分都是洋酒，其中以法國拔蘭地為主，其次則是蘇格蘭威士忌。昔日若干老牌的洋酒，今天如果在廣告中看見，內心感覺有如失散多年的故友重逢。如果偶然遇見中國酒廣告，更倍覺親切，因為父親管理的鋪頭以酒莊為招牌。昔日五、六十年代內地中國酒沒有大量輸入之前，應該是香港釀酒業最興旺的光景。著名品牌至今記得的有：岐豐玉、陳太吉、永利威等等。「半邊雞，一壺永利威。」是當時一句很流行的順口溜。潘人和毛雞酒，這個品牌在市場上消失總有二、

三十年以上了，舖頭從未售賣過，我更沒有飲過。為甚麼我對這品牌至今念念不忘呢？主要的原因是我來港之後，在學校第一個和我同坐的潘君，很快成為我的好朋友，他告訴我潘人和毛雞酒是他們家族的生意。早期我路經的地方，也常常看到這個商品的街招。在芸芸牌子中，印象最深刻的，莫過於潘高壽川貝枇杷露。原因很簡單，爸爸姓潘，媽媽姓高，常常暗地自己也問自己，潘高壽跟我家有沒有關係呢？此外，潘高壽川貝枇杷露張貼在街招上的對聯，幾十年來我也沒有忘記，就是：「勸人莫冒潘高壽，留些善果子孫收。」

膠卷中放大的分類小廣告，對我來說，字體實在太小和太模糊了，詳細的內容都沒法看見。但肯定是五花八門的，幾乎可以看成是當時社會生活的縮影。當日閱報風氣盛行，識字而有工作的成年人，每天早上大多都買一份甚至兩三份報紙看。除了早上的日報之外，傍晚還有幾份晚報出版；遇上中午之前海內外有重大事故發生的話，晚報就會成為搶購的對象。每天五點鐘以後，報攤大多數都有拍拖報出售，就是把當天賣剩的早報，把兩份不同的報紙，夾在一起，以一份的價錢售出。

前陣子 Cp 拜託替我查分數的有關人士，原來是一位瞽者（失明人），隱居於東頭村，極有可能就是那裏的徙置區。由於不太方便問清楚 Cp 與瞽者的關係，心中不免湧出很多遐想。這位瞽者一定有過叱咤的往昔，不然的話，哪有能力向台灣當局查看分數？他既安心於澹泊，又樂於

栽培後進，我除了感到這位賢者的神秘性之外，不期然也對他產生一份敬畏之心。記不得是七月底還是八月初，Cp拿著賢者的回信給我看，其中關於我的三兩句，大致還記得清楚：「至於潘君，考取366分，相信可以錄取。」我也相信自己將被錄取，唯一留在心裏的疑問，是這366分到底有多少分數是靠自己實力拿到？又有多少分數是因著他的面子加進去的？就在這期間，CC由於沒有按時到新亞上英文課，學位被取消了。出於自私的理由，我非常盼望他能夠和我一同往台灣升學。

六十年代，深水埗區居民煮食的燃料，大部分仍然是煤油（火水）。在香港，一向規定售賣煤油要申領危險物品牌照，並且要接受消防處的監管。舖頭的煤油倉設在後欄，埋藏在地底下，地面上加了一個有手挽的厚鐵板封蓋。直到我唸中學的後期，我才有足夠氣力揭開這個封蓋。整個後欄建了一個上蓋來遮擋風雨。事實上，後欄就是舖頭的貨倉。某天，一個消防隊目帶了兩位消防隊員到舖頭查察火水倉和相關的消防設備。檢查之後，他們告訴父親一切都及格，唯獨火水倉上空不得有建築物這一項不能通過，要求盡快將後欄的上蓋拆掉。我在旁邊聽了，實在為父親擔心。因為上蓋如果拆了，後欄存放著那麼多乾貨，今後放在哪裏？然而父親沒有直接跟他討論拆卸的問題，反而扯到別的話題和他們閒聊。當提到他們的同事羅消防督察（聾舅公的兒子，父親的表弟）的時候，終於找到共同的話題，於是兩人集中談論關於羅督察的事情，而且越

談越起勁。到離開的時候，隊目主動向父親授以錦囊妙計：日後有消防人員要求拆除這個上蓋時，最佳的回應是：「如果能保證住在樓上的人一定不會有菸頭掉下來的話，馬上把上蓋清拆。」

我在旁邊聽了，深深的感受到這位隊目的智慧。因為樓上的香菸頭不會不掉下來的，舖頭後欄的上蓋因此得以長久保留。

我收到聯招錄取的通知書大約是八月中旬，結果獲派臺灣省立成功大學的數學系，屬於自己揀選的四個志願之一。由於中大落敗，父母和兄弟姊妹因此知道我去意已決，大家都開始為我九月底赴台升學的事張羅。尤其是爸爸和媽媽，他倆似乎每天都在費心為我作準備。家人的全力支持，令我感激不已。

放榜後兩三天，就收到詠姨送我的一件特麗令（滌綸）恤衫，是給我赴台升學的禮物，也是我到台灣讀書收到的第一份禮物。詠姨是媽媽的金蘭姐妹，更是舅舅在鄉間時的青梅竹馬。這些都是從平時聽回來的一點一滴構成的故事。後來彼此際遇不同，各自男婚女嫁，各有家室和兒女。詠姨在廣州離異後帶著兩個兒子，在六十年代初期來到香港，和舅舅在香港相逢，再建小家庭，是喜是哀，我實在無法置評。在禮貌上我理應叫她做「妗母」或「小妗母」，但母親還是吩咐我們叫她做詠姨。

我對舅舅印象最深刻的一次，是在我唸小四的時候，他出了一道數學題給我計算，說好做對了有大獎。結果我

贏得他的大獎，買給我一杯五角的雪糕。題目大概是一根竹子，插在池塘的泥中是幾分之幾又若干，水中又怎樣，餘下露出水面又怎樣，最後問竹子的長度。這題目用簡易文言文命題，猜想是出自傳統的算書，更可能是他唸書時，老師曾考過他的題目。在此之前，我只吃過兩角錢一杯的普通牌子雪糕。牛奶公司是當時香港最大和最出色的奶品公司，小杯雪糕三角，大杯五角。吃過這杯五角錢的雪糕之後，我對牛奶公司這個牌子，特別敏感；個中的道理，像是很容易理解，但又不容易交待清楚。一位我叫他「華哥」的伙記，常常跟我挑戰估計貨物的重量，看誰估計得準確。估計重量的物品隨手挑出，包括一塊生薑、一顆蒜頭，乃至一條鹹魚，都會拿來比賽。我當然不容易贏華哥，但也不會輸太多，很多時勉強打個平手吧。因此大家成為很好的比賽對手。我覺得華哥有一個想法：他贏不了這個小子是沒有道理的。我覺得我自小對基本的數字和數量，好像有一種天生的處理能力，也許這就是我到台灣升讀數學的遠因。現在要我回答我的選擇是對或錯，最真誠的回覆：我也搞不清楚！

在我準備到台灣升學的過程中，參與最多的一個人，非母親莫屬。當我接到台灣方面的入學通知書那天開始，我發現，母親早已注意到新台幣最近的滙率，甚至連美元的滙價她也關心。她又知道在界限街和大埔道交界的街口，有一家銀行可以滙款到台灣。後來，我們很快又知道，當時台灣實施外匯管制，如果把外幣帶到台灣，再到境內

的銀樓兌換，滙率可以高很多，而且免收兌換手續費。當時留在記憶的數字大約如下：一港元大約兌換新台幣七元，一美元大約兌換新台幣 40 元。至於在台每月的生活費，母親和我商議好，每月給我港幣 150 元，用雙掛號郵寄給我。此外，每學期開學另外給我學費和宿費。全學年的總開支，預計大約港幣三千元。這些數額和計算方法，都是我在此之前參加台灣升學講座所得，再跟母親商議的結果。這個數字，大致跟到達台灣之後的實際費用相若。以我自己評估，這個費用屬於香港僑生在台消費的中上級別。至於入讀台灣師範大學的同學，費用還可以大幅下降，因為他們不但學費、宿費、膳食費全免，聽説每個月還有點生活費用補貼。

我所知道，獲聯考取錄而又決定赴台升學的同級同學（波記和元中），大約有八九人。我比較熟悉的有蘇屋四怪時君，獲派中興大學應用數學系；中五跟我同坐的 L 君，派往台中的東海大學；Th 則如願以償，派往台灣大學中文系。最意想不到的是諍友 CC，竟然連先修班也得不到錄取。

聽説 CC 常常把左報（《文滙》、《大公》等）插在後褲袋帶回學校，因而開罪了當權得勢的主任，加上他屢勸不改，最後被列入黑名單。昔日台灣不僅和僑校有聯繫，甚至跟部分守舊的教會學校有聯絡，也不足為奇。因為當時台灣對共黨的滲入，防範非常嚴謹。上述都是傳聞加上猜測的結果，未有真憑實據。若不是這樣的話，我也找不

到解釋的原因。CC 表面上表現得沒有太大的失落，但相信他內心並不好受，因為他不但不能到台灣升學，連返回新亞上課也沒有辦法。作為他的好朋友，我也為此感到不安。這些年 CC 的故事特別多，一時不知從何說起。他最大的特性是在群體中，有一股強烈吃虧的傻勁，大家跟他交往久了，這種傻勁又在不知不覺中轉化成強而有力的凝聚力。四怪中還有姓曾的，中大考試及格，但分配不到心儀的院系，最後決定投身工作。至於成績優良的胡君，已順利入讀新亞化學系。

這時爸爸主動問我，送一部單車給我好不好？我當然求之不得，馬上說好。事緣他在鄉間的好友，近日帶同兒子從粉嶺到舖頭買四式海味過大禮。他的兒子快要結婚了，兩年前在台灣某大學畢業回來，在香港任教師。大概父親向他談到我將到成大讀書，這位世兄於是建議父親送我一部單車。

父親在考慮買甚麼單車給我之際，腐竹製造商發哥向父親建議，不要買新的。父親也明白他的意思，因為全新的單車不容易保管，很容易被人偷去。但又怎樣找一部優質而又不起眼的舊單車呢？發哥自告奮勇，說由他負責。幾天之後，他真的找到一部英國進口的舊單車，出廠已有四十年，是英國著名跑車廠 Sunbeam 當時為一個紀念日而特別生產的單車。這部舊車的車輪和很多配件都是更新的，屬於原件的大概只有車架和車頭把手的部分。我還清楚記得，買回來的價錢是四十元。這部單車我用得很滿意，

讀完大學四年之後性能還很完好。記得十年前，當時我剛到香港還不滿一年，就由舖頭伙記殷哥和華哥帶去參加發哥的婚宴，地點在荃灣老圍村。發哥在那裏製腐竹的廠房和起居的地方連在一起，由於地方不大，我們一到達便安頓在老圍村的一間小學內，等候婚宴開始。該校教室沒有幾間，設備極其簡陋，加上那天遇上風雨，秩序有點混亂。婚宴開始，八人一桌，飯菜全用公雞碗盛載，簡單而純樸，與今天婚宴的隆重和富麗堂皇，不可同日而語。這是我到港之後第一次參加的婚禮。

東生的黃伯，說我已經成年了，堅持要送我一套西裝。西裝在青山道亞洲洋服店度身訂造，造價 280 元。我覺得太貴了，他一生勤儉刻苦，猜想從未為自己訂造過如此昂貴的服裝。曾義務為我補習過英文的源哥，這時在啟德機場任職飛機升降員已有一段時間，專程為我送來萬寶龍鋼筆。CC 也把當海員的弟弟從海外買回來送他的 Levi's 牛仔褲轉贈給我。其他還有親戚朋友，和兄弟姊妹送我的禮物或利是。這些禮贈，實在讓我感激不盡。

當日由香港去台灣，一般旅客大多都坐飛機，只有去台灣讀書的和水貨客例外。在我記憶中，這時期沒有定期的客輪來往港台兩地。坐船到台灣，只有一艘客貨輪「安慶號」。選擇乘搭這艘船不外乎兩個原因，就是為了票價比較便宜，行李又可以多帶一些。我也是基於這兩個原因，選擇了坐船。尖沙咀海運大廈這時剛建成不久，是亞洲第一個現代購物中心，建築得美侖美奐，是遊客和本地高消

費者購物的好去處。「安慶輪」上落客就是停泊在這裏，台灣下船的地方是基隆港。到了基隆，餘下的行程還要先到達台北市，再乘火車到台南市。

為了整個行程暢順，事前我也做了一些工夫。除了參加有關的講座之外，還聯絡了兩三個仍在台灣讀書的老大哥，美中不足的是他們全部都在台北讀書，沒有一個在成大就讀的校友。最後，我只好安慰自己，成大是尾站，沒有人接應反而是訓練自己的最好機會。當時所安排的內容，大多煙消雲散，記不起來了，唯獨帶水貨的經歷，尚留下比較深刻的記憶。

當時很多港澳僑生，到台灣升學都會順便帶一些水貨，從中賺點零用錢。不過，帶水貨存在一些風險。風險分為兩大類：貨物被海關沒收，這是屬於輕微的。譬如你帶黃花菜（金針），這些貨品來自大陸，屬於匪貨。在當時台灣來說，匪貨是不能入境的，匪貨遭海關沒收，是合情合理更是合法的事。除了匪貨之外，有時還涉及運氣好壞。有老大哥告訴我，只要某些關員看上你的物品，你就劫數難逃。他們會巧立名目，讓你的物品必須留下。另一類是帶了違禁品，或者政治性書籍和報刊，那就嚴重得多了。但這方面真實的案例，我沒有親自遇見過。

後來，我也抵受不住水貨的誘惑，除了貪心之外，最主要還是自己有鬆動的兩三百元私有財產，同時又想趁機會學習做一做買賣。我所買入的貨物，都是經過徵詢別人和自己推敲的，並且確定在基隆港某幾間旅館有專人收

購。我所買的貨品，前後不超過十種，清楚記得的，有墨西哥車輪鮑、王榮記陳皮梅、百利髮乳、英國 CARRO 朱古力等。這些貨物，跟我淵源最深厚的，非車輪鮑莫屬。那時的車輪鮑跟今天所見的，圖案商標和每罐的重量都沒有變化，只是往時罐外貼招紙而今天改為噴漆，罐頂還有一個紅色車輪印，作為識別。以往每罐鮑魚都是一頭（一隻／一個）；現今的罐頭鮑魚有大隻的，也有小隻的，所以也有不同的價格。很久很久沒有再吃罐頭鮑魚了，因為現在價格貴得太利害。過去留在記憶中的價錢是每罐 3 元 2 角。那個年代，蠔油鮑脯時菜墊底，是家庭過年過節流行的菜式。鮑脯還有一個暱稱，叫「大頭菜」，因為南方有一種很多人吃的鹹菜頭，如果把它大片大片的切開，無論顏色、形狀和質感，都和切成片狀的鮑脯十分相似。王榮記的陳皮梅，我沒有吃過，由於購買的數量比較多，為了減低價錢，我還特意搭船再坐車到上環南北行的批發處購買。當年髮乳開始取代傳統的髮臘，但當我買了一打大號玻璃裝的髮乳之後，才感到後悔，因為這 12 瓶大號的髮乳重量相當重。鐵盒裝的 CARRO 朱古力，只有新年期間在親友家裏吃過，當時屬於貴價貨品，價格至今沒有留下印象。辦妥了要帶的水貨之後，我還會刻意到廟街買好幾副澳門賭場用過的撲克牌，藍紅色各佔一半，準備在臺灣和同學打橋牌，我知道臺灣的大學生當時流行打橋牌。

離港赴台升學之前，我沒有到親友家中和他們告別。主要原因，是先前高考的失敗，仍然耿耿於懷，甚至好幾

次從夢中驚醒。我也不知道壓力從何而來，但壓力真的不是來自父母。我想，除了自己的性格之外，也許一部分來自當日的社會風氣吧！「萬般皆下品，惟有讀書高。」這是千百年來深入人心的概念，要解釋這話題實在不容易。我專誠辭別的，只有一位老師；中四教我數學和物理的陳修老師。最令我感動的是教低年級的鄧老師，一連三天，約了我們幾個將赴台灣升學的同學，在佐敦道某舊式的茶樓飲茶，大擺龍門陣，從早上九點、十點吃喝到下午四五點。有時他也約了他校的學生，或一些熟悉台灣狀況的人士，跟我們交流聊天。記憶最深刻的是一位和我們同屆的培正學生，他是去年度中中的狀元，今年高考又獲得最高榮譽的葛量洪獎學金；但他不留港升學，而決定升讀台大數學系。由於飲茶的時間實在太長，第三天我沒有再去了。

臨出發到台灣去的前幾天，父親突然交給我一封信，信封上寫著「鄭彥棻委員長鈞鑒」。他用低沉的語調跟我說：「好好的保留這封信，如果遇到真不能解決的問題，想辦法交給他。」我收過這封信，心中有點惘然，因為從不曾聽過父親提及信中人，但我又好像在哪裏聽過他的大名。媽媽在旁邊跟我說：「鄭彥棻跟你父親有點交情，官做得很大，千萬不要把信丟失了。」經過一番消化理解後，得知鄭先生是順德人，論年齡是父親的兄長輩，是國民政府的追隨者，到台灣之後官至僑務委員長。這封信我當然沒有打開看過，也沒有送過出去。慨嘆的是由於保管不力，在台唸書的時候已經丟失了。不然，這是多麼珍貴的紀念

品啊！

　　離別總有愁緒，也許得到上天的眷顧，赴台的船期最後落在中秋節之後幾天，讓我和家人能夠一起共度中秋節。這也是兩位哥哥到達香港之後，第二次闔家在港共度的中秋佳節。由於離別在即，加上要準備的都已經就緒，所以這幾天日間留在舖頭，晚飯後即時回家。這時，舖頭生意最興旺的日子已經過去了，回鄉客數目，日見收縮，原因是最缺糧的日子過去了，而文化大革命越演越烈，回鄉的差不多清一色都只是上有高堂，下有妻兒子女在家鄉，自己獨自在港工作的男子漢，如果不特別迫切，他們都不輕易回去。媽媽也因此沒有回鄉好幾年了。當遇上回鄉客購物時，我都會用各種方法誘發他們講述鄉間的景況。但跟你不太相熟的，大多都避而不談家鄉事。

　　除了農曆新年之外，中秋節到今天仍是最受重視的節日。那個年代，人們平時很少在館子吃飯，大多數藉過時過節，在家裏弄幾樣菜式，擠在家裏一起吃。特別是中秋節，平常分散的，或隻身飄泊的，都會到長輩親友家中吃飯團聚。雜貨舖一到節日，生意都有一定的增幅，因為很多吃飯的材料都是從那裏買來的。我嘗試寫一張那時家庭過節的六人菜單。1.白切雞；2.蠔油菜胆鮑脯（罐頭鮑）；3.燒肉炆日本冬菰；4.腰果西芹炒雞雜（內臟）。以我估計，菜金約35-40元，其中從雜貨舖買回來的有：罐頭鮑魚、日本冬菰、小瓶蠔油、腰果等共約10元。當然菜式的種類還很多，例如菠蘿生炒排骨、五柳鯇魚、南乳腩肉

炆笋乾、桂花瑤柱／魚肚……等，不勝枚舉；乃至海鮮河鮮、山珍野味，甚至港式的「老火湯」，更是多彩多姿，加上材料左配右搭，可以做出千變萬化的品種。

廣府人是否識飲識食，我不敢主觀判斷；但講究飲食這種風俗習慣，卻是非常肯定的。這時候，基層的物質開始寬裕了，人們喜歡探究廚藝的風氣也日趨普遍。有時，顧客也經常和雜貨店伙記交流做菜的經驗，部分資深又熱心的伙記，更是客人免費的烹飪顧問。經過長久浸淫，我也從旁偷學了一招半式。

即使一杯普洱茶，一碗雲吞麵，如果要精確述說品嘗箇中的滋味，我實在無能為力。大概只能東抄西襲，胡扯一番。更何況我面對別離即景，那種感覺，實在百感交集，豈能單純用苦或樂來描述？要說的話，無非既是愁中有樂，也是樂中蘊藏愁思。心靈深處，感受良多，層層疊疊，互相牽動。原以為不想增添離愁別緒，不驚動同學，那天只由三哥和六弟送我上船。離家前的一刻，想不到幾位熱情的同學紛紛從各處到來，最遠的是元朗的 Cp。面對此情此景，人非草木，誰孰無情？「驪歌且莫翻新闋，一曲能教腸寸結」，登船的一刻，向岸上送行者揮動著手，心中默默的唸著——再見香港！再見香港……。